中國新聞史研究輯刊

六 編

主編 方 漢 奇

副主編 王潤澤、程曼麗

第 7 冊

另類景觀：草根傳媒文化與當代社會變遷

龐 弘 著

花木蘭文化事業有限公司

國家圖書館出版品預行編目資料

另類景觀：草根傳媒文化與當代社會變遷／龐弘 著 — 初版 —
新北市：花木蘭文化事業有限公司，2022〔民 111〕
目 2+210 面；19×26 公分
（中國新聞史研究輯刊 六編；第 7 冊）
ISBN 978-986-518-688-3（精裝）
1.CST：大眾傳播　2.CST：媒體文化　3.CST：社會變遷
890.9208　　　　　　　　　　　　　　　　110022047

ISBN-978-986-518-688-3

9 789865 186883

中國新聞史研究輯刊
六 編 第 七 冊　　　　　　　ISBN：978-986-518-688-3

另類景觀：草根傳媒文化與當代社會變遷

作　　者　龐弘
主　　編　方漢奇
副 主 編　王潤澤、程曼麗
總 編 輯　杜潔祥
副總編輯　楊嘉樂
編輯主任　許郁翎
編　　輯　張雅淋、潘玟靜、劉子瑄　美術編輯　陳逸婷
出　　版　花木蘭文化事業有限公司
發 行 人　高小娟
聯絡地址　235 新北市中和區中安街七二號十三樓
　　　　　電話：02-2923-1455／傳真：02-2923-1452
網　　址　http://www.huamulan.tw 信箱 service@huamulans.com
印　　刷　普羅文化出版廣告事業
初　　版　2022 年 3 月
定　　價　六編 7 冊（精裝）台幣 20,000 元　　　　　　版權所有・請勿翻印

另類景觀：草根傳媒文化與當代社會變遷

龐弘 著

作者簡介

龐弘，1984 年生，四川成都人，南京大學文學博士，現任四川師範大學文學院副教授，碩士生導師，主要學術興趣集中於西方文論和視覺文化理論。現已在《外國文學》《國外文學》《文藝理論研究》《江海學刊》《天津社會科學》《南京社會科學》等 CSSCI 來源刊物發表論文 24 篇，主持國家社科基金青年項目、教育部人文社科青年項目、四川省社科研究青年項目各一項，出版專著《確定性的追問—— E. D. 赫施的作者意圖理論研究》，出版譯著《導讀福柯〈規訓與懲罰〉》《福柯：關鍵概念》。

提　　要

　　近十餘年來，在中國社會全方位轉型的背景下，草根傳媒文化已異軍突起並帶來了令人耳目一新的視覺圖景，它植根於以互聯網爲主導的新興媒介形態，伴隨現代化和都市化的演進而不斷成熟，在當代人的生活中扮演了愈發重要的角色。基於此，本書試圖以「形象」「表徵」「視覺性」「視覺建構」等視覺文化研究中的關鍵命題爲樞紐，對草根傳媒文化及其視覺表意模式加以深度追問。全書包括五個部分，第一章對草根傳媒文化在當代社會變遷中的總體面貌加以描畫，廓清其概念內涵、生成動因和獨特問題；第二章緊扣「視覺形象」這一重要問題，探討情感與形象在草根傳媒文化中複雜的交互作用；第三章聚焦於「視覺語言」這一關鍵概念，發掘草根傳媒文化所衍生的視覺修辭策略和視覺話語體系；第四章著眼於公眾的「視覺參與」行爲，探討草根傳媒文化對主體之自主性和能動精神的激活與釋放；第五章審視草根傳媒文化所帶來的道德悖謬與倫理困境，同時從主體視覺批判理性的建構入手，探究草根傳媒文化中可能的「倫理復興」之道。本書的目標，在於通過對草根傳媒文化的深入解析，透視當代語境下斑斕駁雜的媒介現象和視覺文化景觀，進而更有效地理解轉型期中國社會所特有的文化心態乃至「感覺結構」。

目次

導 論

一、研究的緣起

如果我們把迄今為止人類存在的全部時間跨度想像為 1 天 24 小時，那麼農業誕生於這一天的 23 點 56 分，而文明則出現在 23 點 57 分。現代社會的發展則始自 23 點 59 分 30 秒！然而人類在這一天的最後 30 秒內發生的變化，卻可能與此前所有時間內發生的變化一樣多。〔註1〕

如果說，在吉登斯（Anthony Giddens）看來，現代文明在彈指一瞬便經歷了令人驚愕的變遷，那麼，在改革開放以來的中國，則出現了較之這「最後 30 秒」更為迅疾、猛烈、波瀾壯闊的改變。或者如伯曼（Marshall Berman）所言，社會變遷以勢不可擋的姿態，將每一個普通人「都倒進了一個不斷崩潰與更新、鬥爭與衝突、模棱兩可與痛苦的大漩渦」〔註2〕。作為當代語境下新的文化「主因」（the dominant）〔註3〕，「視覺文化」（visual culture）伴隨社會變遷的浪潮而不斷凸顯，亦在相當程度上參與並推動了這種變遷，使之呈現出某些耐人尋味的內涵和品質。

在當代中國變幻莫測的視覺文化譜系中，「草根傳媒文化」（grassroots

〔註 1〕安東尼·吉登斯：《社會學》，李康譯，北京大學出版社 2009 年版，第 26 頁。

〔註 2〕馬歇爾·伯曼：《一切堅固的東西都煙消雲散了——現代性體驗》，徐大建等譯，商務印書館 2003 年版，第 15 頁。

〔註 3〕所謂主因，由俄國形式主義者雅各布森（Roman Jakobson）提出，意指在某一藝術或文化體系中居於主導地位的核心要素。如果說，在奉行「理性至上」的傳統社會中，「語言」充當了毋庸置疑的文化主因，那麼，在崇尚感性與欲望的當代語境下，「視覺」則壓倒語言而獲取了新的「主因」地位。參見周憲：《視覺文化的轉向》，北京大學出版社 2008 年版，第 30～40 頁。

media culture）無疑將給人以別具一格的感受和體驗，並建構起一種不同於既有視覺形態的另類景觀。所謂「草根傳媒文化」並非社會學研究中的底層與邊緣文化，也不同於人類學視域內的民俗或民間文化，它所指的是廣大民眾基於互聯網絡而形成的「一人一傳媒」，乃至「所有人向所有人傳播」的新興文化景觀。按照草根傳媒文化的運行邏輯，人們可以借助數碼相機、可拍攝手機、個人電腦等唾手可得的技術設備，自由採集、製作並上傳、分享諸如文字、圖畫、影像、音頻等等在內的相關信息和資訊。〔註4〕草根傳媒文化並非單純的傳播學現象，相反，它往往作為獨特的視覺表意實踐而作用於主體的精神與情感維度，進而體現出了廣泛、深遠的社會建構功效。可以說，草根傳媒文化及其視覺表現，既是視覺文化塑造當代人日常生活的新的方式，同時，也成為了人們跟從並適應這些新的生活方式的難以忽視的契機。

本書試圖以當代中國的社會變遷為背景，從視覺文化這一獨特視角切入，對草根傳媒文化加以多層次的追問、考察與探究。本書的研究意義體現在如下幾個方面：

首先，通過對草根傳媒文化及其視覺表意體系的深入考察，將推動人們擺脫淺表化、情緒化的價值判斷，更充分地認識當代語境下錯綜複雜的媒介現象和視覺文化景觀。在當前，一個不容辯駁的事實是，媒介已悄然抵達了日常生活的每一個角落，進而對人們的行為方式、情感態度和價值取向產生了深刻影響。如美國學者凱爾納（Douglas Kellner）便極力強調媒介對人類精神生活的塑造作用：「媒體形象有助於塑造某種文化和社會對整個世界的看法及其最深刻的價值觀：什麼是好的或壞的，什麼是積極的或消極的，以及什麼是道德的或邪惡的。媒體故事提供了象徵、神話以及個體藉以構建一種共享文化的資源，而通過對這種資源的佔有，人們就使自己嵌入到文化之中了。」〔註5〕在一次關於信息化和網絡安全的座談中，習近平總書記更是對草根傳媒在轉型期背景下的戰略意義做出了高屋建瓴的概括：「互聯網是一個社會信息大平臺，億萬網民在上面獲得信息、交流信息，這會對他們的求知途徑、思維方式、價值觀念產生重要影響，特別是會對他們對國家、對社會、對工

〔註4〕關於「草根傳媒文化」這一概念的更詳盡辨析可參見本書第一章。
〔註5〕道格拉斯·凱爾納：《媒體文化——介於現代與後現代之間的文化研究、認同性與政治》，丁寧譯，商務印書館2004年版，第1頁。

作、對人生的看法產生重要影響。」〔註6〕作為中國社會變遷中強勢崛起的媒介形態，草根傳媒構造了令人眼花繚亂的視覺圖景，並體現出不言而喻的「正能量」和建構作用，但同時，又不免暴露出某些亂象與症候，從而使人們陷入束手無策的困境。基於此，本書試圖從視覺文化的視野出發，闡明草根傳媒在形象構成、視覺修辭、話語策略、表達方式、視覺效果等方面所具有的與眾不同的特質和取向，一方面有助於人們超越種種「先入之見」，對草根傳媒文化做出更加客觀、公允的體認和理解；另一方面，又有益於發揮草根傳媒「社會公器」的積極作用，釋放其維護公平正義、捍衛弱勢群體、促進公眾參與等積極的社會—文化功效，從而營造良好的傳媒生態，推動社會主義精神文明的進步與繁榮。

其次，通過將草根傳媒文化置於「視覺」與「社會」的交互作用中加以觀照，有助於穿透令人眼花繚亂的現象表層，深化對轉型期中國社會之現實狀況的體認和理解。視覺文化並非形象的簡單疊加，而總是植根於具體的社會情境之中，並始終與個體的精神世界保持著難以割裂的密切關聯。文化批評家米爾佐夫（Nicholas Morozoff）對此頗有感觸，他堅稱：「視覺文化既不『反映』外部世界，也不簡單地遵循在別處創造出來的種種觀念。它是通過視覺來闡釋世界的一種方式。」〔註7〕在《如何觀看世界》一書中，米爾佐夫更是直言不諱地指出：「我們不是簡單地去看那些眼前之物，並將此稱為視覺文化研究，而是將所見之物集合成與我們的知識系統、已有的經驗相匹配的世界觀。」〔註8〕改革開放以來，政治、經濟、制度等方面的轉型催生了複雜的社會心態，各種感受和體驗五味雜陳，一觸即發，而草根傳媒恰恰是一種擅於把握時代脈搏的媒介方式，它不僅充當了公眾緊張情緒的釋放通道，也為當下急劇變遷的社會現實提供了一面難能可貴的「鏡象」。在草根傳媒文化的視覺譜系中，既保存著社會變遷所留下的，具體、有形、可感的印記，也蘊含著每一個普通人在變遷社會中最為樸素、生動的情感態度和價值期許。正因為如此，在圍繞草根傳媒文化的探討中，本書將秉持一種反躬自省的批判

〔註6〕習近平：《在網絡安全和信息化工作座談會上的講話》，人民出版社 2016 年版，第 6 頁。
〔註7〕尼古拉斯·米爾佐夫：《視覺文化導論》，倪偉譯，江蘇人民出版社 2006 年版，第 49 頁。
〔註8〕尼古拉斯·米爾佐夫：《如何觀看世界》，徐達艷譯，上海文藝出版社 2017 年版，第 12～13 頁。

態度，一方面對影像文本加以環環相扣的解讀和詮釋；另一方面，又盡可能將相關視覺資源置於當代社會轉型這一宏闊的背景之下，從中發掘出更深層次的思想脈絡和文化機理，進而揭示公民精神狀態和「感覺結構」（structure of feelings）〔註9〕的意味深長的轉變。

再次，通過對草根傳媒文化的視覺表意實踐加以細緻分析，將促使研究者從「在地化」的視野出發，以本土經驗彌合媒介研究理論在當下所存在的缺失。眾所周知，理論絕非純粹的推演或思辨，而是蘊含著朝向經驗層面回溯的內在衝動。有學者從詞源學出發，指出「理論」（theory）一詞的產生可追溯至古希臘動詞「看」（theatai），而後者又充當了名詞「劇場」（theatre）的詞根。故而，自誕生伊始，理論便包含著明顯的「觀察性」潛質，並始終與生動、豐富的經驗事實保持著難以割裂的血肉關聯。〔註10〕理論的觀察性在人文社會科學中表現得尤為充分。可以說，人文知識分子的最重要使命之一，便在於通過對各色文本的深度耕犁，將「形而下」的感受與體驗昇華為「形而上」的追問與沉思，並最終打破接受者的種種常識、慣習與「刻板印象」，得出具有穿透力和創造性的見解。然而，在現階段中國的傳媒文化研究中，理論與文本的親緣性卻遭到了削弱。具體說來，研究者往往習慣於步西方理論家之後塵，採用一些業已模式化的範疇、術語或論斷來解釋形形色色的現象或事件，很容易造成對具體文本經驗的附會與曲解。如詹姆斯·卡倫（James Curran）和朴明珍（Myung-Jin Park）便觀察到，當前的媒介研究總是「以極少數國家的研究證據作為基礎來對媒介進行普適性考察」，「這些『少數國家』指的是那些富有的西方國家，以及某些我們偶而會

〔註9〕所謂感覺結構，是英國文化唯物主義者威廉斯（Raymond Williams）提出的，用以同「世界觀」或「意識形態」等正統概念相區分的一個命題。在《馬克思主義與文學》一書中，威廉斯對感覺結構做出了如下定義：「我們談及的正是關於衝動、抑制以及精神狀態等個性氣質因素，正是關於意識和關係的特定的有影響力的因素——不是與思想觀念相對立的感受，而是作為感受的思想觀念和作為思想觀念的感受。這是一種現時在場的，處於活躍著的、正相互關聯著的連續性之中的實踐意識。」作為一種特殊的文化—精神實踐，感覺結構涉及個體在特定社會情境中所獨有的價值判斷、信仰體系和生存體驗，它具有一定的穩定性，又往往呈現出變動不定的「可能性」狀態。在當代中國，社會的變遷無疑將引發無數普通男女在感覺結構層面的改變。參見雷蒙德·威廉斯：《馬克思主義與文學》，王爾勃等譯，河南大學出版社2008年版，第141頁。

〔註10〕參見周憲：《文學理論的創新問題》，《中國社會科學》2015年第4期，第141～142頁。

將其歸屬為『西方國家』的那幾個國家（如澳大利亞等）」。〔註11〕很明顯，上述狀況將導致理論研究偏離直觀、生動的本土經驗，而不斷暴露出「觀念先行」和「自說自話」的症候。由此出發，針對大量草根視覺文本的開掘、辨析和提煉，便體現出了補偏救弊的重要意義，它不僅能夠在一定程度上打破「唯西方之馬首是瞻」的流行趨向，同時，也有助於將圍繞草根傳媒文化的討論融入豐富、複雜的本土經驗和本土問題，並由此而衍生出更具針對性的理論思路和方法論範式。

二、國內外研究狀況

作為一種獨特的信息方式和視覺形態，草根傳媒文化在 21 世紀以來的歐美學界得到了愈發頻繁的討論。丹・吉摩爾（Dan Gillmor）最早對草根傳媒文化做出了系統化的研究。在出版於 2004 年的《草根媒體》一書中，吉摩爾指出，在傳統語境下，新聞報導的權利由報刊、廣播、電視等「正式」機構所壟斷，而伴隨互聯網的迅速崛起，包括個人電腦、數碼相機、可攝相手機在內的草根媒體則真正使難以計數的普通人獲得了「發聲」的機會，並由此而呈現出一種「人人都能生產新聞」〔註12〕的革命性圖景。保羅・萊文森（Paul Levinson）對草根傳媒文化有更深入思考。他指出，作為「新新媒介」時代的典型產物，草根傳媒文化展現出諸多令人耳目一新的特徵，如其「生產」與「消費」往往處於融合狀態，其使用者多半為非專業人士，其靈活性和服務功能更勝電子郵件和搜索引擎，等等。〔註13〕延森（Klaus B. Jensen）將古往今來的傳播活動劃分為三重維度，即在場的、面對面的、身體性的「人際傳播」，以虛擬信號輸送為標誌的「大眾傳播」，以及基於新興數字技術而流行的「網絡傳播」。在他看來，作為人類傳播中「第三維度」的典範形態，草根傳媒文化在相當程度上擺脫了「自上而下」的傳播模式，進而以激進的姿態改變了既有的傳播格局。〔註14〕格雷姆・特納（Graeme Turner）觀察到，在

〔註11〕詹姆斯・卡倫、朴明珍：《超越全球化理論》，見詹姆斯・卡倫、朴明珍編：《去西方化媒介研究》，盧家銀等譯，清華大學出版社 2011 年版，第 1 頁。

〔註12〕丹・吉摩爾：《草根媒體》，陳建勳譯，南京大學出版社 2010 年版，第 34 頁。

〔註13〕參見保羅・萊文森：《新新媒介》，何道寬譯，復旦大學出版社 2012 年版，第 1～2 頁。

〔註14〕參見克勞斯・布魯恩・延森：《媒介融合：網絡傳播、大眾傳播和人際傳播的三重維度》，復旦大學出版社 2012 年版，第 3～4 頁。

草根傳媒文化中，平民大眾不僅獲得了自我演繹的充分可能，更有機會借助便利的技術裝置，對各種媒介文本加以隨心所欲的接管、治理和塑造。故而，草根傳媒文化也便成為了「媒介的一種民主化形式」〔註15〕。以上研究大多將草根傳媒文化作為媒介發展史上的一個全新階段，從傳播主體、傳播內容、傳播手段、傳播模式等方面對其加以綜合分析。〔註16〕儘管這些研究對草根傳媒在視覺表達上的特徵還缺乏足夠關注，其思路也無法完全與當代中國的具體狀況相對接，但它們無疑為國內的相關研究提供了較豐富的理論資源。

　　隨著互聯網在當代中國的高歌猛進，草根傳媒文化已成為了國內學界的一個新的學術生長點。據來自「中國知網」的不完全統計，截至 2018 年 12 月，以「草根傳媒」（或「草根媒體」／「草根媒介」）為主題的期刊論文為 83 篇，碩、博士論文為 27 篇。傳播學家閔大洪於 2008 年發表的《草根媒體：傳播格局中的新力量》，是國內第一篇系統探討草根傳媒文化的學術論文。文章在闡明「草根媒體」這一概念的基礎上，提煉出草根傳媒文化的四個主導特徵，即高度平等的參與機會，即時迅捷的訊息傳輸，交互呼應的輿論效應，以及聲勢浩大的社會動員。文章指出，草根傳媒文化「打破了『傳播者』與『受眾』之間的界限，從根本上改變了受眾群體在傳播中的地位」，從而為當代中國的傳播格局注入了強大活力。〔註17〕

　　從總體上看，針對草根傳媒文化的國內研究大致呈現出如下四條路徑：

　　其一，草根傳媒文化的基本理論研究。王建磊的《草根報導與視頻見證——公民視頻新聞研究》以「草根視頻新聞」為切入點，從表現方式、報導內容、生產機制、輿論生成及影響等幾個層面出發，對草根傳媒文化的整體面貌加以描畫。作者強調，草根傳媒所建構的是一種「反主流」的新聞形態，

〔註15〕格雷姆·特納：《普通人與媒介：民眾化轉向》，許靜譯，北京大學出版社 2011 年版，第 2 頁。

〔註16〕當然，也有學者注意發掘草根傳媒文化的歷史延續性。如英國媒介學家斯丹迪奇（Tom Standage）便宣稱：「即使在互聯網時代，我們分享、消費、使用信息的許多手法都是建立在幾百年前就有的習慣和傳統的基礎上的。」在他看來，草根傳媒絕非亙古未有的發明，相反，從古羅馬辯論家寫在莎草紙上的書信，到宗教改革時期用於思想動員的小冊子，再到都鐸王朝貴族在小圈子中私相傳閱的詩文集，其實都隱含著草根社交媒體的某些性質或特徵。參見湯姆·斯丹迪奇：《從莎草紙到互聯網：社交媒體 2000 年》，林華譯，中信出版社 2015 年版。

〔註17〕參見閔大洪：《草根媒體：傳播格局中的新力量》，《青年記者》2008 年第 15 期，第 9～11 頁。

「它的『不合常規』與『非專業化』往往帶來意想不到的效果和突破，並時不時對正統的新聞表達規則帶來一定衝擊」﹝註18﹞。吳世文的《新媒體事件的框架建構與話語分析》聚焦於「公權濫用誘導」這一草根媒體的重點報導對象，試圖以案例分析為依據，闡明草根傳媒文化在結構、內容、功能與行動邏輯等方面的與眾不同之處。﹝註19﹞田智輝的《新媒體傳播：基於用戶製作內容的研究》關注「用戶製作內容」這一草根傳媒文化的標誌性特徵，釐清其產生動因，揭示其促發的媒介變革，並展現其在當前傳播格局中反映社情民意、平衡輿論生態的積極作用。﹝註20﹞李紅的《網絡公共事件：符號、對話與社會認同》從符號學的視域出發，對草根傳媒文化加以界定。作者認為，草根傳媒文化所醞釀的，並非一般意義上的「網絡公共事件」，而更近似於一種「符號事件」或「話語事件」，其中充斥著符號主體的複雜權力糾葛，亦不乏符號意義的不斷對抗、更迭與協商。究其實質，草根傳媒文化意味著不同主體、不同意圖、不同敘事要素、不同動力學機制之間的多層次對話，「它必將對主體、社會結構、文化模式、意識形態等進行重構」﹝註21﹞。

　　其二，草根傳媒文化的傳播機制與規律研究。周憲在《時代的碎微化及其反思》中談到，草根傳媒文化是一種獨特的「微文化」（microculture），其傳播自然也將體現出某些不同於以往的特性，如「信息構成的碎微化」「信息傳遞的實時極速」「信息的海量傳送與接收」「高度娛樂化」，等等。這些特殊的傳播方式將造成主體行動方式、思維方式和情感方式的轉變，使之演化為一種全新的「微主體」。﹝註22﹞何威的《網眾傳播：一種關於數字媒體、網絡化用戶和中國社會的新範式》將「網眾傳播」指認為草根傳媒文化的主導傳播方式。所謂「網眾」（networked public），即「網絡化用戶」集結而成的群體，他們雖然活躍於虛擬的網絡空間，卻能夠跨越地域、年齡、職業、血緣、組織等固有的社會關係紐帶，對現實生活中的人和事產生真切的影響。作者

﹝註18﹞王建磊：《草根報導與視頻見證——公民視頻新聞研究》，中國書籍出版 2012年版，第 89 頁。
﹝註19﹞參見吳世文：《新媒體事件的框架建構與話語分析》，山東教育出版 2014 年版。
﹝註20﹞參見田智輝：《新媒體傳播：基於用戶製作內容的研究》，中國傳媒大學出版社 2008 年版。
﹝註21﹞李紅：《網絡公共事件：符號、對話與社會認同》，中國社會科學出版社 2015年版，第 266 頁。
﹝註22﹞參見周憲：《時代的碎微化及其反思》，《學術月刊》2014 年第 12 期，第 5～12 頁。

強調，在草根傳媒文化的傳播中，網眾的能動性不僅侷限於對文本內容與意義的「再生產」，而且還涵蓋了「生產媒介內容、生產媒介渠道以及生產聯接用戶的網絡或用戶身處的社群等諸多方面」〔註23〕。陳龍的《民粹主義與新媒體事件的表述偏差》一文提出，在突發性公共事件的報導中，無論是草根傳媒文化的製作者、傳播者還是接收者，往往在一種「民粹主義」框架的支配下，按照「富人原罪」「官員原罪」「政府原罪」的反向思維方式對特定對象加以理解，從而造成了媒介表徵與現實經驗的偏差，以及事實真相在一定程度上的缺席。〔註24〕周煜和李幸的《「草根視頻」傳播語法芻論》借用格洛托夫斯基（Jerzy Grotowski）著名的「貧困戲劇」命題，指出草根視覺文本亦可被理解為一種「貧困視頻」，其最重要的傳播特質在於省略一切枝蔓與修飾，凸顯出「受眾」和「形象」之間直白、純粹的對話與交流。〔註25〕

其三，草根傳媒文化的社會影響與效應研究。周憲在《當代中國傳媒文化的景觀變遷》中指出，草根傳媒文化在變遷中的當代中國具有不言而喻的積極意義：首先，草根傳媒豐富了民眾獲取信息的方式，「形成了一個不同來源的多元傳媒文化結構」；其次，草根傳媒為公眾意願的表達提供了多樣化的渠道，「通過這種表達，使各級政府更多地關注民生和民眾呼聲，並出臺或修改相關的政策」；再次，草根傳媒的開放性、靈活性和自主性，形成了對主流媒體的強勢衝擊，從而促使其「不斷地從民間草根傳媒學到一些東西，進而改進自己的策略和方法」〔註26〕。胡泳的《眾聲喧嘩：網絡時代的個人表達與公共討論》重點關注草根傳媒文化對公私界限的重構，對既有權力關係的重新配置，以及為公眾參與所提供的可能性契機。作者相信，在嚴格意義上的「公共領域」相對匱乏的情況下，草根傳媒有助於人們擺脫「沉默失語」的困境，以更積極的姿態投入到民主政治生活之中。〔註27〕楊國斌的《連線力：

〔註23〕何咸：《網眾傳播：一種關於數字媒體、網絡化用戶和中國社會的新範式》，清華大學出版2011年版，第87頁。
〔註24〕參見陳龍：《民粹主義與新媒體事件的表述偏差》，《新聞與傳播研究》2012年第6期，第4～9頁。
〔註25〕參見周煜、李幸：《「草根視頻」傳播語法芻論》，《現代傳播》2012年第9期，第107～110頁。
〔註26〕參見周憲：《當代中國傳媒文化的景觀變遷》，《文藝研究》2010年第7期，第11頁。
〔註27〕參見胡泳：《眾聲喧嘩：網絡時代的個人表達與公共討論》，廣西師範大學出版社2008年版。

中國網民在行動》強調，在草根傳媒文化中，蘊含著一種激進的「抗爭主義」和「行動主義」邏輯。作者相信，在變遷的當代中國社會，草根傳媒將帶來一種烏托邦式的期許，它的開放性、社區感和創造性，有助於人們在一定程度上克服時間、地點、制度之侷限，並由此而達成「對抗社會不公」和「爭取身份認同」的現實訴求。〔註28〕邱林川的《信息時代的世界工廠：新工人階級的網絡社會》將媒介研究和社會學的階層分析結合起來。作者深入珠三角地區，考察包括山寨機、QQ群、網絡論壇在內的草根傳媒是如何對城市打工者產生影響，又是如何推動信息時代的新工人階級組織成鬆散的群體，為維護自身利益而展開集體行動。最終，作者得出結論：「以網吧和廉價手機服務為代表的中低端信息傳播技術已深入信息中下階層的日常工作與生活，成為勞動大眾基本生存狀態的必要組成部分。傳播技術普及帶來網絡社會的總體擴張，同時為新工人階級網絡社會的崛起打下深厚基礎。」〔註29〕

其四，草根傳媒文化的規範與治理研究。李明德等人的《微博輿情：傳播‧治理‧引導》將關注點對準微博這一草根傳媒文化形成和演繹的重要平臺。作者依據議題性質及其不同的社會效應，將草根傳媒所引發的輿論反響概括為「漩渦蔓延型」「星系擴散型」和「節外生枝型」三類，並結合南京、西安、珠海、成都等地政府的具體實踐，探究對草根傳媒文化加以妥善引導的可能途徑。〔註30〕孫永興的《新媒體事件：機制、功能與法律規制》分析了謠言、虛假信息、侵權、泛媒介審判等草根傳媒文化中的「反功能」現象，進而從制度層面出發，提出了可行的防範與應對之道。同時，作者還參照韓國等國的經驗，對「實名製」這一草根傳媒文化治理中的重要方案做出了較深入的思考。〔註31〕李永剛的《我們的防火牆：網絡時代的表達與監督》在肯定草根傳媒文化的摧枯拉朽的革命性力量的同時，揭示了潛藏其中的某些弊病或症候。作者提出，政府、地方部門、運營機構與網民應遵循各自的行動邏輯，盡可能建構一種健全、良善的主體倫理，從而彰顯草根傳媒文化的

〔註28〕參見楊國斌：《連線力：中國網民在行動》，鄧燕華譯，廣西師範大學出版社2013年版。

〔註29〕邱林川：《信息時代的世界工廠：新工人階級的網絡社會》，廣西師範大學出版社2013年版，第289～290頁。

〔註30〕參見李明德等：《微博輿情：傳播‧治理‧引導》，中國社會科學出版社2014年版。

〔註31〕參見孫永興：《新媒體事件：機制、功能與法律規制》，社會科學文獻出版社2013年版。

優越性，並將其負面效應降至最低。〔註32〕趙雲澤等人的《中國社會轉型焦慮與互聯網倫理》同樣從倫理學角度切入對草根傳媒文化的研究。作者認為，草根傳媒文化傳遞了轉型期中國社會的群體性焦慮，因而不可避免地暴露出某些侷限性，如「引發個體不安和對社會結構的懷疑」「增加群體集聚的可能」「增加個體和群體間的敵對情緒、加劇謠言傳播」，等等。作者強調，草根傳媒文化的參與者應通過建設性的對話、溝通與協商，營造積極、融洽的網絡氛圍，盡可能消除草根傳媒文化中破壞性與攻擊性的一面。〔註33〕

　　以上研究雖取得了一定的成果，但尚未脫離傳播學的既有模式與框架，較少從視覺文化的視域出發，對草根傳媒文化的內在潛能加以進一步的開掘與提煉。儘管陳一、秦州、王建磊等學者均不同程度地觸及了草根傳媒文化的視覺策略及其心理效果〔註34〕，但大多侷限於對單個案例的文本分析，很少將作為一個視覺表意體系的草根傳媒文化置於社會變遷這一更宏闊的背景下加以解讀。當然，上述缺憾也正是本書試圖加以改進的要點所在。

三、研究的思路和方法

　　本書的研究目標，在於對草根傳媒文化在轉型期中國語境下的視覺形態

〔註32〕參見李永剛：《我們的防火牆：網絡時代的表達與監督》，廣西師範大學出版社 2009 年版。

〔註33〕參見趙雲澤等：《中國社會轉型焦慮與互聯網倫理》，中國人民大學出版社 2017 年版。

〔註34〕陳一以名為《急救車，你在哪裏？如此出車速度令人憤慨》的拍客視頻為藍本，提煉出草根傳媒文化的幾個敘事特徵：「以畫面為主，語言敘述為輔」「亮出拍客身份，現場採訪」「失衡的話語」「強烈互動」「粗糙的風格」。秦州對「史上最惡繼母」事件的草根視覺文本加以解析，闡明在網絡視頻「泛娛樂化」的背景下，草根記者是如何通過「以假亂真」的方式煽動公眾情緒，將某些「悲情化」的題材轉化為供人「開涮」和「取樂」的噱頭。王建磊以成都「6.5 公交車燃燒案」等突發性事件為例，探討草根傳媒不同於主流新聞報導的視覺傳播策略。在他看來，草根視覺文本「既是一個文、圖、音視頻搭配的混合式文本，也是一個由內部要素和外部元素共同構成的開放式文本，同時也是傳播信息（用戶留言和評論）不斷處於變動之中的動態文本」。上述視覺形態一方面拓展了草根報導的信息覆蓋面，另一方面，也造成草根視覺文本在意義表達上的隨機性、任意性和變動性。參見陳一：《拍客：炫目與自戀》，蘇州大學出版社 2012 年版，第 56～64 頁；秦州：《娛樂化視頻──視頻文化論》，見周憲、劉康主編：《中國當代傳媒文化研究》，北京大學出版社 2011 年版，第 198～199 頁；王建磊：《草根報導與視頻見證──公民視頻新聞研究》，中國書籍出版社 2012 年版，第 86～87 頁。

加以全方位考察，歸納、提煉草根傳媒在視覺表現方面的若干獨特問題，豐富、充實國內外學界圍繞草根傳媒文化的理論探討。本書討論草根傳媒文化的基本思路是：首先，在充分佔有相關理論資源的基礎上，對草根傳媒文化的概念內涵與主導趨向加以總括式的梳理、界定和闡發。其次，依託細緻、深入的文本分析，探討草根傳媒文化在視覺生產、視覺形象、視覺主題、視覺修辭、視覺效應等方面所獨有的面貌、品格和特質。再次，從一種「語境主義」的視域出發，將草根傳媒文化與政治、經濟、技術變革的中國社會相互結合、參照，歸納、概括草根傳媒文化在當代語境下所衍生的具有理論價值和現實意義的獨特問題。最後，超越對現象表層的描述，呈現每一位草根傳媒文化的親歷者在社會轉型的總體背景下最為質樸而真切的情感期待與文化訴求。在具體的討論中，一種獨特的「草根視覺生態」始終是貫穿始終的樞紐和核心，它不僅為我們對草根傳媒文化的認識提供了最基本的前提和框架，同時，也將通過「視覺形象」—「視覺語言」—「視覺參與」—「視覺倫理」的基本脈絡而得到微妙、生動、耐人尋味的展現。

由此出發，本書將採取如下幾種研究方法：

1. 理論分析和個案探究相結合：在深入理解並把握有關視覺文化和草根傳媒的最基本理論資源的前提下，將上述理論見解同轉型期草根傳媒文化的諸多代表性案例相結合。在結合的過程中，注意一方面借助個案分析來檢驗並印證理論的有效性；另一方面通過對微妙、複雜的視覺經驗的闡發，使相關理論的內涵得到持續不斷的延伸和拓展。

2. 文本細讀和實證調研相結合：文本細讀既包括對大量理論文獻、尤其是關於草根傳媒文化的分析性文本的細緻爬梳，也包括對作為草根視覺文本的各色社會公共事件的解讀、分辨與探究。在文本細讀之外，有針對性的社會調查和數據分析也是必不可少的工作，它不僅可以為本書的研究帶來第一手的資料，同時也將進一步確證本書的研究對象、研究目標和研究效果，為相關理論學說提供重要的依據和支撐。

3. 跨學科多元透視：草根傳媒文化並非單純的媒介現象，而更莫過於一個交織著多種知識話語的新興問題。故而，本書將堅持跨學科研究的廣闊視野，力求在方法論上有所突破。在學科層面涉及文學、傳播學、社會學、哲學等眾多領域；在理論運用層面，則包含圖像學、符號學、敘事學、認知心理學、媒介理論、話語理論、表演理論、複雜性理論、賽博批評、技術哲學等形

形色色的理論資源。

四、研究的總體構架

本書試圖從「視覺文化」這一關鍵命題切入，闡明草根傳媒文化在形象構成、視覺修辭、話語策略、表達方式、視覺效果等方面所具有的與眾不同的特質和取向，進而呈現出草根傳媒文化與轉型期中國社會之間交互呼應、彼此塑造的複雜關聯。由此出發，本書可大致分為如下幾個部分：

導論的基本任務為，概述本書的研究對象、意義與方法，介紹國內外相關研究狀況，呈現本書的基本觀點與篇章安排。

第一章對草根傳媒文化在當代社會變遷中的總體面貌加以描畫。首先，通過對「草根」一詞的梳理和辨析，闡明作為一種媒介方式的草根傳媒文化所具有的特定意涵。其次，從傳播工具、傳播途徑、傳播內容、傳播主體、傳播模式及其精神取向等多個向度切入，勾勒草根傳媒文化的總體輪廓，並呈現其相較於主流傳媒文化的優越之處。再次，將草根傳媒文化置於當代社會變遷的版圖之中，揭示都市空間、生產方式、技術手段、信息傳播、個體心理等多種因素是如何協同作用，推動草根傳媒文化在當前傳播格局中迅速崛起。最後，探討草根傳媒文化所衍生的一系列「本土化」問題，進而展現其在當代中國文化的「合力之場」中所獨有的價值和意義。

第二章緊扣「視覺形象」這一重要問題，探討情感與形象這兩個因素在草根傳媒文化中複雜、微妙的交互作用。首先，展現草根傳媒文化所蘊含的強大的「情感動員」力量，並揭示隱含在這種情感動員背後的「技術」與「社會文化」層面的深刻動因。其次，打破視覺文化研究中固有的形象分類模式，以情感和形象的內在關聯為契機，建構草根傳媒形象的「情感類型學」。同時，結合具體案例，對「憤怒型」「憐憫型」「狂歡型」這幾種草根傳媒文化的主導形象類型加以解析。再次，在肯定草根傳媒形象所具有的建構性意義的基礎上，揭示隱含其中的情感的迷誤與困境，即情感的「極端化」傾向，情感的「負面化」效應，以及情感的「模式化」格局。

第三章聚焦於「視覺語言」這一關鍵概念，發掘草根傳媒文化所衍生的獨特的視覺修辭策略和視覺話語體系。首先，從敘事的「當下性」「直觀性」「碎片化」等幾個特徵出發，關注草根傳媒文化在敘事方式上所呈現的「原生態」的總體面貌，及其對主體既有之視覺經驗的激活與更新。其次，探討

草根傳媒文化所蘊含的「戲劇化」的表徵邏輯，分析其在草根視覺文本中的諸種具體表現，分別為「定型化」的視覺形象，「二元對立」模式的建構與置入，「象徵性」和「暗示性」的視覺符碼，以及「超文本」對故事情節的複雜化。再次，將草根傳媒文化指認為一種真切、微妙的「視覺話語實踐」，闡明其在當下是如何喚醒公民的「共同體」意識，又是如何實現對一種「草根式認同」的追問與重構。

第四章著眼於公眾的「視覺參與」行為，探討草根傳媒文化對主體之自主性和能動精神的激活與釋放。首先，結合互聯網的技術性特質，闡明作為「新新媒介」時代的代表性範式，草根傳媒文化是如何醞釀並促發了多元化的公眾參與，又是如何使傳統媒介事件呈現出一種「對話性」的獨特品格。其次，關注「圍觀」這一草根傳媒文化中極具典範性的視覺參與形態，辨析其區別於傳統「聚眾觀看」的諸種特徵，並發掘隱含其中的維護權益、揭露醜惡、匡扶正義等積極的社會功效。再次，以公眾參與為基點，展現草根傳媒文化對「公共領域」的還原與趨近，以及為重塑「公民身份」所提供的可能性路徑。同時，通過對「數字鴻溝」「去語境化」「混雜化」「過度注意力」「螺旋上升式沉默」等症候的診斷，揭示草根傳媒文化在建構公共領域上的盲目與缺失。

第五章審視草根傳媒文化所帶來的道德悖謬與倫理困境。首先，立足於「主體」問題，關注草根傳媒文化對視覺主體的解放，以及主體解放的「失控」所帶來的破壞效應。其次，從視覺文本的「色情化」和「暴力化」出發，探討草根傳媒文化所引發的激進的倫理越軌，反思其可能導致的審美趣味畸變和道德原則淪喪。再次，聚焦於「他者」這一當代倫理研究中的關鍵概念，展現草根傳媒文化中「刻板印象」對他者的遮蔽和扭曲，解析刻板印象得以生成的內在動因，並揭示潛藏其中的「正向」和「負向」的文化—倫理意義。最後，從主體視覺批判理性的建構入手，探究草根傳媒文化中可能的「倫理復興」，其具體策略，在於對技術之合法性的反思，對公民媒介素養的建構與提升，以及對草根傳媒文化本身的合理估價與恰切定位。

結語對全書的主要觀點加以總結，並展望草根傳媒文化在當代社會變遷中可能的機遇和走向。

此外，本書還收錄有三篇附錄。附錄一為一篇調查報告，以南京市民為對象，採取問卷調查的方法，從公眾選擇、視覺參與、視覺認同、文化倫理等

不同側面切入，對草根傳媒文化在當代都市生活中的基本面貌加以勾勒。附錄二聚焦於「弱者勝」這一草根傳媒文化中的獨特權力邏輯，剖析其概念內涵、建構路徑以及深層機理，藉此進一步深化對草根傳媒文化之獨特屬性的體認與理解。附錄三為筆者的一篇舊文，以福柯的主體—權力理論為依託，梳理形象與權力關係的變遷史，進而展現形象躍升為權力之主導的當下狀況。該文雖未以草根傳媒文化為聚焦點，但通過對「視覺文化轉向」之總體語境的觀照，無疑為彰顯草根傳媒文化的新異性與獨特性提供了重要參照。

第一章　社會變遷與草根傳媒文化的崛起

　　近十餘年來，在中國當代傳媒文化發展的總體進程中，「草根傳媒文化」無疑已異軍突起並成長為一股無法忽視的力量，它植根於互聯網這一新興的技術形態，伴隨現代化和都市化的不斷演進而日趨成熟，並在當代人的日常生活中扮演了愈發重要的角色。故此，草根傳媒文化的視覺形態、視覺表徵與視覺建構，自然也成為了針對當代中國視覺文化乃至整個社會─文化狀況的考察中不容錯過的重要對象。

　　草根傳媒文化的重要性在 2008 年的「汶川大地震」中表現得尤為突出。眾所周知，汶川大地震作為新中國成立以來破壞性最大、波及範圍最廣的一次自然災害，引發了全國上下的廣泛關注。在公眾對此次重大突發性事件的瞭解中，草根傳媒所具有的即時性、開放性、直觀性、互動性等得天獨厚的優勢，使之成為了人們接近並掌握相關訊息的最便利渠道。在中國互聯網絡信息中心發布於 2009 年 7 月的《社會大事件與網絡媒體影響力研究》中，草根傳媒文化的作用得到了清晰的展現：

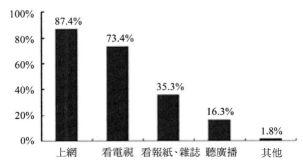

圖 1-1　汶川大地震期間公民的媒體形式選擇

根據圖 1-1 所示，在汶川大地震期間，高達 87.4%的受眾選擇通過互聯網

來獲取與災情有關的信息，其比率不僅將報紙、廣播、雜誌等遠遠甩在身後，甚至還超過了電視這一長期以來備受推崇與認可的主流媒介形態。此外，在所有通過網絡來接收相關信息的公民中，有 53.8%表示網絡在目前已成為其接收新聞報導的最主要平臺，有 74.7%將互聯網視為其瞭解各類重大事件時的第一選擇，有 86.9%的網民認為，發布於網絡的訊息是電視、報紙或雜誌等傳統媒介所無法呈現的，有 65.8%的網民則相信，發布於互聯網的信息是詳實、真切、可靠的。〔註1〕以上數據充分印證了草根傳媒文化在當前中國社會的深入人心。

在現階段的中國社會，草根傳媒文化不僅改寫了人們認知與感受的既有圖譜，同時，也向每一位當代傳媒文化的親歷者提出了尖銳的問題。具體而言，草根傳媒文化所體現出的是怎樣的概念內涵、本質特徵與傳播路徑？草根傳媒文化對個體的視覺經驗和文化意識起到了怎樣的引導與塑造作用？公民對草根傳媒文化所持有的是怎樣的情感態度、解碼方式以及價值判斷？在草根傳媒文化的發展與演進中，又將暴露出怎樣的危機、隱患和悖謬？如何對上述問題加以大致準確的權衡、估量與評判，顯然已成為了研究者在針對當前傳媒生態乃至整個社會文化格局的考察中不容迴避的最基本環節。

第一節　何謂「草根」？

要想對草根傳媒文化加以全面而深入的開掘與探究，首先必須對「草根」（grassroots）的觀念架構和基本屬性有所把握。可以說，對於我們而言，草根始終是一個熟悉而又多少有些陌生的範疇。之所以熟悉，是因為它往往融匯於最庸常的生活之流而令人習以為常、見慣不驚；之所以陌生，則在於這個詞所具備的強大的「自由組合」能力，使它成為了一個幾乎是無所不在、無所不包的概念，從而阻礙了人們圍繞其意涵的相對明晰、準確的界定和闡釋。因此，對草根一詞的語源及其背景加以探究，便體現出重要的價值和意義。

長期以來，在中國傳統的文化背景下，草根都用於表示「草木的根部」，由於這樣的定義相當明晰、淺近，無需任何額外的補充或說明，所以直到 2000 年左右，草根都並未以詞條的形式被各類詞典收錄。然而，伴隨改革開放的漸趨深入，草根的含義也愈發明顯地受到了外來詞彙「grassroots」的影響。

〔註 1〕參見中國互聯網絡信息中心發布於 2009 年 7 月的《社會大事件與網絡媒體影響力研究》，http://www.cnnic.net.cn/hlwfzyj/hlwxzbg/200912/P02012070934530
7778361.pdf。

在英文中，grassroots 由表示「草」的「grass」和表示「根」的「roots」組合而成，它的緣起可追溯至 19 世紀美國的「黃金熱」：當時流行的一種說法是，凡山脈草根茂盛處便一定富含金礦。而在隨後的具體運用中，grassroots 在表示「草的根」這一常規意義的同時，也逐漸衍生出「基層」和「起源」這兩重主要內涵。〔註2〕根據專業人士的考證，grassroots 的引申義首先對港臺的語用規範產生了影響，並在 1987 年左右正式進入了大陸的語言體系。〔註3〕由此出發，草根一詞也就不斷被用於解釋日新月異的現實生活，進而呈現出更加生動而耐人尋味的社會—文化意涵。有鑑於此，中國社科院語言研究所編著的《現代漢語詞典》在 2012 年第 6 版中正式收錄了草根一詞，其基本意義為：1. 草的根部；2. 平民百姓，普通群眾。〔註4〕李行健主編的《現代漢語規範詞典》在 2014 年的第 3 版中，也添加了對草根的解釋，主要包括：1. 草的根部；2. 比喻原生性、鄉土性或基礎性的，具有強大生命力的事物。〔註5〕葉際琴在《「草根」的壯大》一文中，細緻地梳理了草根在日常交流和表述中的幾種重要功能：1. 喻指民間、鄉間；2. 喻指民工；3. 形容卑微；4. 指底層或基層；5. 指民營經濟。〔註6〕有研究者更是通過圖表的方式，歸納了草根的含義在當代中國語境下的拓展和變遷：

圖 1-2　「草根」的語義網絡示意圖

〔註 2〕參見 *The Oxford English Dictionary VI*, edited by J. A. Simpson and E. S. Weiner, Clarendon Press, 1989, p. 774。

〔註 3〕參見高丕永：《「草根」萌發新義》，《咬文嚼字》2000 年第 8 期，第 24 頁。

〔註 4〕中國社科院語言研究所編：《現代漢語詞典》（第 6 版），商務印書館 2012 年版，第 129 頁。

〔註 5〕李行健主編：《現代漢語規範詞典》（第 3 版），外語教學與研究出版社 2014 年版，第 128 頁。

〔註 6〕葉際琴：《「草根」的壯大》，《語文知識》2006 年第 6 期，第 20 頁。

如圖 1-2 所示，伴隨中國社會的迅速發展，草根已逐漸脫離其單一、直白的初始意義，轉而融入了更加豐富多彩的日常生活和社會實踐。〔註7〕正因為如此，草根一詞才獲得了社會範圍內的接受和認可，而草根的意涵也才得到了持續不斷的開啟、激活與更新。

必須注意，雖然草根一詞包含著駁雜多樣的語義譜系，但總的說來，這一概念在以下兩個領域得到了最為頻繁的使用：首先，在社會學意義上，草根通常代表那些被政府或當權者所漠視乃至放逐的「非主流」群體，它們大多攜帶著某種與「主流」和「精英」相牴觸的反叛性潛質。當前流行的「草根階層」「草根組織」「草根運動」「草根輿論」「草根抗爭」等語彙便明確體現出這種與正統規範相疏離的邊緣性立場。〔註8〕其次，在人類學或民俗學意義上，草根更多指向了某種文化—心理層面的傳承與延續，指向了那些生長於民間的傳統、風尚、習俗、情趣、儀式、禁忌，它們看上去庸俗淺陋、不登大雅之堂，卻又好比綿延不絕、「春風吹又生」的野草，蘊藏著驚人的韌性和頑強的生命力。這樣的「草根」固然擁有質樸、生動、坦率、真誠等先天的優越性，但同樣也保留了個人主義、享樂主義、犬儒主義、「藏污納垢」等揮之不去的弊端。然而，無論如何，在一個「平面化」和「去深度」的後現代語境下，它必將有助於達成對個體精神家園的想像、追溯以及重構。〔註9〕

第二節　何謂「草根傳媒文化」？

毫無疑問，伴隨時空的推移和文化的演進，草根所蘊含的潛力與可能性將得到更進一步的激活與釋放。尤其是當「草根」與「傳媒」（media）概念黏

〔註7〕參見苑秀傑：《凝視「焦點」中的「草根」——探尋「草根」的詞源、詞義》，《美與時代》2007 年第 4 期，第 30 頁。

〔註8〕這樣的邊緣性立場一方面對既定的原則和秩序產生了衝擊，另一方面也極有可能遭受主導意識形態或商業文化的封鎖、支配乃至收編，並最終呈現出更加含混、駁雜、曖昧的身份定位。

〔註9〕如高小康便指出，南粵「草根文化」通過黃飛鴻、舞獅舞龍、茶樓、宗廟、祠堂、祭祀、風水、客家山歌等意味深長的符碼而得以顯現，不僅流露出了鮮明的「異」的審美趣味，更極大地滿足了香港人守望傳統並追尋身份認同的內在訴求。上述見解點明了草根在膚淺、鄙俗的表象下所包含的難以窮盡的魅力。參見高小康：《霓虹燈下的草根——非物質遺產與都市民俗》，江蘇人民出版社 2008 年版。

連在一起時，它將涉及一種媒介層面的創造性更新，以及由此引發的信息方式的大幅度轉變，因而也必將獲取一系列新的表現形態和基本屬性。所謂「草根傳媒文化」，既不同於社會學研究中的底層與邊緣文化，亦不同於人類學視域內的民俗或民間文化，它所指的是廣大民眾基於信息與技術革命而構築的別具一格的文化空間。在這一空間中，人們可以借助俯拾即是的新興技術設備打造屬於自己的傳播平臺，並主要通過互聯網來接收、加工、製作、上傳、分享以視覺形象為主導的相關信息資源。不難見出，草根傳媒文化的主要參照對象並非處於政治中心的決策者，也絕不是處於文化中心的知識精英或思想領袖，而是長久以來蔚為大觀的「主流傳媒文化」，同時，必須注意到，草根傳媒文化之所以能體現出若干新的本體論特徵，其關鍵應取決於如下幾個樞紐或核心要素：

1. 傳播工具。主流傳媒文化借助專業化的傳播工具，遵循預先設定的程序，進行規範化的、按部就班的訊息生產。草根傳媒文化的形成則有賴於所謂「草根媒體」（grassroots media）〔註10〕，即個人電腦、可拍攝手機、數碼相機等便攜式的傳播工具，其突出特點在於成本低廉、操作便捷、普及性強，有助於跨域時空界限而自由、靈活、隨意地採集相關信息。

2. 傳播途徑。主流傳媒文化依託報刊、電視、電影、廣播等傳統媒介而廣為傳播。草根傳媒文化則大多以互聯網為平臺，在主頁、博客、微博、微信以及各色社交網站中得到了醒目的表現。網絡空間與生俱來的技術性特質，無疑也打破了信息交流中既有的原則和慣例，創造了進一步演繹與開拓的豐富可能。

3. 傳播內容。美國學者凱爾納曾把當代傳媒文化指認為「一種圖像文化」，其中，「圖像、音響和宏大的場面通過主宰休閒時間、塑造政治觀念和社會行為，同時提供人們用以鑄造自身身份的材料等，促進了日常生活結構的形成」。〔註11〕具體到草根傳媒文化中，琳琅滿目、錯綜複雜的視覺資

〔註10〕 在傳播學研究中，「草根媒體」也常常被稱為「自媒體」（we media）、「私媒體」（private media）、「獨立媒體」（independent media）、「公民媒體」（citizen media）、「全民媒體」（people's media）、「參與式媒體」（participatory media），等等。

〔註11〕 道格拉斯·凱爾納：《媒體文化——介於現代與後現代之間的文化研究、認同性與政治》，丁寧譯，商務印書館2004年版，第9～10頁。

源佔據了壓倒性的比重，即使是以純文字為主的草根報導，倘若沒有附上形形色色的視頻或圖片，其影響力和說服力也必然會大打折扣。當然，就主流傳媒文化而言，形象同樣是一個不容忽視、不可或缺的維度。但應當看到，在草根傳媒的視覺表現中，總是凝聚著諸多個性化的敘事方式、修辭技法和話語體系，它們所帶來的，自然是更加細膩、微妙的情感取向與價值關懷。

4. 傳播主體。這是草根傳媒文化中尤為關鍵的一個因素。主流傳媒文化的傳播主體是少數專業人士，他們的行為通常被一個居高臨下的傳媒機構所統攝、掌控和操縱。在草根傳媒文化中，傳播主體則搖身一變，成為了為數眾多的普通民眾。於是，正如美國學者丹·吉摩爾所言：「這是歷史上的頭一次，任何人只要有一臺電腦，可以連上互聯網，就等於擁有一家報社……幾乎任何人都能製造新聞。」〔註 12〕同時，饒有趣味的是，在草根傳媒文化這片不同尋常的領域，一個人可以同時扮演製作者、傳播者和接受者等多重角色，而傳統意義上「生產」—「流通」—「消費」之間涇渭分明的界限也開始變得愈發模糊不清。

需要格外強調的是，在當代中國社會，草根傳媒文化的傳播主體還表現出某種獨特的身份定位和文化訴求。在 2012 年 3 月，中國互聯網絡信息中心發布了《2011 年中國網民網絡視頻應用研究報告》，該報告試圖從「年齡」和「學歷」兩個維度對網絡視頻用戶的基本特徵加以揭示。根據圖 1-3、圖 1-4 所示，自 2008 年以來，在中國網絡視頻的傳播者和接受者中，年齡在 20～29 歲的人群佔據了最大比重，而大專及以上學歷的網民對網絡視頻的使用率則明顯高於其他學歷者所佔比例。〔註 13〕這樣的情況充分說明，對相關技術設備的諳熟，以及相對開放、積極、自由的心態，使年齡在 20～29 歲之間、大專及以上學歷的年輕人更容易接近並主動利用草根傳媒所提供並塑造的各類視覺資源。

〔註 12〕丹·吉摩爾：《草根媒體》，陳建勳譯，南京大學出版社 2010 年版，第 19
　　　　頁。
〔註 13〕參見中國互聯網絡信息中心發布於 2012 年 3 月的《2011 年中國網民網絡視
　　　　頻應用研究報告》，http://www.cnnic.net.cn/hlwfzyj/hlwxzbg/201205/P020120709
　　　　345259404875.pdf。

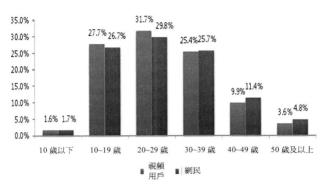

圖 1-3　2011 年網絡視頻用戶的年齡結構

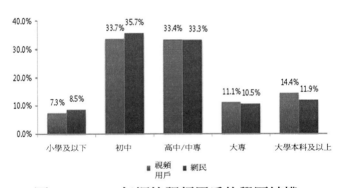

圖 1-4　2011 年網絡視頻用戶的學歷結構

　　在此基礎上，可以得出結論，草根傳媒文化的傳播主體絕非嚴格意義上的社會「最底層」，他們實際上是一群有文化、有閑暇、有一定經濟能力和技術知識的公民，也正因為如此，他們才真正有機會活躍於網絡這一無遠弗屆的疆域，並形成了一個充滿活力和可能性的文化圈層。但同時，應當看到，由於閱歷、思想意識、教育水平等方面的侷限，在草根傳媒文化中，主體的知識積澱和文化素養往往又顯得非常有限，因而，他們時常表現出一些弊病和缺陷，如高度的情緒化，深度閱讀能力的不足，奉行娛樂至上，熱衷於感官刺激，缺乏理性思維和批判精神，等等。可以預見，上述狀況將共同作用於草根傳媒文化的生成和演繹，使其呈現出一系列不同於以往的獨特形態。

　　5. 傳播模式及其精神取向。如果說，主流傳媒文化貫徹了一種同質化、中心化、「自上而下」的傳播模式，那麼，草根傳媒文化則昭示了一種混雜化、離心化、「自下而上」的新的傳播格局。由此而連帶引發的，勢必是關涉到文化心態和思維結構的更深層次的改變，包括從封閉走向開放，從「單數」走

向「複數」，從「獨白」走向「對話」，從「宏大敘事」走向「個體敘事」，從深度走向平面，從嚴肅走向詼諧，從共識走向分歧，從精英主義走向平民主義……如此等等，不一而足。〔註14〕

可以說，以上幾個方面不僅大致勾勒了草根傳媒文化的總體輪廓，也在一定程度上標明了草根傳媒文化相對於主流傳媒文化的新異之處。草根傳媒所提供的是主流媒體之外看待世界的另一種視角，而在主流媒體由於種種原因而「滯後」甚至是「缺席」時，草根傳媒恰恰能夠給事件以盡可能真切的還原和補充。正因為如此，從 2006 年左右開始，由廣大受眾自主生成相關內容的「UGC 模式」（user generated content）便已經在新聞業漸入佳境。〔註15〕傳播學家閔大洪則對此有更深入思考。他發現，草根傳媒文化具有四個鮮明特徵，即高度平等的參與機會，即時迅捷的訊息傳輸，交互呼應的輿論效應，以及聲勢浩大的社會動員。故而，草根傳媒文化「打破了『傳播者』與『受眾』之間的界限，從根本上改變了受眾群體在傳播中的地位」，為當代中國的傳播格局注入了強大活力：「從發展看，草根媒體並非能代替傳統大眾媒體，草根記者也並非能代替專業新聞工作者的採訪報導。但無論如何，草根媒體的概念已經形成，草根媒體的實踐在不斷推進，草根媒體借助互聯網傳播平臺發揮的影響與日俱增，已成為整個傳播格局中不可忽視和輕視的新力量。」〔註16〕

在草根傳媒文化的發展進程中，一個具有里程碑意義的事件是 2009 年轟動一時的「央視大火案」。2009 年 2 月 9 日晚，尚在建設中的中央電視臺北配樓突發嚴重火災，事故導致一名消防隊員犧牲，多人受傷，造成直接經濟損失達人民幣 1.6 億元。令人印象深刻的是，面對該重大突發事件，作為主流傳媒機構的中央電視臺選擇暫時不予播報，而在第一時間內對該事件加以「現

〔註14〕有學者曾援引中國人熟知的「廟堂」和「江湖」來劃定主流傳媒文化和草根傳媒文化之間的界限。其中作為「廟堂」的主流傳媒文化具有中心性、封閉性、權威性、統合性的特徵，而作為「江湖」的草根傳媒文化則表現出開放性、分權性、共享性、容錯性、戲謔性等鮮明、生動的品質。這樣的觀點以極具本土化的姿態，凸顯出草根傳媒文化為當代中國社會所注入的某些新的精神氣質。參見彭蘭：《文化融合：三網融合中的「瓶頸」》，見唐緒軍主編：《中國新媒體發展報告（2013）》，社會科學文獻出版社 2013 年版，第 243～247 頁。

〔註15〕參見黃煒、唐曉芬：《全媒體環境下電視價值鏈創新》，見胡正榮主編：《新媒體前沿（2011）》，社會科學文獻出版社 2011 年版，第 27 頁。

〔註16〕閔大洪：《草根媒體：傳播格局中的新力量》，《青年記者》2008 年第 15 期，第 9～11 頁。

場直播」的，則是一位昵稱為「加鹽的手磨咖啡」的網友。該網友在目睹事件的全過程時，用帶有攝相功能的手機抓拍了一系列關於火災現場的照片，並迅速將其上傳至著名的網絡論壇「天涯社區」。在短短 12 小時內，這些照片的點擊量便超過了 37 萬次，跟帖達到了 1700 多個。而另一位昵稱為「msunmsunmsun」的網友更是拍攝了一段關於火災現場的視頻，並在事發當晚 10 時左右將該視頻上傳到了全球最具影響力的視頻分享網站「YouTube」上。於是，當新華社等主流媒體的報導相繼出爐時，關於火災的訊息早已通過草根傳媒為數十萬普通民眾耳聞目睹。正是基於上述理由，在許多學者眼中，央視大火事件恰恰帶來了一個革命性的「轉折」，它標誌著草根傳媒文化對傳統電視新聞的挑戰、衝擊乃至超越。〔註 17〕

此外，需要補充說明的是，上述幾個環節還進一步規定了草根傳媒文化的雙重面向。其中狹義的、最典型的草根傳媒文化是直接由公民原創的影像或信息，當前流行的「拍客文化」便是最突出的代表。然而，草根傳媒文化又是一種以「共享」和「分有」為標誌的文化，在這種文化中，傳統意義上的「原創性」遭到了較之「機械複製」時代而言更猛烈的削弱。因此，各類來源於報刊、電影、電視等主流傳媒的信息，一旦流入網絡，並經過人們的點擊、評論、轉發乃至「二度加工」，就可以被歸入一個更廣義的「草根傳媒文化」的範圍之內。

第三節　作為社會變遷表徵的草根傳媒文化

無需贅言，任何傳媒文化都並非單一、孤立、鐵板一塊的存在，而總是呈現出不斷調節、補充、更替的開放狀態，總是處於同外在現實相互對話、彼此參照的動態過程中。於是，在今天，日常生活一方面已經為媒介所浸透，「並越來越多地圍繞一種媒介化的過程而得以構造」〔註 18〕；另一方面，媒介也作為「一種社會延伸形式」〔註 19〕而發揮作用，它的形成、發展與演變

〔註 17〕參見邱林川、陳韜文：《邁向新媒體事件研究》，見邱林川、陳韜文主編：《新媒體事件研究》，中國人民大學出版社 2011 年版，第 6 頁。

〔註 18〕Brian Longhurst, *Cultural Change and Ordinary Life*, Open University Press, 2007, p. 5.

〔註 19〕戴維・賀莫斯：《媒介、科技與社會：傳播理論的面向》，趙偉妏譯，韋伯文化國際出版有限公司 2009 年版，第 30 頁。

同樣植根於更加豐富、寬廣的社會文化領域。由此可見，草根傳媒文化在當前的星火燎原絕不是一個偶然發生的事件。可以說，恰恰是中國社會全方位、多層面的變遷，在很大程度上刺激並催化了草根傳媒文化的凸顯與廣泛流傳。

近年來，「社會變遷」（social change）或「社會轉型」（social transformation）是學界頻繁討論的概念。所謂社會「變遷」或「轉型」，意指一種社會形態向另一種社會形態的嬗變，其核心在於社會系統及其結構功能的轉換與調整。有學者認為，社會變遷的實質在於告別傳統而迅速向現代邁進：「『社會轉型』，是一個有特定含意的社會學術語，意指社會從傳統型向現代型的轉變，或者說由傳統型社會向現代型社會轉型的過程……當我們說『社會轉型』時，著重強調的是社會結構的轉型。在這個意義上，『社會轉型』和『社會現代化』是重合的，幾乎是同義的。」〔註20〕英國文化批評家霍爾（Stuart Hall）同樣從「現代性」（modernity）的視域出發來考察社會變遷。在他看來，社會變遷並非單一的事件，而是呈現出多重關切和多重視角的複雜交織。在此基礎上，霍爾提出，現代社會變遷涉及如下四個彼此糾纏聯動的層面：

1. 在廣大複雜的現代民族國家的特定地區邊界內運作的政治權力和權威的世俗形式的統治，以及主權和合法化觀念。

2. 貨幣化的交換經濟。它建立在大規模的商品生產和消費基礎之上，旨在為了市場、廣泛的私有制和系統長期基礎上的資本積累。

3. 帶有固定的社會等級和一致忠誠的傳統社會秩序的衰落，勞動的動態社會的和性別的分工的出現。在現代資本主義社會，這個特徵體現為新階級的形成以及男女之間獨特的夫權制關係。

4. 傳統社會典型的宗教世界觀的衰落，以及世俗的和物質的文化的崛起，它展現了我們所熟悉的個人的、理性的和工具性的衝動。〔註21〕

雖然嚴格說來，中國社會從 1840 年鴉片戰爭開始便處於持續的波動與震盪狀態。但必須承認，自 1978 年改革開放以來，社會變遷呈現出了更為鮮明、

〔註20〕鄭杭生等：《轉型中的中國社會和中國社會的轉型——中國社會主義現代化進程的社會學研究》，首都師範大學出版社 1996 年版，「前言」第 1 頁。
〔註21〕斯圖亞特·霍爾：《現代性的多重建構》，吳志傑譯，見周憲主編：《文化現代性精粹讀本》，中國人民大學出版社 2006 年版，第 43 頁。

激進、決絕的面向，或者用波蘭尼（Karl Polanyi）的說法，社會變遷在此時最具「巨變」或「大轉型」（the great transformation）的特點。恰恰在改革開放以來的中國，霍爾的上述論斷得到了某種反響或回應。中國社會科學院「社會發展綜合研究」課題組曾於 1991 年發布《我國轉型時期社會發展狀況的綜合分析》，文章對中國社會變遷或轉型的特徵有過如下描述：

> 社會現代化的過程是一個孕育著各種矛盾和衝突的從傳統社會向現代社會的轉型時期。現代化是一個整體，一個「文化叢」，它的豐富內涵，並不是經濟現代化本身所能表達的。……近十幾年來，儘管我們的改革主要是經濟改革，但社會已經進入一個全面的、整體性的轉型過程。我們正在從自給半自給的產品經濟社會向有計劃的商品經濟社會轉化；從農業社會向工業社會轉化；從鄉村社會向城鎮社會轉化；從封閉半封閉社會向開放社會轉化；從同質的單一性社會向異質的多樣性社會轉化；從倫理型社會向法理型社會轉化。〔註22〕

雖然時隔近 30 年，但文中的一些分析在今天仍具有重要參照意義。循此思路，周曉虹以更扼要的方式將當代中國的社會變遷歸納為四個維度：其一，「沿著 1949～1978 年的工業化道路，繼續實現從以農業為主導的社會向以工業和服務業為主導的社會轉變」；其二，「從指令性的計劃經濟向現代市場經濟的轉變」；其三，「從高度意識形態化的一元文化向去意識形態化的世俗多元文化的轉變」；其四，「從高度中央集權的政治體系向社會主義民主政治體系轉變」。〔註23〕

儘管不同學者對社會變遷或轉型的言說各有側重。但可以肯定的是，當代中國社會變遷是一個全方位、多層次的進程，其中既涉及經濟、政治、技術、制度等「有形」層面的轉變，也涉及個體思想觀念和人格結構等「無形」層面的微妙調整。同時，在這種廣泛而深刻的變遷中，還暗含著現代與傳統、開放與保守、個體與群體、制度與禮法、世俗與神聖、功利與價值等多種力量的對峙和緊張。有鑑於此，臺灣學者金耀基才會提出，轉型期中國社會的特徵有三：其一是「異質性」，即「自足的經濟制度與市場制度」「『作之君、

〔註22〕「社會發展綜合研究」課題組：《我國轉型時期社會發展狀況的綜合分析》，《社會學研究》1991 年第 4 期，第 77 頁。

〔註23〕周曉虹：《面向未來，或中國人精神世界的重塑》，見周曉虹等：《中國體驗：全球化、社會轉型與中國人社會心態的嬗變》，社會科學文獻出版社 2017 年版，第 358～359 頁。

作之師』的觀念與『平民主權』的觀念」「西化派與保守派」「傳統的家庭制度
與現代的社會組織」等諸種異質因素雜然並存；其二是「形式主義」，即高度
的異質性使任何舉措、規則或觀念無法得以徹底貫徹，故而，在「什麼應是
什麼」與「什麼是什麼」之間存在著斷裂與脫節；其三是「重疊性」，即傳統
與現代相重疊，尤其是「普化」「不分化」的傳統社會角色與「專化」「分化」
的現代社會角色相重疊。〔註24〕

　　如果從視覺文化的發展著眼，在改革開放以來的當代中國，社會變遷又
大致可劃分為三個階段：第一階段是 1978 年至 1980 年代末的改革初期，其
主要任務是「撥亂反正，確立改革開放的國策」。在這一階段，印刷文化依然
居於主導地位，視覺文化的影響力則尚未充分顯現。第二階段是整個 1990 年
代的改革中期，這一階段「基本確立了社會主義市場經濟的構架，形成了以
公有制為主，多種所有制經濟共同發展的格局，明確了『小康社會』的建設
目標」。隨著以電影、電視、廣告為代表的大眾傳媒的興盛，視覺文化在此階
段已漸具規模，並成為了引人側目的新的發展趨向。第三階段是 2000 年以來
的改革深化期，「它體現為『以人為本』的科學發展觀，強調可持續的和諧發
展，以實現經濟與社會、城市與鄉村、東部與西部、人與自然的協調發展」。
在這一階段，視覺文化得到突飛猛進的發展，不僅成為了公民日常生活中不
可或缺的因素，甚至還誘發了圍繞「眼球經濟」或「注意力經濟」的激烈競
爭。由於草根傳媒文化主要形成於 21 世紀以來，並隨著網絡技術的普及而蔚
為大觀，因此，本書對當代社會變遷的討論將集中於改革開放以來的第三個
階段，兼及同其餘兩個階段的參照和比較。〔註25〕

　　具體而言，自 2000 年以來，當代社會變遷對草根傳媒文化的塑造集中表
現在如下幾個方面：

　　首先，社會變遷加速了都市的發展，從而為草根傳媒文化的崛起提供了
不可或缺的背景。都市並非刻板、無生氣的人造物，而是一個充滿生機和活
力的能動場域，它一方面被人們觀察、感受和塑造，另一方面又編織了歷史、
空間和社會的複雜網絡，建構了主體的知覺、意識乃至生存方式。中國當代

〔註24〕參見金耀基：《從傳統到現代》，中國人民大學出版社 1999 年版，第 73～77
　　　　頁。

〔註25〕關於中國當代社會變遷的階段劃分，可參見周憲主編：《當代中國的視覺文化
　　　　研究》，譯林出版社 2017 年版，第 10～12 頁。

社會轉型中的一個鮮明特質，便在於大規模的「都市化」（urbanization）進程。
〔註26〕都市化不僅意味著人口資源向城市的高度集中，以及都市文明的繁榮
和城市建設的加快，還意味著城市所孕育的價值觀已經深刻地內化於人們的
生活之中。就草根傳媒文化而言，都市固然提供了物質和技術層面的堅實保
障，並培養了一大批具備基本媒介素養的生產者和消費者，但更重要的是，都
市自身矛盾交織的獨特品格，也為草根傳媒文化的演繹做出了恰如其分的鋪
墊。眾所周知，都市締造了「創造性，進步以及新的道德秩序的空間」〔註27〕，
為公民帶來了空前的便利和福祉；但同時，都市也不可避免地導致了擁擠、噪
音、污染、貧窮、犯罪，導致了焦躁、混亂、迷茫、緊張等負面的情緒體驗。
〔註28〕因此，都市既不純粹是一個自由、民主、解放的「烏托邦」，也不全然
是一個令人望而生畏的「煉獄」，它始終是一個充滿變數的複雜體系，始終呈
現出不斷生長、演化、分裂的「可能性」面貌。這種難以窮盡的可能性，勢必
會造成「個人面對的刺激和戲劇般經歷的急劇增加」〔註29〕，從而為草根傳媒
帶來了重要的表現素材和書寫對象。歸根結蒂，都市化的如火如荼促成了草根
傳媒文化的成長與壯大，而草根傳媒文化也必將繪製出都市此起彼伏的生動
圖譜，必將使都市以具體、可感的姿態，為更多人感知、體味和領悟。

　　其次，社會變遷的一個必然結果，是生產方式的沿革與更替，這些變化
為草根傳媒文化的形成帶來了適宜的土壤。如果說，經過改革開放以來十餘
年的發展，中國已基本告別「日出而作，日落而息」的農業社會，初步建立起
一個以工業生產為導向的現代國家，那麼，隨著90年代以來改革的深化，以
及全球市場經濟的影響與滲透，自21世紀以來，中國的社會生產方式又發生
了更微妙的轉變。其突出表現，在於「福特主義」（Fordism）與「後福特主義」

〔註26〕根據相關調查統計，截至2013年底，我國各級城鎮總轄區面積已占國土總面
　　　　積的一半，城鎮常住人口已達到73111萬人，城鎮人口占總人口比重已達到
　　　　53.73%，而預計到2020年，中國城鎮化比率將達到60%甚至更高。參見汪
　　　　光燾主編：《中國城市狀況報告：2014／2015》，中國城市出版社2014年版，
　　　　第15頁。

〔註27〕*The Sage Dictionary of Cultural Studies*, edited by Chris Barker, Sage Publications,
　　　　2004, p. 204.

〔註28〕龐德（Ezra Pound）那句「人群中這些面孔幽靈般顯現，濕漉漉黑色枝條上許
　　　　多花瓣」，便是關於城市所造成的疏離感和創傷體驗的一個充滿詩意的注腳。

〔註29〕邁克‧克朗：《文化地理學》，楊淑華等譯，南京大學出版社2003年版，第68
　　　　頁。

（Post-Fordism）這兩種生產模式的並駕齊驅。在新馬克思主義者戴維・哈維（David Harvey）看來，從福特主義向後福特主義的過渡已然成為了現今最引人矚目的社會—文化事件。作為一種典型的現代生產方式，「福特主義」來源於大工業背景下福特汽車公司所奠定的專業化生產程序，它以盡可能提高效率和競爭力為旨歸，崇尚大批量的流水線生產，嚴格、周密的分工，以及生產者的無限權威。「後福特主義」則誕生於福特主義日漸式微的上世紀 50、60 年代，它所講求的不再是統一、穩固、龐大的生產模式，而是跨地域的協作，大範圍的分配與定製，以及對消費者選擇的關注，從而突出了「現代生活的新穎、轉瞬即逝、短暫、變動不居和偶然意外」〔註 30〕，突出了一種充溢著「後現代氣質」和「不確定感」的全新時空體驗。誠然，在執著追尋現代性夢想的中國社會，福特主義依然是不容非議的絕對主導——縱觀中國的大部分省市，社會的「麥當勞化」（McDonaldization）〔註 31〕依然大行其道，便是其明證。但毫無疑問，伴隨全球化這一難以抗拒的總體趨勢，中國同樣也慢慢顯露了某些後福特主義的徵兆與端倪。〔註 32〕上述狀況在當前的傳媒文化中得到了清晰、生動的反映。如果說，主流傳媒文化在某種程度上可以同福特主義相對接，即強調大規模、標準化、集中化的訊息生產，並攜帶著直白、明確的功利目標〔註 33〕；那麼，草根傳媒文化則更多順應了後福特主義的精神

〔註 30〕 戴維・哈維：《後現代的狀況——對文化變遷之緣起的探究》，閻嘉譯，商務印書館 2003 年版，第 220 頁。

〔註 31〕 所謂「麥當勞化」，由美國社會學家喬治・瑞澤爾（George Ritzer）提出，意指「快餐店的諸原則逐漸支配美國以及世界的越來越多的層面和領域的過程」，其核心原則有四，即「高效率」「可計算性」「可預測性」和「控制」。就運作邏輯和現實功效而言，上述原則在很大程度上與哈維所強調的福特主義遙相呼應。縱觀當下中國社會，麥當勞化其實已融入了包括加工製造、餐飲娛樂、高等教育、醫療保健、金融業務、信息搜索在內的廣泛領域。參見喬治・瑞澤爾：《漢堡統治世界？！——社會的麥當勞化》，姚偉譯，中國人民大學出版社 2014 年版，第 1～28 頁。

〔註 32〕 有研究者觀察到，在產業結構、產業組織、產業技術這三個方面，中國的工業化已體現出明顯的後福特主義傾向，如信息化、多元化、多層次，等等。參見賴土發：《從福特主義到後福特主義——中國工業化進程面臨的機遇和挑戰》，《福建論壇》（人文社會科學版）2004 年第 11 期，第 28 頁。

〔註 33〕 如美國傳播學家戈瑞伯爾（Doris A. Graber）便認為，主流傳媒更多扮演了政府「傳聲筒」的角色，從而發揮了營造政治氛圍，灌輸意識形態，培育社會運動和利益組織等功效。參見道瑞斯・A・戈瑞伯爾：《大眾傳媒與美國政治》，張萍譯，南京大學出版社 2011 年版，第 137～148 頁。

取向，它所青睞的是一種靈活、隨意、個性化的生產與傳播方式，因而也迎合了「分眾時代」多元的審美趣味和價值預期，並體現出包容性、民主化、平等性、參與性等積極的價值和意義。一言以蔽之，生產方式的當下變革從物質、精神、文化等多個向度確立了草根傳媒文化的合法性，而草根傳媒文化又反過來推動了這種變革的層層深入和逐步擴張。

再次，在當代社會變遷的浪潮中，無可避免地裹挾著技術層面的進步與突破，這就為草根傳媒文化的繼續生長注入了強大的動力。技術，始終是一種與人類文明息息相關的存在。按照斯蒂格勒（Bernard Stiegler）的觀點，技術絕不是個體為達成特定目標而採取的輔助措施，絕不是一種被動的、無生氣的、外在的點綴和附庸；相反，自神話時代以來，技術便引導著人們「運用生命以外的方式來尋求生命」〔註34〕，進而真切地建構了個體的思考和行動方式，建構了「人之為人」的本質所在。在改革開放以來的中國社會，生產力的提升，經濟建設的加快，自主創新能力的增強，以及市場競爭的日益開放，共同帶動了技術手段的日新月異。同時，當前的技術產品又明顯體現出高度的普適性和極強的親和力，體現出電子化、微觀化、精細化、人性化、動態化等鮮明的品質。這樣的局面不僅為草根傳媒文化提供了切實可靠的保障和支撐，同時，也促使這一新的文化形態順利融入每一個普通人的日常生活。一個頗有說服力的例證是手機的升級換代。美國媒介學家保羅‧萊文森堅信，技術具有與生俱來的「人性化趨勢」（anthropotropic），它絕非居高臨下地強加於人，而總是基於主體的現實需求，不斷地自我改善和革新，不斷地調整其固有座標。他指出，在傳統意義上，人類的行走（在空間中移動）與言說（同他人交流）的功能是彼此分離的，正是手機的發明真正將兩種功能黏合在一起，從而「完全斬斷了把人束縛在室內的繩索」，「把它的使用者從家宅和辦公室裏解放出來，送進大千世界的希望之鄉里去」。〔註35〕由此出發，帶有攝像頭的新一代手機的出現，則再次將言談、行走和影像採集的功能融為一體，在它的幫助下，人們在遊走、穿梭於大街小巷的同時，能夠自由、靈活、隨心所欲地截取並保存眼前一閃而過的視覺片段。可以想見，

〔註34〕貝爾納‧斯蒂格勒：《技術與時間：1. 愛比米修斯的過失》，裴程譯，譯林出版社 2000 年版，第 21 頁。

〔註35〕保羅‧萊文森：《手機：擋不住的呼喚》，何道寬譯，中國人民大學出版社 2004 年版，第 9 頁。

這種技術裝置的改進不僅極大地豐富了草根傳媒文化既有的形象體系，同時，也消除了主流傳媒文化中單一化、同質化的效果預期，引發了諸多不同於以往的，即時、生動、「非線性」的視覺體驗，並允諾了某種充滿活力與可能性的新興媒介景觀。〔註36〕

復次，社會變遷的最醒目標誌之一，是信息時代的來臨和互聯網的高歌猛進，草根傳媒文化也藉此獲得了賴以維繫的支柱和充分延展的可能。具體說來，在現今的中國社會，互聯網已取代報刊和電視新聞而成為了人們瞭解世界的最主要途徑，同時，移動互聯業務的欣欣向榮，又再次為網絡效力的提升推波助瀾。在 2015 年 1 月，中國互聯網絡信息中心發布了《第 35 次中國互聯網絡發展狀況統計報告》。該報告顯示，截至 2014 年底，中國網民人數已達到 6.49 億，互聯網使用者占總人口比例已達到 47.9%（見圖 1-5）。此外，中國手機網民人數為 5.57 億，網民中使用手機上網者所佔比例已高達 85.8%（見圖 1-6）。從總體上看，超過半數的受調查者對互聯網表現出積極態度。〔註37〕

圖 1-5　中國網民規模和互聯網普及率

〔註36〕有學者認為，可攝相手機的最重要意義，在於消解傳統意義上「拍者—被拍者」的二元對立，使人們有可能在拍攝的主體與對象之間隨意地游移、轉換：「和傳統的亞文化相比，網絡時代的拍客亞文化內容是迅速變化的，拍客的身份也是迅速游移的，前一分鐘你可以拍自己故作萌態，下一分鐘你可以拍他人的非常造型，今天你可能混跡於某個殺馬特論壇，明天又搖身變為一個曬客。所以，我們傾向於將拍客描述為一種行為或是人群的漸變式的『光譜』，在這個譜系中，一個拍客可以完成他從業餘到專業的變化、從自拍到拍他的轉換、作品從靜態圖片到動態影像的升級。」參見陳一：《拍客：炫目與自戀》，蘇州大學出版社 2012 年版，第 40 頁。

〔註37〕參見中國互聯網絡信息中心發布於 2015 年 1 月的《第 35 次中國互聯網絡發展狀況統計報告》，http://www.cnnic.net.cn/hlwfzyj/hlwxzbg/201502/P02015020 3551802054676.pdf。

圖1-6　中國手機網民規模及其占網民比例

　　互聯網的廣闊涵蓋面和強大包容性，無疑帶給了草根傳媒文化無可限量的平臺和演繹空間。但必須看到，網絡又不止於一種信息的「載體」或「容器」，它極大地動搖了既有的交往模式，使人類生活發生了翻天覆地的改變。〔註38〕正是在網絡的持續作用下，草根傳媒文化才會呈現出諸多迥異於主流傳媒文化的特徵。尤為值得一提的，是網絡對受眾的解放作用。在傳統意義上，媒介往往扮演著絕對掌控者的角色，而受眾則無異於籍籍無名的「沉默的大多數」，即使在真人秀這類更加開放的視覺文本中，依然有一個機構「制定了受眾參與媒體生產的『遊戲規則』」〔註39〕。而在草根傳媒文化的表意實踐中，網絡空間的多媒體性、虛擬性、匿名性和未完成性，則有效保證了個體選擇的能動性以及公眾參與的高度自由，不僅推動人們圍繞特定議題各抒己見，同時，也在相當程度上預示了「媒介的一種民主化形式」〔註40〕。此外，究其實質，網絡文化還是一種卡斯特（Manuel Castells）所謂的「真實的虛擬文化」（culture of real virtuality），它雖然脫胎於電子符碼的虛擬世界，卻有能力以象徵的方式指涉並作用於個體的精神維度，進而實實在

〔註38〕在其代表作《伊托邦》的開篇，米切爾（William J. Mitchell）別出心裁地開列了三份「悼詞」，其緬懷對象包括：由「水井」所代表的傳統社交中心，由「壁爐」所代表的舊式家庭關係，以及由「菩提樹」所代表的古老傳播模式。三者曾作為社會的「黏合劑」而發揮重要作用，卻隨著互聯網的嶄露頭角而迅速退居幕後。在此，米切爾形象化地展現了網絡對傳統訊息交換方式的巨大衝擊。參見威廉·J·米切爾：《伊托邦：數字時代的城市生活》，吳啟迪等譯，上海科技教育出版社2005年版，第1～8頁。

〔註39〕格雷姆·伯頓：《媒體與社會：批評的視角》，史安斌譯，清華大學出版社2007年版，第13頁。

〔註40〕格雷姆·特納：《普通人與媒介：民眾化轉向》，許靜譯，北京大學出版社2011年版，第2頁。

在地塑造人們的認識、感受乃至同外在現實的想像性關聯。〔註41〕不難想見，這種真實和虛擬的交錯雜糅必將在草根傳媒文化中得到更耐人尋味的演繹與彰顯。

最後，必須提及的是，社會變遷還造成了公民心理狀態的深刻改變，進而為草根傳媒文化的凸顯做出了精神層面的準備與鋪墊。這一點主要表現在兩個方面：第一，當前中國的社會形態已逐步由封閉走向開放，由單一、同質的「超穩定結構」走向多元、異質的動態化格局。上述局面促成了主體身份意識的覺醒和表達欲望的增強，使人們熱衷於利用草根傳媒文化的便利平臺，盡情書寫自己的經驗、感受和見解。第二，更重要的是，當前經濟、政治、文化的轉型，在帶來豐碩成果的同時，也導致了一些問題的出現，如分配不均、貧富差距、城鄉分化、官民矛盾等。以上因素交互作用，引發了頗為複雜的情緒體驗，這些複雜情緒投射到草根傳媒文化中，自然也衍生出了豐富的話語形態和媒介景觀。一個值得關注的現象，是消費主義對群體心態及其媒介話語的深層次影響。在市場經濟繁榮的當代中國，「消費」已愈發成為衡量個體價值的最重要尺度之一，愈發成為指引人們的思考和行動的最重要參照。如前所述，絕大多數草根傳媒文化的生產者、傳播者和消費者都屬於20～29歲之間、大專及以上學歷的年輕人。他們擁有一定的知識積澱、獨立意識和社會關懷，滿懷對未來的憧憬，卻時常因為所佔經濟資本的有限，只能在大城市苦苦支撐，無力通過購房買車等消費行為來謀求身份認同和自我實現。這些年輕人不僅淪為了鮑曼（Zygmunt Bauman）意義上「有缺陷、有欠缺、不完美和先天不足」〔註42〕的消費者，同時，也時刻受困於一種內在的虛無，一種精神層面的挫敗、屈辱與創傷。這樣的尷尬境遇自然在草根傳媒文化中得到了充分的表現。如2005年以來大肆風行的「網絡惡搞」，便可以被視為年輕人在較大的精神壓力下，試圖通過「二次加工」的方式來顛覆權威、對抗經典、消解秩序，進而彰顯個性並宣洩負面情緒的視像化、符碼

〔註41〕如加拿大學者文森特·莫斯可（Vincent Mosco）便發現，通過對傳統歷史、地理、政治觀念的瓦解，互聯網極大地釋放了人們的主體意識，使他們有可能擺脫現實世界的規訓而向一個新的超驗性王國提升。在此過程中，網絡空間的親歷者也將獲得一種由數字技術所建構的「崇高」（sublime）體驗。參見文森特·莫斯可：《數字化崇拜：迷思、權力與賽博空間》，黃典林譯，北京大學出版社2010年版。

〔註42〕齊格蒙特·鮑曼：《工作、消費、新窮人》，仇子明等譯，吉林出版集團有限責任公司2010年版，第85頁。

化策略。〔註43〕而當前鋪天蓋地的「屌絲敘事」，則無疑影射了青年一代被消費主義所疏離和剝奪之後所感受到的彷徨、無奈與創傷，以及由此而產生的自我否定、自我妥協、自我嘲弄的犬儒主義的人格特徵。〔註44〕在這樣的狀況下，草根傳媒文化也就同社會學意義上邊緣化、對抗性的「草根」產生了某些關聯乃至同構之處。

綜上所述，當代社會變遷帶來了都市空間、生產方式、技術手段、信息傳播、個體心理等多方面的意味深長的轉變，這些變化不僅推動了草根傳媒文化在傳播格局中的脫穎而出，也共同作用，使其呈現出諸多別具一格的內涵、品質和特性。正是在這樣的背景下，草根傳媒文化才一方面區別於大眾文化、先鋒藝術、民俗風情等既有的文化形態，另一方面，又不斷同上述文化形態交疊、互滲，並逐步構築起一個具有強大張力和豐富可能性的「合力之場」。可以肯定的是，在社會轉型洶湧澎湃的浪潮中，草根傳媒文化必將得到更集中而深切的開掘與探究。

第四節　中國草根傳媒文化的獨特問題

一個有目共睹的事實是，草根傳媒文化現已成為了全球範圍內風起雲湧的新興文化現象。如丹‧吉摩爾便觀察到，在「9.11」事件之後，正是草根媒體向惶恐無助的美國人展現了「主流媒體無法提供，也不會提供的珍貴的事件起源」〔註45〕。有研究者更是指出，在美國第一位非裔總統奧巴馬的競選

〔註43〕有研究者觀察到，在蜂擁而至的惡搞文本中，隱含著草根網民對物質／精神財富分配不均的控訴，以及從精英階層手中搶奪「話語權」的強烈衝動，因而，「我們幾乎可以把所有的惡搞複製都看成是大眾對於精英文化敘事的不滿，看成是他們對於精英文化世界的破壞，看成是他們對於精英話語權威的挑戰」。參見藍愛國：《網絡惡搞文化》，中國文史出版社2008年版，第6頁。

〔註44〕有學者認為，「屌絲」一詞在中國「社會斷裂」和「階層關係再生產」的背景下產生，它並非專指衣不蔽體、食不果腹的貧賤之人，而更多被包括白領和高校學生在內的青年群體所徵用：「這些熟練使用互聯網新媒體的用戶，其實並非處在社會底層的搬磚民工，但是，置身於購物慾望不斷受到挑逗的消費主義語境中，這些有著相對剝奪感和相對貧窮感的人群，卻通過這種刻意的文化誤認和自我降格的身份扮演，對工作生活壓力和社交形象焦慮進行了釋放和疏解。」參見邵燕君主編：《破壁書：網絡文化關鍵詞》，生活‧讀書‧新知三聯書店2018年版，第414～424頁。

〔註45〕丹‧吉摩爾：《草根媒體》，陳建勳譯，南京大學出版社2010年版，「序言」第2頁。

活動中，以博客、Twitter、YouTube 視頻網站、MSN 個人空間、手機短信等為代表的草根媒體起到了籌措民間資金、激發公眾熱情、塑造政治偶像的巨大作用，從而為奧巴馬的最終勝出提供了強大的推動力量。〔註 46〕但同時，必須認識到，草根傳媒文化在中國社會「轉折」與「巨變」的特定背景下形成和不斷擴張，轉型期中國社會的各種情狀與境遇都不同程度地通過它而得以「具體化」和彰顯。於是，草根傳媒文化也就適時地充當了一面鏡象，凝聚並折射了一系列具有強烈「在地性」的中國經驗和中國問題。

總體上看，中國草根傳媒文化的獨特問題大致關涉到如下幾個方面：

第一，是草根傳媒文化的形象譜系及其蘊含的情感邏輯。在針對任何文化形態的考察中，「形象」都是一個不容錯過的核心命題，它不僅攜帶著豐富的、第一手的視覺訊息，還極有可能「代替生活中所缺之物而喚醒人的欲望」〔註 47〕，繼而以潛移默化的方式塑造主體的精神世界和人格結構。無可否認，草根傳媒文化所涵蓋的是較之從前遠為駁雜、多樣的形象體系，而在草根傳媒文化自成一格的視覺表達中，上述形象又呈現出了一些值得玩味的品格和特質。如果說，在前網絡時代的中國，形象更多與革命、政治、國家等宏大命題水乳交融，更多擔負著「宣傳」或「教化」的莊嚴使命；那麼，草根傳媒文化則與人們血肉鮮活的、更具私密性的情感體驗建立起了難以割裂的緊密關聯。具體說來，依託互聯網這一即時、迅捷、一呼百應的平臺，草根傳媒形象強烈地觸動了普通人在社會變遷中所共有的經驗和感受，從而同他們產生了情感上的呼應、溝通與契合。在此基礎上，公民在當下情境的特定情感狀態，又驅使他們不斷將目光投向某些特殊的形象類型，並不斷將這些形象從漫無邊際的網絡空間中抽離出來，進而形構了一種頗具挑戰性和衝擊力的全新的「情感類型學」。由此可見，在草根傳媒文化中，形象絕不能等同於單純的、感官化的物質外殼，它總是伴隨當前社會文化語境的更迭而不斷地滋長、蔓延、流變，並逐步激發了諸如憤怒、惶恐、悲憫、鄙夷、戲謔等形形色色的情緒和感受；同時，形象的存在，又使上述情感得到了某種視像化、戲劇性的演繹和凸顯，使之再次以直觀、生動的方式作用於人們的精神維度，從而間

〔註 46〕參見王珍：《從奧巴馬當選看「草根媒體」的崛起》，《新聞大學》2009 年第 3 期，第 133～137 頁。

〔註 47〕羅伯特·威廉姆斯：《藝術理論：從荷馬到鮑德里亞》，許春陽等譯，北京大學出版社 2009 年版，第 2 頁。

接推動了社會變遷的持續進行。可以說，正是形象和情感的複雜糾纏與相互指涉，為人們對轉型期中國社會現實的深度開掘帶來了難能可貴的契機。

第二，是草根傳媒文化的語言符碼及其傳遞的社會心態。語言，始終是人類生存中不可缺少的前提條件，它不僅保障了個體之間交流的有效性，同時，也提供了「我們對自身的主觀世界加以體驗的樞紐」〔註48〕。在草根傳媒文化中，無疑包含著大量的視覺語言符碼，包含著一整套既定的表述程序和話語體系。不難發現，草根傳媒文化的視覺語言具有強烈的當下性、突發性、質樸性和非專業性，從而最大限度地消解了主流傳媒文化中五花八門的修飾、點綴和渲染，並給人以異乎尋常的感官震撼和視覺衝擊。然而，草根傳媒文化又絕非一塊未曾開墾的「處女地」，它在不斷增殖與彌散的過程中，同樣也受到了種種外在因素的影響與牽制，同樣經歷了更加隱晦而複雜的調整、轉換和加工。因此，草根傳媒文化的視覺語言絕不像表面上那樣坦率、中立、透明，而是潛藏著諸多蓄意為之的暗示、激發和誘導，如尖銳的、難以調和的「二元對立」，令人感同身受的視覺母題或定式，以及富有挑逗性和感染力的「戲劇性瞬間」，等等。上述視覺策略往往作用於公民在特定情境下的身份意識與群體認同，不僅使他們產生了強烈的「代入感」和普遍的精神共鳴，也變相實現了對某種「共同體」意識的聚合與重構。這一點在圍繞各色「最牛釘子戶」事件的草根報導中得到了顯著的體現。概而言之，草根傳媒文化的語言符碼並不是一串客觀、中立、不偏不倚的能指的序列，相反，人們可以從中感受到明確的傾向性和鮮明的價值判斷，並由此而觸及更為深沉、厚重，更加發人深省的社會文化心態。〔註49〕可以斷言，針對草根傳媒文化及其視覺語言的細緻分析，必將為習慣於跟從西方而時常陷入「偏見」與「誤讀」的中國視覺文化研究帶來更為開闊的視野和眼光。

第三，是草根傳媒文化的存在方式及其引發的公眾參與。如前所述，互

〔註48〕Cristina Lafont, *The Linguistic Turn in Hermeneutic Philosophy*, The MIT Press, 1999, x.

〔註49〕在這裡，有必要對「社會心態」和前文提到的「情感」做出一定的辨析。很明顯，二者都涉及主體的某種心理反應、狀況或趨向，並呈現出相互滲透、彼此促發的內在關聯。但必須承認，情感是一種更加感性化、個體化的心理活動，它的發生與發展具有鮮明的偶然性、短暫性和隨意性；而社會心態則意味著人們在特定社會背景下所共享的感知、經驗和情緒的「集合體」，意味著普羅大眾在長期的實踐中逐步形成的心理積澱和文化訴求，因而也表現出了更加完整、統一，更具穩定性和普適性的基本面貌。

聯網的一個鮮明標誌是高度的可參與性。以此類推，植根於網絡空間的草根傳媒文化也將呈現出面向廣大公眾開放的獨特形態。〔註 50〕如果說，在主流傳媒文化中，人們不得不按照預先設定的規劃（如電影場次安排或電視節目表）來按部就班地觀看與接受；那麼，草根傳媒文化則賦予了主體對各種視聽文本加以自由支配的權利。在這裡，沒有嚴格的准入標準，也沒有各色「把關人」的重重約束與限制，每個人只要擁有相應的技術設備和一定的媒介素養，便可以採集、傳遞甚至是親手製作包括文字、圖畫、影像在內的各式各樣的訊息。於是，生產者、傳播者、接受者之間明晰可辨的身份定位開始變得模糊不清，而傳統意義上長期處於「失語」狀態的公眾也將在某種程度上獲得自我言說、自我演繹、自我彰顯的有效平臺。〔註 51〕在近年來沸沸揚揚的南京「彭宇案」、陝西「微笑局長」事件、河北「我爸是李剛」事件、廣東「小悅悅」事件等代表性案例中，公民正是通過對相關影像或訊息的傳遞、轉發、評論乃至「二度加工」而進入了過去難以接近的輿論場中，不僅能夠圍繞某些社會公共議題暢所欲言、各抒己見，還有機會將個體的意志凝聚為一股強大的群體力量，在一定程度上影響到相關政策法規的制立與實施。那麼，草根傳媒文化是否能真正捍衛公民表達的權利和自由，進而營造一個開放、民主、平等的「公共領域」？毋庸置疑，對以上問題的追問必將進一步深化人們對草根傳媒文化的開掘、理解和把握。

第四，是草根傳媒文化的內在悖論及其導致的倫理困境。「倫理」不只是一套單純的道德行為規範，而且還關涉到「那些被特定人類群體的生活所展示的價值和慣例體系」〔註 52〕，關涉到「人之為人」的肯綮所在。因而，倫理問題自然應成為考察草根傳媒文化的一個不可缺失的視角。草根傳媒文化

〔註 50〕 如有研究者便指出，草根傳媒有助於培養一種獨特的「參與文化」（participatory culture），其標誌性特徵之一，在於「人們能夠進行集體的或個人的選擇進而對共享經驗產生影響」。參見亨利·詹金斯、伊藤瑞子、丹娜·博伊德：《參與的勝利：網絡時代的參與文化》，高芳芳譯，浙江大學出版社 2017 年版，第 12 頁。

〔註 51〕 在一次以南京市民為主體的問卷調查中，有 75.4%的受訪者對草根傳媒文化在促進表達自由上的有效性持贊同態度，遠遠多於持不贊同態度者所佔的 17.2%。參見龐弘：《當代中國「草根傳媒文化」發展狀況調查報告》，《江海學刊》2014 年第 4 期，第 198 頁；亦可參見本書附錄一。

〔註 52〕 *The Shorter Routledge Encyclopedia of Philosophy*, edited by Edward Craig, Routledge, 2005, p. 242.

所具有的是多元、駁雜、充滿矛盾性與兩歧性的構造方式，它不僅充溢著激進的政治─文化訴求和烏托邦式的理想主義色彩，同時，也無可避免地隱含著諸多悖謬、裂隙和症候，從而為人們窺探其深層次的脆弱之處提供了可能。無可否認，在傳統道德觀念常常遭受衝擊的當代社會，草根傳媒文化起到了補偏救弊的作用：它一方面將種種社會陰暗面暴露於公眾的視線之中；另一方面，又將人們的不滿與義憤凝合為一股強大的輿論壓力，從而發揮了維護權益、揭露醜惡、匡扶正義等重要的社會功用，有力地維護了倫理道德底線。然而，在草根傳媒文化的不斷擴張中，一個無法遮掩的事實是，倫理的「越界」或「離軌」現象已然呈泛濫之勢。例如，以色情、暴力、丑怪等方式吸引受眾的眼球，培養畸形、病態的審美趣味；為引爆點擊率，強行將某些私人事件演化為公共性的景觀，從而對他人隱私構成侵害；利用具有誤導性的訊息或影像，顛倒是非曲直，使公眾的情緒脫離應有的軌道而流於歇斯底里式的誹謗、詆毀與中傷……可以說，草根傳媒文化就如同古羅馬神話中那位雙面的雅努斯神，它固然允諾了主體的空前自由，但同時也很可能造成自由的過度膨脹，從而使主體全然沉陷於恣意妄為的快感之中，將本應奉為圭臬的道德律令拋諸腦後。在相關制度規範（尤其是關於互聯網監管的法律和法規）尚不健全的情況下，在公民批判理性不甚發達的整體氛圍中，這樣的「倫理越軌」更有可能帶來令人始料未及的破壞效應。由此可見，如何從倫理向度對草根傳媒文化加以適當的引導與調控，以防止其淪落為話語暴力的同謀抑或商業消費主義的傀儡，應當是每一位草根傳媒文化的親歷者反覆思索的問題。〔註 53〕

　　當然，還必須強調的是，以上幾個問題並非自說自話式的孤立存在，相反，它們共同發生於一個「視覺文化轉向」的宏觀語境中，並不約而同地涉及形象、表徵、視覺性、視覺建構這些視覺文化研究中難以忽視的概念和範疇。由此出發，一種值得玩味的「草根視覺生態」也將逐漸生成和浮現。正如大自然中的生態系統有自身的呼吸、節奏和韻律一般，草根視覺生態同樣在視覺層面體現出了完整、獨立、自成一格的品格和面貌：它一方面植根於傳

〔註 53〕對於草根傳媒文化所可能包含的倫理困境，絕大多數公民其實都感同身受。在一項針對南京市民的問卷調查中，高達 69.1% 的被調查者感到有必要對視頻、圖像等相關網絡資源加以整治和規範，認為不必要者所佔比例則僅為 18.4%。參見龐弘：《當代中國「草根傳媒文化」發展狀況調查報告》，《江海學刊》2014 年第 4 期，第 199 頁；亦可參見本書附錄一。

媒的「草根化」所帶來的視覺傳達、視覺修辭、視覺體驗、視覺思維等方面的激烈轉變；另一方面，又關涉到潛藏在視覺表象背後的，廣大草根民眾在轉型期微妙、複雜的情感態度和文化心理變遷，因而也蘊含著強烈的社會關懷乃至文化—政治衝動，並最終以獨特的方式融入了中國社會轉型的總體進程之中。這種草根視覺生態的形成，不僅為現今中國的視覺文化研究補充了新鮮血液，亦有助於揭示公民精神狀態和「感覺結構」的意味深長的轉變，並最終呈現出一幅動態的、充滿魅力和可能性的新興文化景觀。

第二章 草根傳媒文化的情感邏輯與形象類型

　　在視覺文化研究的知識譜系中，「形象」（image）始終是一個不可或缺的維度。藝術理論家摩西・巴拉什（Moshe Barasch）曾指出：「在任何時代與文化中，人們都沒有停止對形象的想往與猜測。」[註1] 的確，自遠古時代以來，人類便試圖借助對特定形象的描繪來實現同宇宙萬物的溝通；在工業化與都市化不斷推進的當代語境下，琳琅滿目的視覺形象通過美術、影視、廣告、動漫、遊戲、攝影、服飾、身形等渠道而得以彰顯，從而潛移默化地融入並塑造了每一個普通人的日常生活。必須看到，形象是一個格外含混、複雜的範疇，它不僅意味著某種視像化的物質外觀，不僅意味著個體表情達意的工具或審美欣賞的對象，還進一步表徵著人們在特定歷史階段最為原初而本真的期待和訴求，表徵著他們同周遭世界的想像性關聯。故而，形象的生產、流通與接受，形象的特徵與功效，形象的結構、組織與類別等，便體現出了難以忽視的價值和意義。正是基於上述理由，米歇爾（W. J. T. Mitchell）才會將21世紀人文學術中的最重要問題歸結為一個「形象的問題」[註2]。

　　眾所周知，形象並不是一個僵化、凝固的實體，而總是處於不斷游移、轉換的動態過程中。因此，「最好是把形象看做一個跨越時空來自遠方的家

〔註1〕Moshe Barasch, *Theories of Art, 1: From Plato to Winckelmann*, Routledge, 2000, vii.

〔註2〕W. J. T. 米歇爾：《圖像理論》，陳永國等譯，北京大學出版社2006年版，「序言」第2頁。

族，在遷徙的過程中經歷了深刻的變形」〔註3〕。作為一種極具開放性與包容性的文化形態，草根傳媒文化自然囊括了異常豐富、駁雜的形象資源。〔註4〕同時，草根傳媒文化所獨有的視覺表達方式，又使這些形象具備了某些不同於以往的內涵和品質，其最突出表現，在於形象與情感之間千絲萬縷的緊密關聯。恰恰是這種形象和情感的交互作用，不僅極大地充實了形象概念的既有意涵，同時也啟發了人們對當代文化精神狀況的更深層次反思。

第一節　草根傳媒形象與「情感動員」

在人類生存、發展的漫長歷程中，「情感」（emotions）一直都佔據著奠基性的位置。無數人經歷過「情非得已」，品味過「情不自禁」，最後又往往「為情所困」。情感和人們常說的「情緒」相關又有所不同〔註5〕，它不僅是一種生物學屬性，不僅是大腦皮層受外界刺激所產生的震盪與波動，同時也暗含著歷史、社會、文化的多重邏輯和多重線索，並能夠體現出較強的支配與建構作用。如涂爾幹（Émile Durkheim）便認為，人類的社會情感並非若干非理

〔註3〕W. J. T. 米歇爾：《圖像學：形象，文本，意識形態》，陳永國譯，北京大學出版社 2012 年版，第 6 頁。

〔註4〕應當看到，「形象」是一個極具包容性和延展性的範疇。如米歇爾便提出，形象概念至少涵蓋了「圖像」（圖畫、雕像、設計）、「視覺」（鏡象、投射）、「感知」（感覺數據、「可見形狀」、表象）、「精神」（夢、記憶、思想、幻影）、「詞語」（隱喻、描寫）等五重意涵。具體到草根傳媒文化中，形象主要指由草根傳媒所塑造並呈現的，平面、靜止的圖像與立體、運動的影像，如五花八門的網絡圖片、照片、視頻、gif 動態圖，等等。但同時，必須注意，在針對草根傳媒形象的考察中，研究者絕不能僅僅駐足於外在的視覺表現，而忽視對隱含於形象背後的深層次意義與精神的探究。有關形象定義的更詳盡說明可參見 W. J. T. 米歇爾：《圖像學：形象，文本，意識形態》，陳永國譯，北京大學出版社 2012 年版，第 6～11 頁。

〔註5〕在心理學中，「情緒」和「情感」是一對相近的概念，它們均係主體基於周遭現實而產生的心理反應。但二者同樣有較明顯的區別：首先，情緒出現較早，多與人的飢餓、疼痛、困倦等生理性感受有關；情感出現較晚，多與人的求知、交際、自我實現等社會性需求有關。其次，情緒具有情境性和暫存性，往往隨著時間的推移和處境的改變而增強或減弱；情感較之情緒而言具穩定性，它是在多次情緒體驗的作用下形成的相對持久的心理狀態。再次，情緒相對外顯，往往在人的表情、姿態、語氣中得以直觀體現；情感則相對內斂，通常積澱於主體的精神深處，而不為人輕易察覺。參見王雁主編：《普通心理學》，人民教育出版社 2002 年版，第 224～225 頁。

性因素的簡單疊加，而是「有著集體性的根源，有著普遍性、永恆性和內在的緊張性」〔註6〕，從而也表現出了整合與形塑的強大力量。特納（Jonathan H. Turner）和斯戴茲（Jan E. Stets）指出，情感在人際交流中發揮著「黏合劑」的功效，共同的情感經驗對於法律規範的踐行、道德秩序的建立乃至社會有機體的形成起到了極為關鍵的作用。因此，在某種意義上，「人類的獨特特徵之一就是在形成社會紐帶和建構複雜社會結構時對情感的依賴」〔註7〕。通過對17世紀哲學文本的細讀，蘇珊・詹姆斯（Susan James）發現，情感並非與理性相牴牾，而是充當了理性的依據和重要補充：「如果我們想理解道德的動機和發展、行動的緣起（包括理性的和非理性的），理知的性質，等等，我們必須將人類的情感生活納入考慮。」〔註8〕

　　落實到視覺文化領域，情感的重要性集中表現為視覺文本的製作者對於主體情感的有意識倚重。如康定斯基（Wassily Kandinsky）等抽象表現主義者便擅長將創作者的熾烈情感鎔鑄於高度抽象的形式表現中，進而在觀看者內心激發類似或相關的情感體驗。廣告等當代大眾文化產品的策劃者同樣熱衷於打造形形色色的視覺形象體系，以此來喚起消費者各有所異的情感期待，並最終實現謀取商業利益的終極目標。〔註9〕

　　在草根傳媒文化這一獨特的場域，情感與形象的親緣性得到了更富戲劇性的演繹，其最直觀表現，莫過於草根傳媒形象所營造的強烈的「情感動員」（emotional mobilization）效應。早在20世紀80、90年代，有學者便注意到了情感在社會動員的發生、發展中所佔據的至關重要的地位。如社會學家梅魯

〔註6〕埃米爾・涂爾幹：《社會分工論》，渠東譯，生活・讀書・新知三聯書店2013年版，第63頁。

〔註7〕喬納森・特納、簡・斯戴茲：《情感社會學》，孫俊才等譯，上海人民出版社2007年版，第1頁。

〔註8〕蘇珊・詹姆斯：《激情與行動：十七世紀哲學中的情感》，管可穠譯，商務印書館2017年版，第32頁。

〔註9〕有研究發現，廣告之「視覺說服」（visual persuasion）效應的關鍵，在於以別具一格的形象來觸發預期的情感反應：「廣告商憑藉自己的直覺理解，以及對圖像與情感之間的關係日益豐富的研究成果，得以引發強烈的，有時候是原始（primal）的反應，比如對某一特定類型的性感模特的渴望；對使某一位政治家顯得有尊嚴的某種外表的尊敬；對饑民的可憐相的同情憐憫……簡言之，形象性使廣告商得以引發各種不同的情感反應，並且將其用來為廣告業服務。」參見保羅・梅薩里：《視覺說服：形象在廣告中的作用》，王波譯，新華出版社2004年版，第9頁。

奇（Alberto Melucci）便相信，共同的情感投入在公民身份認同的形成中起到了不可低估的作用，從而為社會集體運動的開展做出了堅實的鋪墊。〔註10〕賈斯帕（James M. Jasper）更是提出，在當前數不勝數的社會抗爭活動中，總是裹挾、伴隨著某種強烈的情感衝動。這種情感的存在，絕不會將抗爭者導向純粹的偏執與盲目，而總是能使他們獲得明確的動機、方向或目標。〔註11〕在草根傳媒文化的形象譜系中，情感動員的內涵得到了更加鮮明、集中、突出的展現。具體說來，形象的最主要功用絕非召喚抽象的、「玄之又玄」的說理或論辯，而是直接作用於公眾內心鮮活、生動的情感維度，從而帶來激烈的、難以遏止的心理與情感波動，甚至還有可能誘發大規模的、轟轟烈烈的集體行動。反過來講，決定受眾對某一視覺形象青睞與否的，其實也並不是審慎的、條分縷析的選擇和決斷，而首先是一種赤裸裸的、情感層面的呼應與激蕩。

不難發現，在斑斕駁雜的草根傳媒形象中，無法帶給人情感衝擊者多半不可能成為引人矚目的焦點，相反，能夠贏得廣泛追捧並迅速躥紅的形象，則通常都擁有「能夠激發網民的嬉笑怒罵、喜怒哀樂等情感的表現形式和內容」〔註12〕，都能夠契合每一位普通公民最為質樸而本真的情感際遇與情感期許。在近年來沸沸揚揚的陝西「華南虎事件」、山西「黑磚窯事件」、黑龍江「虐貓女事件」、香港「豔照門事件」等網絡熱點事件中，各類視覺形象依託草根媒體的報導而廣為傳播，不僅真切地觸動了受眾或激憤，或感傷，或哀怨，或鄙夷的情感態度，更促使種種個體化的私人情緒擴展為一系列群體化的、一呼百應式的情感共鳴，繼而實實在在地作用於人們既有的生活方式與思維習慣。上述事實充分印證了情感動員對於草根傳媒形象而言所具有的難以替代的價值。

當然，情感動員的達成並非無中生有，而是潛藏著「技術」與「社會文化」的深層次動因。首先，必須看到形象自身所蘊含的巨大能量。文化批評家米爾佐夫曾談到，視覺文化的真諦在於「把那些本身並非視覺性的東西予

〔註10〕Alberto Melucci, *Challenging Codes: Collective Action in the Information Age*, Cambridge University Press, 1996, p. 71.

〔註11〕參見 James M. Jasper, "The Emotions of Protest: Affective and Reactive Emotions in and around Social Movement", in *Sociological Forum*, Vol. 13, No. 3 (1998): pp. 397～424。

〔註12〕楊國斌：《悲情與戲謔：網絡事件中的情感動員》，見邱林川、陳韜文主編：《新媒體事件研究》，中國人民大學出版社 2011 年版，第 40 頁。

以視覺化」〔註13〕。的確，伴隨海德格爾（Martin Heidegger）所謂「世界被把握為圖像」〔註14〕的總體趨勢，眾多人們在過去難以親眼所見的事物依憑琳琅滿目的視覺手段而得以「浮出水面」，並產生了遠遠超出語言文字敘述的，「有圖有真相」的實證性與視覺感染力。在草根傳媒文化中，這種肉眼的可驗證性得到了更加集中、明確的展現。草根傳媒形象迴避了大眾文化或先鋒藝術中刻意為之的視覺隱喻與修辭技法，轉而強調一種原生態的，直觀、質樸而又不加修飾的表現方式。這些「平民主義」的視覺策略固然無法與專業化的傳播方式相媲美，但在某些情況下，卻更容易製造身臨其境的現場感和刻骨銘心的視覺刺激，進而給人以「同聲相應，同氣相求」的真切體驗。

其次，還應當關注媒介所具有的難以估量的作用。米歇爾強調，形象絕非單一、孤立的存在，而是寓居於媒介之中，並始終為媒介所建構：「如果說形象是一種生命形式，而物體是它們的身體，那麼媒介就是圖像在其中活過來的棲居地或是生態系統。」〔註15〕形象對媒介的依附性在草根傳媒文化中同樣有集中體現。作為草根視覺文本賴以維繫的最重要平臺，互聯網不僅加快了形象的傳播頻率與速度，不僅為形象提供了可見的、外在的支撐，還從根本上改變了形象的呈現方式以及公眾對形象的體認與感知，從而有效地推動了情感動員的步步深入。作為一個卡斯特意義上的「流動空間」（space of flows）〔註16〕，網絡使個體有機會擺脫傳統地理空間的邊界與限制，對某一類（或某幾類）視覺形象加以群體性的、聲勢浩大的「全民圍觀」，有利於實

〔註13〕尼古拉斯・米爾佐夫：《視覺文化導論》，倪偉譯，江蘇人民出版社 2006 年版，第 5 頁。

〔註14〕海德格爾：《世界圖像的時代》，見孫周興選編：《海德格爾選集》（下），上海三聯書店 1996 年版，第 899 頁。

〔註15〕W. T. J. 米歇爾：《圖像何求？──形象的生命與愛》，陳永國等譯，北京大學出版社 2018 年版，第 216 頁。

〔註16〕「流動空間」由卡斯特在《網絡社會的崛起》一書中提出，用以表示信息時代所帶來的以「共享時間」（time-sharing）為特徵的空間構造和社會組織方式。在 2002 年的一次訪談中，卡斯特對流動空間做出了更詳盡的闡發：「這種空間安排包括電信、電腦系統以及這種交流發生的各個地點。……不僅僅有電子和電信電路，還有通過這些電路及其輔助系統，圍繞某種共同的、同時性的社會實踐，從而建立起來的各個地點的網絡聯結。」他認為，在傳統的「地方空間」（space of places）中，「同時性」（simultaneity）取決於地理方位上的接近，而互聯網則打破了物理空間的壁壘，使來自天南海北的人們有可能在同一時間見證同樣的社會事件。參見曼紐爾・卡斯特、馬汀・殷斯：《對話卡斯特》，徐培喜譯，社會科學文獻出版社 2015 年版，第 82～88 頁。

現情感層面的呼應、溝通與共振；而網絡的高度互動性和可參與性，則使人們暫時擱置了自我身份，競相投入一種廣場式、集體性的狂歡與遊戲之中，於無形中催化了觀看者情感的接近、融合與昇華。更值得一提的，是網絡空間所獨有的信息分享方式。美國社會學家桑普森（Tony D. Sampson）曾指出，網絡時代的最突出特徵，在於各類訊息既沒有一個明確的起點或中心，也不遵循任何理性化的邏輯或規律，而是如流行性感冒的爆發一般，以一種猛烈的、突如其來的甚至是難以預測的方式大面積地擴散。〔註17〕可以說，這種「病毒式傳播」的特質同樣適用於對草根傳媒的描述。具體到當前中國的網絡文化中，在博客、微博、微信乃至數不勝數的各類社交網站上，「隨手轉發」已經成為了人們對耳聞目睹的影像或訊息加以處理的最常見方式。正是在每一個普通網民對特定信息的隨心所欲的，有時甚至是漫不經心的轉發與共享中，特定視覺文本的涵蓋面和影響力才有可能以令人驚異的速度急劇擴張。如此一來，裹挾於草根傳媒形象之中的林林總總的情感、感受、心緒與情緒也將如同野火般在觀看者中不斷地滋長、蔓延，從而很可能在短時間內觸動他們共同的敏感神經，並終將使特定情感體驗的影響力獲得令人意想不到的拓展與提升。

再次，誰都無法否認，當前中國社會的具體情境和普遍文化心態，是情感動員得以發生的最重要因由。早在 20 世紀 40 年代，費孝通便注意到情感與社會之間的微妙互動。在他看來，情感淡漠意味著社會關係的相對穩定，而情感的激動則多半發生在社會變遷時期，即是說，多半發生在「新反應的嘗試和舊反應的受阻」〔註18〕的情況下。在新與舊混雜、傳統與現代疊加的當代中國，費先生的論斷得到了恰如其分的體現。在社會全方位轉型的背景下，農業文明迅速向工業文明邁進，傳統的「計劃經濟」逐步讓位於「市場經濟」，上述變革在取得豐碩成果的同時，也造成了利益不均、城鄉分化、官民矛盾、物價上漲等問題。以上狀況對普通人的心理狀態和行為方式產生了深刻影響。歷史早已證明，雖然群眾絕不能簡單等同於法國學者勒龐（Gustave Le Bon）所嗤之以鼻的，「衝動、急躁、缺乏理性、沒有判斷力和批判精神」〔註19〕的「烏合之眾」，卻仍然存在著激進化、破壞性強、易受

〔註17〕 Tony D. Sampson, *Virality: Contagion Theory in the Age of Networks*, University of Minnesota Press, 2012, p. 4.
〔註18〕 費孝通：《鄉土中國》，生活・讀書・新知三聯書店 2013 年版，第 52 頁。
〔註19〕 古斯塔夫・勒龐：《烏合之眾：大眾心理研究》，馮克利譯，中央編譯出版社 2005 年版，第 21 頁。

刺激等難以掩蓋的性格缺陷，仍然是一個易受外界干擾而「感情用事」的鬆散的集合體。於是，正是對各種新問題的感同身受，使公眾的情緒化特徵呈現出幾何級數的膨脹趨勢，與此同時，依靠草根傳媒文化這一便捷的「觸發點」，這些情緒才真正得到了淋漓盡致的宣洩與釋放。

通過以上幾個環節的綜合作用，情感動員當之無愧地成為了草根傳媒文化中最具代表性的特質。可以說，草根傳媒形象所引發的任何回應都受到了一個龐大的情感框架的支配，都必須在特定情感的刺激與驅動之下得以開展。隨著情感的愈發強烈，這種回應的力度和持續性也將相應地得以增強。當然，形象和情感的關聯性還遠遠不止於此，二者的交錯雜糅將動搖人們對形象加以劃分的原則和慣例，進而締造並呈現出一種與眾不同的、以情感為最終依據的「情感類型學」（typology of emotions）。

第二節　草根傳媒形象的情感類型

當人們試圖對眼前紛紜多樣的形象加以解析時，一種形象的類型學（typology）便顯示出了充分的必要性。客觀、合理的形象類型，不僅可以將千變萬化的形象梳理為一個清晰的、易於把握的系統，同時，也可以幫助人們更透徹地洞察特定形象自身的基本結構和內在規律。在傳統的形象學研究中，主要存在著兩種分類標準，一是形式或媒介（如依據油彩、水墨、雕版等不同媒材，對美術中的靜物形象做出區分）；二是內容或主題（如將經典好萊塢電影中的人物形象概括為英雄、惡棍、先知、美女等基本類型）。落實到草根傳媒形象中，情況則變得較為複雜。依託互聯網這一極具包容性和開放性的廣闊平臺，草根傳媒文化為觀看者提供了猶如萬花筒一般多元、豐富、變幻莫測的視覺形象，這些形象很難被既定的理論框架和概念範疇所輕易涵蓋。根據相關調查統計，僅就「社會熱點問題」而言，引發公民關注的草根視覺文本就涉及「突發性重大事件」「關係普通人切身利益的問題」「有關國家或民族的時政事件」「貧富差異和社會不公正現象」以及「日常生活中的趣聞軼事」等多個領域。〔註 20〕而在這些領域中，想必又包含著充滿變數、難以窮盡的視覺資源和形象序列。這樣的事實說明，在草根傳媒文化中，傳統的形

〔註 20〕　參見龐弘：《當代中國「草根傳媒文化」發展狀況調查報告》，《江海學刊》2014
　　　　年第 4 期，第 195 頁；亦可參見本書附錄一。

象類型學在很大程度上是不具備充分闡釋力的。

正是在這樣的背景下，對情感和形象的內在關聯加以深度開掘與重新梳理，便給予了研究者一種頗具建設性的分類方式和路徑。〔註21〕如前所述，社會變遷的巨浪催生了一系列難以阻遏的情感衝動，恰恰是這些普遍化、激進化的群體性情感，使部分視覺形象得到了較之從前遠為明確、生動的展現。一方面，在種種強烈情感的刺激下，草根傳媒形象的創制者時常主動選取符合自身情感狀況的形象素材，從而將某一類（或某幾類）形象置於其視覺表達的中心；另一方面，公眾對視覺訊息的接受也並非全然被動、毫無頭緒，他們總是傾向於對那些能滿足其情感需求的形象加以格外的關注，從而使少數形象從令人眼花繚亂的視覺景觀中脫穎而出，並一步步贏得更多人目光的青睞與跟從。正是這種來自「編碼者」和「解碼者」情感維度的雙重作用，共同衍生出了草根傳媒文化中最主要的幾種形象類型。下文將分別對這幾類代表性形象加以討論。

一、「憤怒型」形象

雖然長久以來，憤怒都被當作有損人類心靈的惡德而遭受貶斥（如基督教正典便將其規定為與神性相違逆的「七宗罪」之一），但在草根傳媒文化中，與憤怒相關的形象卻佔據了驚人的比例。原因很簡單，在當代中國，社會轉型所引發的錯位與偏移帶來了一些問題，使公眾的負面情緒得以積聚，並往往在一些誘因的刺激下，以「洩憤」的方式表現出來。在草根傳媒文化中，憤怒的情感體驗得到了清晰、集中、生動的體現。根據相關調查統計，在公民閱讀網絡圖像或訊息時，時常陷入「憤怒」狀態者所佔比例已達到了 41.8%。〔註22〕這充分說明，憤怒已經成為了當前草根傳媒文化中的一種主導性的情感狀態。

〔註21〕從「情感」角度對草根傳媒形象加以分類的方法受到了德國文學家、人類學家埃利亞斯・卡內提（Elias Canetti）的深刻影響，在其代表作《群眾與權力》中，卡內提以情緒為主要依據，將群眾大致劃分為「攻擊性」「逃亡性」「禁止性」「反叛性」和「宴樂性」等五種類型。在他看來，以上每一種類型之所以能體現出一以貫之的本質和共性，主要原因在於，該類型所代表的特定人群往往被某種獨一無二的、主導性的激情所掌控。參見埃利亞斯・卡內提：《群眾與權力》，馮文光等譯，中央編譯出版社 2003 年版，第 27～38 頁。

〔註22〕參見何凌南等：《廣東網民直覺研究報告》，見王俊秀、楊宜音主編：《中國社會心態研究報告（2014）》，社會科學文獻出版社 2014 年版，第 103 頁。

　　正是在這樣的背景下，特定形象類型的出現，不僅使人們的憤怒有了一個具體的、形象化的目標，同時，也很容易進一步誘發、激化這種憤怒的情感反應，從而為憤怒的蔓延提供了一種「催化劑」。在草根傳媒的視覺話語中，「憤怒型」形象涵括了異常豐富的內容：它可以是肆意危害他人生命的兇殘施暴者（瘋狂撞死孕婦的酒駕者，對幼童大開殺戒的暴徒，毆打、虐待弱小的不良少年）；可以是強奸民意、濫用特權的公共利益的篡奪者（私藏數十套房產的政府工作人員，抽天價煙、戴名表的房產局局長，微博炫富、炫「乾爹」的紅十字會員工）；也可以是公然蔑視社會良知與公共秩序，造成惡劣影響的道德越軌者（獲得救助卻反咬一口的老太太，賣弄肉體以博取點擊率的網絡女寫手，沉迷於網戀而背叛婚姻的遊戲玩家）。上述形象的內涵與表現形態可能各不相同，但必須承認，它們無一例外地觸動、挑戰並違背了廣大民眾在當前最基本的倫理道德底線。也正是通過這些千差萬別的視覺形象，那些在當代語境下最有可能觸發公民憤恨情緒的行為、品格和秉性才得到了不留餘地的暴露與批判。

　　值得一提的是，在很多時候，「憤怒型」形象已不再停留於個別的、真切可感的視覺形態，而是表現為某種抽象的、符號化的觀念架構。一個引人矚目的例證是 2009 年發生於南京的「橋裂裂」事件。2009 年冬，南京市政府投資人民幣 5000 多萬元改建的漢中門大橋在竣工僅一年後，便有多達 30 多根欄杆出現了裂縫。然而，令人啼笑皆非的是，原施工單位在接到市民投訴後，非但未能及時採取應對措施，反而為混淆視聽，連夜用膠水勉強填補裂隙。隨後不久，一段名為「南京驚現『橋裂裂』——斥鉅資建新橋竟僅用膠水糊30 多道裂縫」的拍客視頻引來了無數網民的關注。該視頻不僅較為詳細地交代了事件的整個經過，同時，還採用特寫鏡頭的方式，將欄杆上一道道觸目驚心的裂痕展現在每一位觀看者眼前。這種直觀、生動、極具衝擊力的形象表現，無疑引發了社會範圍內的回應與關注，以及廣大網友異口同聲的激烈譴責。很明顯，在這起反響強烈的網絡事件中，公眾的不滿與憤懣已經超越「傷痕累累」的大橋本身，而指向了可能存在於事件背後的弄虛作假，並最終對涉事單位提出了嚴肅的詰問。

　　雖然有學者將彌散於網絡的憤恨歸結為一種虛擬的宣洩〔註23〕，但稍加

〔註23〕如李永剛曾這樣談到：「群體的怨恨是一種特殊情感體驗，它因無法或無力跨越因比較產生的差異鴻溝，一般只能在隱忍中持續積蓄怨意，或心懷不甘，

留心不難發現，在轉型期的中國語境下，「憤怒型」形象具有不言而喻的現實指涉性。當某些形象所點燃的怒火產生較大影響並聚集起一批相關受眾時，隱含其中的對抗性潛能便自然而然地從虛擬滲入了現實，從而有可能推動政府相關舉措的調整和改變，以及一部分社會公共問題的妥善、順利解決。在2009年杭州某闊少飆車撞死大學生的惡性事件（俗稱「70碼」事件）中，公眾難以遏止的憤怒情緒，無疑形成了強大的輿論壓力，有效確保了案件審理的公開、公正和透明。

不過，憤怒所導致的負面效應同樣也不容小覷。馬克思·舍勒（Max Scheler）曾提醒人們警惕一種消極的「怨恨批判」（ressentiment criticism），這種批判缺乏積極的目標，也並未試圖對不良現象加以療救，而只是在不辨青紅皂白的情況下「對現存的一切發洩怨氣」〔註24〕。社會學家於建嶸則明確指出，當前在互聯網上流行的是一種「抽象的憤怒」，這種憤怒沒有明確的理由和針對性，而是「不特定之人因不特定之事引發的普遍和長期的憤怒」〔註25〕，是浮躁、焦慮、迷惘的社會文化氛圍的生動寫照。可想而知，這種被誇大的憤恨很容易受到煽動而演變為言論的暴力，演變為無所顧忌的詆毀與中傷。上述情況在2008年沸沸揚揚的「范跑跑」事件中表現得尤為明顯。在2008年5月12日的汶川大地震中，任教於都江堰某中學的教師范美忠趕在學生之前逃離教室，並於事後在天涯論壇發帖，聲稱自己在生死關頭，絕不會為了他人、哪怕是自己的母親而選擇自我犧牲。范美忠的驚人言論一經發表，很快便引發了廣大網民的爭論與熱議。然而，隨著事件的持續升溫，在盲目的憤怒情緒的驅使下，越來越多的網民開始偏離理性的軌道，他們以高高在上的道德審判者自居，將這位發表個性化言論的中學教師塑造成了一個卑鄙無恥之人，並對其加以激烈的唾罵和侮辱，甚至宣稱其「不殺不足以平民憤」。這些充斥著人身攻擊意味的話語表述，無疑給當事人帶來了極大的困擾。由此看來，在草根傳媒文化中，如何對公眾的憤怒加以有效的節制，以避免一

或忍氣吞聲、自怨自艾。無權勢的網民，要釋放道德緊張，舒緩怨恨情緒，一種廉價的精神勝利法就是聚焦於此類事件，完成一次『想像的報復』。參見李永剛：《我們的防火牆：網絡時代的表達與監督》，廣西師範大學出版社2009年版，第64頁。

〔註24〕馬克思·舍勒：《道德意識中的怨恨與羞感》，羅悌倫等譯，北京師範大學出版社2017年版，第14頁。

〔註25〕於建嶸：《底層立場》，上海三聯書店2011年版，第156頁。

些極端話語的出現，便顯示出了難能可貴的價值和意義。

二、「憐憫型」形象

在草根傳媒文化中，與憐憫相關的視覺形象得到了較為頻繁的運用。在人類文明的發展史上，憐憫始終是一個眾說紛紜的範疇。如柏拉圖（Plato）便認為，悲劇所引發的「感傷癖」將磨滅城邦護衛者的勇敢與堅韌；亞里士多德（Aristotle）則堅信，憐憫可以對人們的負面情緒加以宣洩或淨化，從而有助於實現更加完滿、健全的人性。根據統計調查顯示，在公民對網絡資源的直覺性選擇中，涉及「傷害」的內容往往是備受關注的對象〔註26〕，而這些包含著創傷性體驗的圖像或訊息，恰恰又最容易激發觀看者傷痛與哀憐的情感反應。在 2008 年的「汶川大地震」、2010 年的「舟曲特大泥石流」、2011 年的「甬溫動車事故」等重大突發性事件中，無處不在的草根媒體以即時、冷靜而客觀的姿態，不加保留地記錄了一系列飽受「天災」或「人禍」摧殘的不幸者的形象，如失去子女、悲痛欲絕的父母，生死相隔、回天無力的戀人，鮮血淋漓、慘不忍睹的肉體……上述觸目驚心的慘狀不僅充分調動了每一位觀看者的悲憫之心與悽愴之情，同時也暗示了個體在當代「風險社會」中隨時都可能陷入「無妄之災」的境遇。當然，必須認識到，「憐憫型」形象還包含著某些微妙而耐人尋味的視覺規劃，從而也流露出了更加濃鬱的人文情懷和現實關切。

在轉型階段的中國，社會分層日趨顯著。改革開放在使一部分人先富起來的同時，也導致了貧富的兩極分化。如果說，在計劃經濟階段，政府在生產、消費和收入分配中佔據主導位置，市場所發揮的只是輔助或補充作用；那麼，在計劃經濟向市場經濟轉軌的階段，政府與市場通力協作，則將經濟發展、效率提升和市場繁榮作為最高宗旨。在這種愈發以經濟為導向的過程中，公平、福利、民生等更貼近普通人的因素遭到了一定程度的忽視。儘管在市場經濟成效顯著的情況下，政府工作的重心已逐步轉向了對社會不公的緩解，但普通民眾在資源配置中相對弱勢的地位卻很難在短期內改變。反映在草根傳媒文化中，憐憫型形象陡然增多，既是社會現實問題的真實折射，同時也體現了人們的社會同情和道德聲援力量的增長。生活在社會底層的人

〔註26〕參見何凌南等：《廣東網民直覺研究報告》，見王俊秀、楊宜音主編：《中國社會心態研究報告（2014）》，社會科學文獻出版社 2014 年版，第 102 頁。

們，他們的不幸遭遇引發了社會的關注和道義支持，如收入微薄、工作艱辛的農民工，流落街頭、風餐露宿的精神病患者，城管圍追下的個體商販，羸弱無助的童工或孩子，等等。通過草根傳媒文化的推廣與渲染，這些被貧窮、孤獨、疾病折磨的形象才真正進入了人們的視野，並激發了公眾的感同身受和惻隱之心。2013 年 7 月，一組拍攝於南京某地鐵站的照片成為了「新浪微博」的熱門話題。在照片中，一名年僅 6 歲的小女孩赤身裸體地躺在馬路邊乞討。小女孩骯髒的身體、稚嫩的面容、麻木的神情，令無數觀看者為之動容，而小女孩在乞討間隙老練地抽煙的情景，更是讓不少為人父母者倍感心酸。正是這種強烈而深切的憐憫之情，促使網友們積極地行動起來，一方面，對女孩的監護人加以嚴厲的聲討和斥責；另一方面，也主動配合相關部門，共同推進社會各界對小女孩的扶持、關心和救助。

中國當代社會轉型，必然伴隨著時代精神的轉變，傳統的集體主義、愛國主義、艱苦奮鬥、克己奉公等價值觀念面臨挑戰，而個人主義、拜金主義、實用主義、享樂主義等觀念開始流行，並由此而導致了腐敗墮落、以權謀私、官商勾結、暗箱操作等不正之風。正是在這樣的背景下，「憐憫型」形象還指向了那些在各種「黑幕」或「潛規則」的糾纏下苦不堪言、走投無路的弱勢群體，如身陷黑磚窯，飢寒交迫、傷痕累累的被拐兒童，因缺少暫住證而被毆打致死的外地青年，遭遇「冒名頂替」而無法繼續學業的女高中生……他們大多處於受到欺凌、矇騙、掠奪的「邊緣人」地位，卻又找不到適當的渠道來發出自己的聲音。可以說，在某種程度上，正是公眾的同情和憐憫使上述形象從無人代言的尷尬中解脫出來，並最終得到了廣大民眾的主動關心和積極援助。一個典型的案例是 2009 年引起軒然大波的河南「開胸驗肺」事件。事件主人公張海超於 2004 年進入鄭州某耐磨材料公司，從事對身體傷害極大的粉塵作業工作。3 年後，張海超被當地多家醫院確診身患塵肺病，但由於當地職業病防治所只對其做出「肺結核」的診斷，他始終無法獲得原單位的醫療補助。萬般無奈之下，張海超只得通過「開胸驗肺」的方式，以一種近乎自殘的慘烈行為，來證明自己的確被塵肺病折磨。在草根媒體對該事件的報導中，張海超悲苦、憔悴的神情，手術後被紗布層層包裹的傷口，以及高舉在手的、證明其病情的 X 光片成為了最集中的表現對象。上述極具震撼性的視覺表現，不僅激發了無數網友對當事人悲愴命運的深切同情，同時，也將隱含其中的個體的不幸轉化為了更具普適性的、群體性的不幸，從而喚起了人們對諸多

不公正現象的持續追問和批判性反思。

　　如果說，「憤怒型」形象滿足了公民對聲討與譴責的需要，那麼，「憐憫型」形象則更多發揮了申辯和維護的作用，它不僅使身處社會底層者獲得了普遍的關心和實質性的幫助，也在一定程度上改善了麻木、冷漠的道德氛圍。然而，在某些「憐憫型」形象中，同樣潛藏著刻意為之的語言圈套和視覺伎倆，潛藏著諸多隱晦而不可告人的粉飾、渲染和包裝。2005 年，重慶一女大學生在天涯論壇發表了名為《賣掉自己救媽媽》的帖子，聲稱其母親因肝硬化晚期，生命垂危，而微薄的家庭收入無力承擔母親高昂的手術費用。因此，她甘願賣掉自己，以換取對母親的經濟援助。這篇極為煽情的帖子一經發表，很快便引來了鋪天蓋地的同情、憐憫和關注，而該女學生在網上公布的銀行賬號也很快收到了超過 10 萬元的捐款。然而，一名昵稱為「八分齋」的網友在親赴實地調查後，卻發現這名女大學生的母親雖的確身患重病，但其家庭條件和個人生活卻遠沒有帖子所描述的那樣悲苦，而該女學生對網友捐款的去向和使用方式也很難自圓其說。於是，該女大學生可愛、可敬、大義凜然的「孝女」形象便因此而遭到了很大程度上的解構。同時，這場可歌可泣的「女大學生賣身救母」事件，也因此而一直都無法擺脫「過度炒作」的嫌疑，無法擺脫「為煽情而煽情」的批評。不難想像，類似的視覺形象一旦呈泛濫之勢，便往往會帶來一種心理上的疲勞乃至麻木，從而不但將「悲情」降格為俗不可耐的「噱頭」，更有可能使人們的同情心和信任感日復一日地萎縮。正因為如此，成伯清才會提出，憐憫的感情應當被一種真正意義上的尊重所取代，究其原因，除去尊重所具有的倫理上的必要性，還在於「現代社會的運作更多地是基於平等者之間的合作，而非零和性（zero-sum）的權威模式，即上級在各個方面都優越，而下屬則完全處在從屬地位」﹝註 27﹞。惟有在自我與他人彼此尊重、相互依存的大前提下，個體的人格與社會的發展才可能得到更好的平衡與維繫。

三、「狂歡型」形象

　　最後我們對「狂歡型」形象展開解析。雖然「狂歡」並不能等同於一種嚴格意義上的情感類型。但無可否認，在現今的草根傳媒文化中，充斥著諸

﹝註 27﹞成伯清：《情感、敘事與修辭──社會理論的探索》，中國社會科學出版社 2012 年版，第 71 頁。

如嬉笑、調侃、戲謔、嘲弄、反諷等在內的錯綜複雜的情緒體驗，而這些情緒體驗又無一例外地可以被「狂歡」這一範疇所包容與涵蓋。因此，也可以說，在憤怒和憐憫之外，狂歡為草根傳媒形象帶來了另一種不可忽視的情感導向。

所謂狂歡，最初指一種全民參與、盡情娛樂的節慶與儀式（如古希臘的「酒神祭」就是狂歡節的一個初始版本），由此而衍生出一種普遍的精神取向和情感狀態，即暫時打破既定的規範和秩序，縱情投身於不分等級、無所約束的宣洩與遊戲之中。雖然自文藝復興之後，狂歡便受到政府機構的宰制，並逐漸被「理性主義」所遮蔽。然而，大眾狂歡的激情絕不會徹底消散，它依然從多個方面影響並形塑了當下的社會文化生活。〔註28〕在包羅萬象的網絡空間中，草根傳媒形象實際上為狂歡情緒的釋放提供了最適合不過的渠道。

巴赫金（Mikhail Bakhtin）曾這樣說道：「狂歡式使神聖同粗俗，崇高同卑下，偉大同渺小，明智同愚蠢等等接近起來，團結起來，定下婚約，結成一體。」〔註29〕的確，狂歡並不意味著單純的愉悅，而是攜帶著融合與顛覆的精神內核，攜帶著「跨越界限，填平鴻溝」的越軌的快感。在草根傳媒文化中，「狂歡型」形象同樣不能等同於一個柔軟的、溫情脈脈的客體，相反，它往往囊括了反諷、挪用、戲仿、倒錯、扭曲、變形等別具一格的修辭策略與視覺技法，並由此而體現出強烈的反叛性和不羈的諷刺意味。具體說來，「狂歡型」形象主要涉及如下幾個方面：

首先，是針對社會熱點事件或文化現象的調侃、戲謔和誇大。在2005年「禽流感」肆虐的背景下，一首名為《我不想說我是雞》的FLASH短片被網友競相轉載。片中的卡通小雞活靈活現、憨態可掬，而它用稚嫩童音唱出的「一樣的雞肉，一樣的雞蛋，一樣的我們咋就成了傳染源」，則在令人會心一笑的同時，也明確表達了製作者對民生、疾病、環保等現實問題的深切憂慮。而在2009年5月的一起飆車事件中，當地交通管理部門曾發表事故發生時車速僅為70碼的言論，廣大網民在憤怒和失望之餘，根據「70碼」的諧音創造

〔註28〕如澳大利亞學者約翰·多克爾（John Docker）便指出，狂歡精神已潛移默化地滲入了當代人的日常生活，並成為了居高臨下的精英文化的「一種危險的補充物」，「它挑戰著，動搖著，平衡著，豐富著代表真正文化、真正理性、真正廣播、真正藝術的唯一觀念」。參見約翰·多克爾：《後現代與大眾文化》，王敬慧等譯，北京大學出版社2011年版，第335頁。

〔註29〕巴赫金：《陀思妥耶夫斯基詩學問題》，白春仁等譯，見錢中文主編：《巴赫金全集》（第五卷），河北教育出版社1998年版，第162頁。

了神獸「欺實馬」的虛擬形象，不僅營造了強烈的喜劇效果，更進一步傳達了公民對可能隱藏在事件背後的不可告人之處的責難、抨擊與質疑。

其次，是針對流行文化或精英藝術的諷刺和解構。如網友胡戈在 2005 年製作的惡搞之作《一個饅頭引發的血案》，以惡評如潮的影片《無極》為「底本」，將取材於央視《中國法治報導》的若干形象穿插其中，以此來諷刺這部所謂的「大片」在情節上的幼稚可笑和在思想上的故作高深，進而隱晦地傳達出公眾對當前商業電影中的「霸權主義」模式的反感和憂思。而胡戈在一年之後出品的《春運帝國》則更是充溢著奇思妙想，這部長度僅僅為 11 分鐘的短片，將鼎鼎大名的《黑客帝國》與周星馳的多部影片連綴、拼接、重組，從而產生了濃重的「黑色幽默」意味，不僅令無數觀看者忍俊不禁，同時，也引發了人們對「春運難」這一社會頑疾的深切追問，對大發春運財的「黃牛黨」的強烈譴責，以及對無數有家難回的「都市異鄉人」的真摯同情。

再次，是針對一些話題人物的嘲弄、歪曲與變形。其中，李宇春作為通過海選而嶄露頭角的草根明星，其特立獨行的風格，以及相對模糊的性別特徵，使她被千萬草根網民打造成一位鐵骨錚錚、霸氣外露的純爺們「春哥」。她的身影，也時常出現在電影截圖、搞笑漫畫，甚至是計劃生育的海報上，並由此而引發了一陣又一陣的哄笑。而享譽世界的「網絡小胖」則完全是在無數網民的推波助瀾下一炮走紅。小胖原本只是上海某中學的一位普通學生，2003 年春，他的一張側面照被上傳到貓撲論壇。很快，小胖那「憤世嫉俗」的神情便激發了網友的創造性和幽默精神，他們爭相採用 PS 的方式，將小胖的面孔同蒙娜麗莎、角鬥士、哈利·波特、火影忍者等形象拼接在一起，在製造強烈的不協調感的同時，也產生了豐富多彩、連綿不斷的快感體驗。

最後，在特定情況下，某些人甚至還身體力行，通過自我矮化或出乖弄醜的方式，主動化身為一個任觀看者譏笑、挖苦與貶斥的「狂歡化」形象。一個典型的例子是近年來名聲大噪的網絡紅人「鳳姐」。鳳姐是一個學歷平平、相貌有些醜陋的農村女孩，在上海某家樂福超市從事收銀工作，卻自稱「9 歲博覽群書，20 歲達到頂峰」。2009 年下半年，她在上海地鐵站發放上萬份徵婚傳單，提出了諸如「身高一米八以上」「北大、清華碩士畢業」「經濟學專業出身」「具備國際視野」等令人瞠目結舌的擇偶要求。鳳姐匪夷所思的自我膨脹，不僅使她迅速成為了網絡輿論的熱門話題，同時，也迎合了部分觀看者調侃與取樂的心理需求，並最終掀起一浪高過一浪的狂歡熱潮。此外，扭腰

擺臀、譁眾取寵的「芙蓉姐姐」，風騷放蕩、醜態百出的干露露，也都可以被歸入此列。而更值得關注的，也許還是隱含在上述形象之中的「自我炒作」乃至商業消費主義目標。〔註30〕

　　歸根結蒂，在「狂歡型」形象的塑造中，夾雜著感官化、去中心、平面化等一系列充滿挑戰性的文化訴求。同時，互聯網對「二次加工」和「生產式閱讀」的無限包容，則無疑為這種「狂歡化敘事」的推廣、演繹與延伸提供了堅實的技術保障。應當看到，「狂歡型」形象所折射的，是社會轉型期公民消費心態的微妙轉變。有學者認為，在改革開放之前，計劃經濟和追求「高度一致」的意識形態體系，導致整個社會對標新立異和離經叛道的難以容忍，並由此帶來了某種「強求一律」的消費原則和律令。伴隨改革開放以來市場經濟的轉型，以及政府對公民消費行為的鼓勵與包容，一種更具個性和開放性的消費格局逐漸浮現：「消費不僅是人們用來滿足基本生存需要的功能性活動，而且成為表達和實踐某種趣味、格調、信念、價值的文化活動。由於趣味具有社會區分的功能，因此，消費活動同時也成為一種社會溝通活動，一種以趣味為紐帶的社會認同與社會區分的活動。」〔註31〕由此可見，大量另類、新奇、怪誕的「狂歡型」形象的湧現，體現了草根民眾在遠離同質化的消費預期後，借助視象化手段而宣洩情緒、標舉個性，乃至建構身份認同的強烈衝動。

　　當然，必須注意的是，狂歡並非以取悅他人為唯一目標，而是擁有文化—政治層面的更深刻動因。狂歡在當下的重要意義，在於它充當了維護社會穩定的手段。通過肆無忌憚的娛人或娛己，「狂歡型」形象「提供了社會接受它通常所壓制和否定的快樂的機會」〔註32〕，不僅滿足了主體愈發迫切的傾訴要求和參與意識，同時，也在這個日益刻板化的當代社會中起到了類似於「安全閥」的舒緩作用。更重要的是，狂歡為來自民間的叛逆精神提供了充

〔註30〕當然，在這些形象中，或許還攜帶著某種激進的革命潛能。按照勞拉·穆爾維（Laura Mulvey）等女性主義者的觀點，當代視覺文化的詭譎之處，在於將女性打造為一個全方位滿足男性慾望的，性感而恭順的對象。由此看來，以芙蓉姐姐為代表的醜陋怪誕類形象，恰恰於無形中打碎了男性對女性的模式化期待，釋放了女性身體的更豐富可能。

〔註31〕王寧：《社會轉型時期的消費與消費者》，見李強主編：《中國社會變遷30年》，社會科學文獻出版社2008年版，第230頁。

〔註32〕約翰·菲斯克：《解讀大眾文化》，楊全強譯，南京大學出版社2001年版，第148頁。

足的生長空間，從而有助於公民能動性的增強和社會參與意識的覺醒。在嬉笑怒罵的狂歡體驗中，往往凝聚著某種批判性的價值立場，凝聚著主體對社會公共問題的深度反思與象徵性解決。2011 年 6 月，四川會理縣政府在官網上公布了 3 名官員視察工作的照片，然而，這張照片卻存在著明顯的「後期加工」痕跡，3 名官員的身影被拙劣地 PS 在了一條公路上，看起來彷彿是「懸浮」在空中。該照片一經發布，很快便被目光敏銳的網友發現，並轉載到了天涯論壇，在引人發笑的同時，也激起了一波熱情洋溢的惡搞浪潮。網友們充分發揮其想像力，運用唾手可得的電腦技術，使 3 名官員懸浮在了白宮、戈壁灘、外太空、侏羅紀公園、世界盃賽場等千奇百怪的場所。無可否認，在這場興致盎然的全民狂歡中，暗含著人們對公共監督的迫切要求，以及對地方政府的作假行為的不留情面的嘲諷、斥責與抨擊。

不過，狂歡也絕不是一種盡善盡美的烏托邦狀態，在某些外在因素的催化下，它很可能畸變為一種膚淺而鄙俗的純粹的搞笑，從而使人們慢慢喪失深度思考的精神和理性批判的自覺，甚至淪落為尼爾・波茲曼（Neil Postman）所鄙夷的那種毫無敬畏之心的「娛樂至死的物種」〔註 33〕。如眼下一些惡搞「紅色經典」的視覺文本，在賺取廉價笑聲的同時，無疑也造成了人們對歷史的漠視，帶來了不良的社會影響。另一個典型案例，是 2012 年以來流行於網絡的各色「屌絲」形象。屌絲得名於男性敏感部位的毛髮，其形象具有一定的共通性，如身材瘦弱，髮型怪異，目光卑微，月收入不超過 1500 元，整日蜷縮在廉租房中，靠方便麵維持生活，習慣於用地攤貨或山寨機，等等。屌絲妄自尊大，卻常常在「高富帥」面前卑躬屈膝；屌絲對愛情充滿幻想，卻只能靠意淫一個遙不可及的「白富美」來獲取精神慰藉。由於屌絲的遭際在某種程度上契合了年輕人在社會轉型階段的創傷性體驗，因而，這一形象也被不同職業、圈層的男男女女競相「徵用」，以緩解壓力並降低自我期許。不難見出，在屌絲所表徵的視覺狂歡中，其實蘊含著青年一代在遭遇挫折時自輕、自卑、自嘲的頹廢心理。〔註 34〕當這種「狂歡型」形象演變為一種時尚

〔註 33〕尼爾・波茲曼：《娛樂至死》，章豔譯，廣西師範大學出版社 2004 年版，第 4 頁。
〔註 34〕如青年學者林品便指出，作為一種特殊的網絡形象類型，屌絲以一種「自我降格、自我矮化、主動認輸、自動繳械」的姿態，表達了對當前階層分化，乃至階層固化的現實狀況的象徵性回應。雖然在形形色色的「屌絲敘事」中，主人公常常以「逆襲」的方式改變其經濟與情感生活中的窘迫，但他們對於

時，緊隨其後的，便極有可能是一個社會群體的犬儒化、怠惰化，以及進取心的缺失。由此看來，怎樣對狂歡的情感加以恰當的梳理與引導，以最大限度釋放其「正能量」並規避消極影響，同樣是一個不應忽視的重要問題。

綜上所述，憤怒、憐憫與狂歡這三種情感引導並統攝了草根傳媒文化中最具代表性的三類形象。三類形象貌似彼此孤立，實則相互交織、相互滲透，共同形構了激情洋溢而又充滿張力的動態化格局。〔註35〕英國文化史家彼得·伯克（Peter Burke）相信，作為歷史傳承物的形象可以揭示至關重要的，但卻常常被人們遺漏的「有關社會現實某些側面的證據」〔註36〕。無獨有偶，在強烈情感的驅動與灌注下，草根傳媒形象其實也扮演了一個歷史「見證人」的角色，它不僅以「碎片化」的方式連綴起中國社會變遷的整個版圖，同時，也恰如其分地充當了一面鏡象，為身處變遷之中而百感交集的人們提供了自我觀照、自我定位、自我反思的契機。對於跟從西方而在一定程度上忽視「本土意識」與「本土關懷」的中國視覺文化研究，草根傳媒形象無疑帶來了新的思路和更廣闊的開掘空間。

第三節　情感、形象與情感的迷津

毫無疑問，形象始終是一個複雜的、多層面的範疇，它既涵蓋了外在的、可見的、物質性的一面，又涉及內在的、不可見的、心理性的一面。二者無法被均勻地切割為兩等分，而是如同一枚硬幣的兩面，緊密關聯，互為依託，彼此以對方的「在場」為存在依據。藝術史家漢斯·貝爾廷（Hans Belting）對此深有感觸。他認為，關於「什麼是形象」的問題需要從兩方面加以解答：首先，必須把形象視為相片、繪畫、影像等「某種給定媒介的產物」，在此基

「出路」和「前途」的想像卻「依然為既得利益集團所主導的既定社會規則所牢牢限定」。故而，「屌絲亞文化」所標榜的「離經叛道」僅僅是一種虛弱的呼喚，它始終無法跳脫主流話語秩序所規定的「權力結構的封閉循環」。參見林品：《從網絡亞文化到共用能指——「屌絲」文化批判》，《文藝研究》2013年第 10 期，第 37～43 頁。

〔註35〕如 2010 年引爆網絡的「我爸是李剛」事件，便同時涉及公眾對少數違法亂紀者的憤恨，對受害者的深切憐憫，以及對肇事者充滿狂歡化色彩的反諷與嘲弄。三種情感不斷穿插、呼應，聚合成一股「合力」，強勢推動了相關視覺形象及其社會影響力的擴散。

〔註36〕彼得·伯克：《圖像證史》，楊豫譯，北京大學出版社 2008 版，第 32 頁。

礎上，還有必要將形象理解為夢、想像、個人感知等「我們自身的產物」。同時，貝爾廷也強調，正是基於形象的這種雙重屬性，在伊拉克戰爭中，人們推翻的並不是薩達姆的塑像，而只是其塑像的替身。言外之意在於，遭到摧毀的，不過是形象被媒介所固定化和具體化的部分，而隱藏在背後的非物質的精神性維度則尚未被人們覺察與觸動。〔註37〕

　　形象的「一體兩面性」在草根傳媒文化中得到了極為鮮明的表現。必須看到，當前的中國社會正處於全方位的變遷之中，這種變遷既涵蓋了經濟、政治、文化、制度等總體化、宏觀性的層面，同時也不可避免地涉及個體行為方式與精神氣質等更加細緻、微妙的因素。於是，一方面，社會的變革使種種新的狀況紛至沓來，連帶產生了一系列富於震撼力的新的形象，從而對人們的內心世界、尤其是情感體驗造成了衝擊；另一方面，公眾情感的波動又反過來作用於現實生活，不僅構築了未曾有過的形象體系和社會文化景觀，同時，也將某種中國式的現代性想像融入每一個普通人的精神框架和「感覺結構」，並最終實現了對一個「想像的共同體」的謀劃、整合與形塑。如果說，視覺文化研究的真諦在於如實地展現「視覺領域的社會建構」和「社會領域的視覺建構」之間複雜難解的辯證關聯〔註38〕，那麼，在草根傳媒文化中，形象與情感的互動恰恰便給予了研究者一個審視與探究的極好的契機。

　　在草根傳媒文化中，情感與形象的交互作用為視覺文化研究帶來了有益補充。毋庸置疑，在大多數情況下，視覺文本通過訴諸主體的情感維度而發揮作用，故而，形象所觸發的情感體驗又往往超越形象本身所承載的觀念或訊息。英國學者吉莉恩‧羅斯（Gillian Rose）對此深有體會，在她看來，最具

〔註37〕參見 Hans Belting, *An Anthropology of Image: Picture, Medium, Body*, Princeton University Press, 2011, pp. 1～8。

〔註38〕米歇爾曾這樣談到：「一個視覺文化的辯證概念不能滿足於將其對象定義為『視覺領域的社會建構』，而必然堅持探索這個命題的交錯反轉版本，即『社會領域的視覺建構』。誠然，我們以特定的方式來觀看，因為我們是社會動物，同時還存在另一方面的事實，那就是我們的社會是以特定方式建構的，因為我們是有視覺的動物。」所謂「視覺領域的社會建構」，意指主體的視覺活動並非純然的生理反應，而是在各種社會、文化、制度因素的規約下應運而生；所謂「社會領域的視覺建構」，強調主體對自我的理解、對周遭世界的解釋往往由形形色色的視覺話語所形塑，從而凸顯了視覺維度在社會生活中難以替代的決定作用。故而，「視覺」與「社會」並非截然分離的領域，而毋寧說是一個水乳交融的有機整體。參見 W. T. J. 米歇爾：《圖像何求？——形象的生命與愛》，陳永國等譯，北京大學出版社 2018 年版，第 377 頁。

洞見的視覺文化批評應當立足於「一種妥帖的方法論」，它所依靠的是人們在目睹影像時所產生的「愉悅、激動、著迷、好奇、恐懼、厭惡」等豐富的情感體驗。〔註39〕米歇爾同樣注意到非物質的情感因素在形象構成中的重要地位，他堅信，有必要將形象作為一個真切可感的生命進程來加以考察：「我們不必僅僅考慮形象的意義，還要考慮形象的沉默、緘默、野性和不可理喻的頑固。我們不僅要考慮形象的權力，還要考慮它們的無力、無能和卑賤。」〔註40〕然而，在當前的視覺文化研究中，情感之維恰恰遭到了一定程度上的遮蔽。具體說來，研究者習慣於從「闡釋學」（Hermeneutics）和「結構主義」（Structuralism）的雙重視域出發，借助條分縷析、環環相扣的分層研究來接近文本意義，常常無法對特定形象的情感蘊含加以有效觀照。〔註41〕在這樣的背景下，草根傳媒形象的建構將體現出積極的啟示意義，它提醒人們注意，形象並非刻板、凝滯的物理事實，而總是保留著來自情感領域的減除不盡的因素；與此同時，形象的交往、意指、詢喚、說服功能的發揮，又務必以情感層面的體認與共鳴為先決條件。以上思路無疑有助於祛除種種「先入之見」對經驗性文本的宰制，重建主體與形象之間血肉鮮活的感性關聯。

　　米歇爾觀察到，人們在今日對形象抱有亦喜亦憂的態度：一方面，形象已前所未有地整合併塑造了個體的生命體驗；另一方面，「對形象的恐懼，擔心『形象的力量』最終甚至能搗毀它們的造物主和操控者的焦慮，就如形象製造本身一樣古老」〔註42〕。上述論斷在草根傳媒文化中得到了意味深長的回應。依託情感與形象的緊密交織，草根傳媒文化體現出積極的建構作用，

〔註39〕參見 Gillian Rose, *Visual Methodologies: An Introduction to the Interpretation of Visual Materials*, Sage Publications, 2001, p. 4。

〔註40〕W. T. J. 米歇爾：《圖像何求？——形象的生命與愛》，陳永國等譯，北京大學出版社 2018 年版，第 9 頁。

〔註41〕英國學者馬爾科姆·巴納德（Malcolm Barnard）提出，「闡釋的傳統」和「結構的傳統」是當前視覺文化研究中主導性的知識話語：前者來源於胡塞爾（Edmund Husserl）的現象學思想，致力於理解隱含在視覺文本中的個體意圖；後者肇始於索緒爾（Ferdinand de Saussure）的結構主義語言學，致力於揭示視覺文本內部的非個人的結構系統。在巴納德看來，上述兩種傳統的共通之處，在於二者往往為一種強烈的「科學主義」（Scientism）衝動所支配，並無一例外地將洞悉形象之意義作為其最核心的方法論旨歸。參見馬爾科姆·巴納德：《理解視覺文化的方法》，常寧生譯，商務印書館 2005 年版。

〔註42〕W. J. T. 米歇爾：《圖像理論》，陳永國等譯，北京大學出版社 2006 年版，第 6 頁。

但同時也暴露出一些值得警醒的歧路和誤區，即情感的極端化、負面化和模式化。

首先，是情感的「極端化」傾向。在草根傳媒形象的生成與傳播中，情感的共鳴是一大特點。但問題在於，毫無節制的情緒化介入有時不但無助於問題的解決，反倒會造成一種歇斯底里式的非理性參與，從而「將非理性帶入一個本身就混亂無序的世界」〔註43〕，並不斷將建構與創造的訴求置換為毀滅與破壞的衝動。在2011年拷問中國人心靈的廣東「小悅悅」事件中，十餘名經過受傷孩童卻熟視無睹的路人，使公眾的怨憤之情不斷地積聚、發酵與膨脹，進而演化為狂躁的宣洩和人身攻擊。縱觀網民圍繞該事件的討論，不難發現，充塞其間的，大多是「畜生」「人渣」「喪盡天良」「禽獸不如」等粗暴而又毫無頭緒的辱罵，明顯缺乏對事件背後的本質或根源的冷靜分析與診斷。故而，在草根傳媒的形象世界中，情感的克制與調和便顯示出了非同尋常的意義。惟其如此，一種在規範和衝動之間加以溝通的「中和性」認同才能夠得以確立，而人們也才有可能更冷靜、理智地對待各色社會公共事件，並推動草根傳媒文化朝向具有建設性而非破壞性的方向發展。

其次，是情感的「負面化」效應。卡斯特認為，網絡文化的最突出特質，在於「以其各式各樣的變化，容納了絕大多數的文化表現」，「從最壞到最好的，從最精英到最流行的事物，在這個將溝通心靈的過去、現在與未來展現全都連接在巨大的非歷史性超文本中的數碼式宇宙裏，所有的文化表現都匯聚在一起」。〔註44〕這種強大的包容性和承載力，決定了草根傳媒文化必定是一處泥沙俱下、魚龍混雜的所在。有研究者觀察到，在當前的草根傳媒文化中，諸如災難、恐怖、戰爭一類的負面因素已成為屢見不鮮的形象母題。〔註45〕上述見解在轉型期的中國社會得到了一定程度上的回應。社會轉型使一些長期潛伏的問題或矛盾浮出水面，與此同時，「注意力經濟」或「眼球經濟」的強勢驅動，又促使草根媒體將聚焦點轉向醜聞、事故、糾紛、暴力等病態

〔註43〕 多米尼克·莫伊西：《情感地緣政治學：恐懼、羞辱與希望的文化如何重塑我們的世界》，姚芸竹譯，新華出版社2010年版，第4頁。

〔註44〕 曼紐爾·卡斯特：《網絡社會的崛起》，夏鑄九等譯，社會科學文獻出版社2006年版，第350頁。

〔註45〕 參見 Elihui Katz and Tamar Liebes, "'No More Peace!': How Disaster, Terror and War Have Upstaged Media Events", in *International Journal of Communication*, No. 1 (2007): pp. 157～166。

現象或社會陰暗面。如此一來，在某些草根視覺文本中，形象也將染上一層陰鬱而黯淡的色調，並表現出消極、頹廢、沮喪、悲觀的情感狀態。這些負面情感的視覺演繹，固然有助於確立一種與主流報導有所區別的，以揭露、批判為導向的立場和姿態，但無疑也隱含著某些難以小覷的破壞效應。在人民網研究院於 2011 年展開的關於「網絡謠言」的問卷調查中，有 21.03% 的網友表示，自己之所以選擇傳播一些未經證實的流言，是因為「傳聞涉及的事件有危害性，令人感到恐慌」（見表 2-1）。〔註 46〕這充分說明，在某些情況下，部分草根傳媒形象所包含的負面的情感體驗，有可能使公眾陷入莫須有的「被害妄想症」，陷入流言蜚語和人云亦云的漩渦，從而有可能造成社會心態的負面化，對建構積極、向善的社會心態會產生一些消極影響。〔註 47〕

表 2-1　受眾選擇傳播未經證實訊息的原因統計

網民傳播未經證實的傳言的心理動因	點選人數占比（單位：%）
認為傳聞所涉及的事件本身很重要，應該引起關注	59.91
覺得傳聞是無稽之談，提醒他人不要上當	58.35
對傳聞感到憤怒，分享給他人以發洩	25.30
無法確定傳聞真偽，轉發以求證	21.58
傳聞涉及的事件有危險性，令人感到恐慌	21.03
不一定相信傳聞，但參與傳播看熱鬧	3.98
認為傳聞吸引眼球，轉發可以提高人氣	3.69
認為轉發更多才能促使問題的解決	0.00
轉發是一種習慣，轉發名人的微博信息更是一種難以克服的習慣	0.00

　　在 2007 年著名的網絡謠言「花都芙蓉璋驚現食人水怪」中，草根傳媒形象的「負面化」得到了較為集中、突出的表現。自 2007 年 7 月起，一張漁民

〔註 46〕參見人民網研究院：《網絡對謠言的自身淨化作用研究》，見尹韻公主編：《中國新媒體發展報告（2012）》，社會科學文獻出版社 2012 年版，第 39 頁。

〔註 47〕相關研究顯示，即使現實生活中的犯罪事件減少，倘若新聞媒體對犯罪分子的報導因種種原因而增加的話，那麼，普通人對暴力犯罪的恐懼依然會水漲船高。上述事實充分說明了傳媒文化中的負面情感趨向對個體精神世界所造成的隱性侵害。參見維多利亞·D·亞歷山大：《藝術社會學》，章浩等譯，江蘇美術出版社 2009 年版，第 63 頁。

捕獲鯨鯊的照片被各大網絡論壇競相轉載。隨圖還附上了一段科幻恐怖小說式的文字說明，稱廣州花都芙蓉璋水庫每年都有人離奇失蹤，但並未引起關注，直到幾名富家子弟溺水身亡後，當地公安機構才決定立案調查。警方在下水調查後，發現水庫中潛藏著一條超過 3 米的巨型水怪，而在人們捕獲水怪並剖開其肚子後，居然從中找到了好幾具人的屍骸……通過部分好事者的添油加醋和借題發揮，這則網絡謠言的波及面也越來越廣，甚至還「改頭換面」地在山東、河南、江西、貴州、重慶、成都等地反覆出現，在短短幾個月之內，便引發了連鎖反應式的惶恐和不安，並在一定程度上影響了當地人的日常生活。這一活生生的事例充分說明了在草根傳媒文化中，負面情感的彌散對個體心態和社會穩定所造成的不利影響。正因為如此，如何借助特定形象來建構和諧、寬容、團結、自信、友善等積極、正面的情感體驗，必須被嚴肅地提上議事日程。

再次，是情感的「模式化」狀態。草根傳媒文化是一個門檻和限制較低的場域。在無數網友的推波助瀾下，各類視聽訊息以鋪天蓋地之勢出現，其質量卻往往良莠不齊。因此，在很多時候，人們所接收的信息不過是一大堆膚淺而脆弱的空洞能指，而大多數人也將「在信息洪流中被沖得暈頭轉向」〔註48〕，並逐漸喪失對周遭世界加以深度思考的冷靜和耐心。更重要的是，在社會轉型階段，社會發展的不確定性增加了，社會關係變得不穩定，人們的行為方式、認知方式和情感方式都處在不斷的變動當中，這很容易造成焦慮和躁動，甚至引發激烈的情緒化反應。以上狀況緊密交織，共同作用於主體的情感經驗，使其凝聚為一系列單調、機械、頗具傾向性的「定式」。如在眾多圍繞「醫患糾紛」的草根報導中，一些網民不顧事實真相，將滿腹怨恨發洩到一個想像中的「無良庸醫」頭上。而在近年來頻繁出現的，關於「豪車和平民相撞」的草根視頻中，觀看者通常過濾了事件的背景和前因後果，將其簡化為「強權者」的橫行霸道和「弱小者」的備受欺凌，在聲討、譴責、痛斥前者的同時，也對後者表現出缺乏理據的哀憐之情。長此以往，在面對一些社會公共事件時，個體很容易條件反射式地生成固定的價值判斷，而在一定程度上掩蓋自己複雜、豐富的本真感受，這就很容易造成認知的迷亂與偏差。此外，還需注意到，在特定情況下，這種「模式化」的情感又會呈現

〔註48〕尼爾·波斯曼：《技術壟斷：文化向技術投降》，何道寬譯，北京大學出版社
　　　 2007 年版，第 41 頁。

出不那麼穩定的狀態，它往往會狂熱、猛烈、勢如破竹地爆發，並在極短時間內製造令人瞠目的話語風暴，但一旦時過境遷，又不可避免地急劇「降溫」而歸於沈寂。〔註49〕很顯然，要想對這一弊病加以妥善、有效的解決，不僅需要傳媒專業人士和知識精英與的恰當引導，同時，還需要公民批判理性的形成和視覺素養的不斷提升。〔註50〕

〔註49〕在 2006 年人盡皆知的香港「巴士阿叔」事件中，一位在公交車上破口大罵、出口成髒的中年男性被草根媒體推上了輿論的風口浪尖，由此也引發了無數網民狂歡式的調侃、揶揄和戲謔。然而，短短幾個月之後，「巴士阿叔」這一形象便很快被絕大多數人拋到了九霄雲外。以上事實無疑證明了草根傳媒文化中情感的偶然、分裂和稍縱即逝。

〔註50〕從總體上看，情感的極端化、負面化以及模式化，是草根傳媒文化所固有的頗具典型性的症候，在本書第五章對視覺倫理問題的討論中，這些症候還將得到更加深入的闡釋與分析。

第三章　草根傳媒文化的視覺語言和修辭策略

　　草根傳媒文化區別於主流傳媒文化的最顯著標誌，在於其與眾不同的視覺語言和自成一格的表現形態。語言，一直是個體生命中不可或缺的因素。《文心雕龍·原道篇》有言：「心生而言立，言立而文明，自然之道也。」〔註1〕海德格爾談到：「語言是存在之家。人居住在語言的寓所中。」〔註2〕維特根斯坦（Ludwig Wittgenstein）更是發出過這樣的慨歎：「我的語言的界限意謂我的世界的界限。」〔註3〕可以說，人類自誕生伊始，便宿命般地浸泡在語言的海洋之中，無時無刻不受到語言的限定、規劃與塑造。作為在當代語境下愈發醒目的獨特存在，視覺形象不僅發揮了陳述、展示、表達、溝通等「語言性」的功效，亦可被指認為某種近似於語言的，符號化的載體、工具或媒介。〔註4〕於是，不難想見，在琳琅滿目而又時常令人茫然失措的形象世界中，必然潛藏著既定的表意程序和「語法規則」；反過來說，語言學的分析方式和

〔註1〕周振甫：《文心雕龍今譯》，中華書局1986年版，第10頁。

〔註2〕海德格爾：《路標》，孫周興譯，商務印書館2000年版，第266頁。

〔註3〕路德維希·維特根斯坦：《邏輯哲學論》，賀紹甲譯，商務印書館1996年版，第85頁。

〔註4〕德國符號學家卡西爾（Ernst Cassirer）堅信，人並非寄居於客觀的、物質性的空間，而總是「生活在一個符號宇宙之中」，包括宗教、神話、藝術、語言、歷史、科學乃至人自身在內的一切，無不是符號的衍生物。正是在這一層意義上，「語言」和「形象」可以被視作由符號所組織和形構的各有側重的體系，因而也存在著種種難以割裂的本體論關聯。參見恩斯特·卡西爾：《人論》，甘陽譯，上海譯文出版社2003年版，第41～42頁。

概念範疇在很大程度上同樣也適用於對特定視覺文本的開掘與探究。

　　草根傳媒文化伴隨中國社會、經濟、文化、制度的全方位轉型而得以湧現，自然包孕著異常豐富的視覺語言符碼，從而也派生出了諸多不同於以往的敘事方式、表意策略、修辭技巧和話語體系。同時，必須注意到，在草根傳媒文化中，視覺語言絕不意味著某種單純、孤立、抽象的「載體」或「容器」，而是暗含著社會建構與文化實踐的巨大潛能，它不僅有效地拓展了視覺文化研究的知識譜系，更進一步凸顯出主體、媒介、社會之間複雜而耐人尋味的糾纏與交織，並最終指向了更加廣泛、深刻、更具現實意義的時代文化心理。

第一節　「原生態」的敘事方式

　　「敘事」（narration）始終是語言符號的最主要功用和最直觀表現形態。從遠古時期的口頭交流，到近代印刷術的普及，再到現今計算機的編碼傳遞，敘事一直以「幾乎無限多的形式」存在於「任何時代、任何地方、任何社會之中」。〔註5〕如果說，在傳統意義上，敘事的內涵主要侷限於文學文本這一封閉、孤立的「精緻的甕」，那麼，自20世紀下半葉以來，隨著敘事學由「經典」（classical）向「後經典」（post-classical）的位移與轉向，人們的關注範圍已逐步擴展到包括影視、音樂、廣告、時尚、身體、想像、記憶、夢幻、虛擬現實等在內的「我們所能發現的無所不在的一切敘事」〔註6〕。如此一來，在當代語境下高歌猛進的視覺文化自然也成為了敘事學研究中不容錯過的核心命題。

　　必須承認，敘事絕不意味著一種單純、抽象的形式技法，相反，它總是充當著「構築意義的強有力手段以及定義世界的基本途徑」〔註7〕，繼而潛移默化地影響到了個體的思維習慣、行動方式乃至價值取向。具體說來，先鋒藝術熱衷於製造奇詭、奔放、怪誕的視覺體驗，以此迎合觀看者「偷獵」與

〔註5〕羅蘭‧巴爾特：《敘述結構分析導言》，謝立新譯，見趙毅衡編選：《符號學文學論文集》，百花文藝出版社2004年版，第404頁。

〔註6〕馬克‧柯里：《後現代敘事理論》，寧一中譯，北京大學出版社2003年版，第3頁。

〔註7〕Gretchen Barbatsis, "Narrative Theory", in *Handbook of Visual Communication: Theory, Methods and Media*, edited by Ken Smith, Sandra Moriarty, Gretchen Barbatsis and Keith Kenney, Lawrence Erlbaum Associates, Publishers, 2005, p. 332.

「越軌」的隱秘欲望；大眾文化執著於生產淺表化、定型化、感官化的形象體系，從而煽動人們義無反顧地投身於洶湧的消費洪流；都市空間則時常賦予特定場景以形形色色的歷史底蘊和文化意涵，其宗旨依然是「創造『會說話的環境』（talking environment），將人們當作參觀者並吸引其注意力」〔註8〕。相較於上述視覺形態對角度、色彩、光影、構圖、特效等因素的精心布置與細緻安排，草根傳媒文化的視覺語言呈現出了某種「原生態」的基本輪廓和總體面貌，不僅動搖了眾多廣泛流行的視覺模式與表述風格，同時，也為研究者對當代視覺文化的開掘提供了一條與眾不同的線索。

一、當下性

　　原生態的一個突出表現，在於敘事的「當下性」。按照最普遍的理解，影像往往具備某種「精神紀念碑」的作用，往往包含著面向過去的歷史的深度，並由此而流露出「追憶」與「懷舊」的鮮明氣質。如藝術批評家約翰·伯格（John Berger）便認為，照片可以被視為「生命所遺留下來的紀念品」〔註9〕，正因為它的出現，人們才有機會懷著愛恨交織的心態，去不斷重溫那逝去的時光。蘇珊·桑塔格（Susan Sontag）則形象化地指出，攝影所提供的是一座現代版本的「人工廢墟」：「創造人工廢墟，是為了深化風景的歷史特色，為了使自然引人遐想——遐想過去。」〔註10〕在草根傳媒文化的視覺語言中，「敘述對象」與「敘述行為」的時間距離卻遭到了前所未有的削減。草根視覺文本的生產者（即通常所稱的「拍客」）其實相當接近本雅明（Walter Benjamin）筆下肆意穿梭、遊走於大街小巷的「閒蕩者」（flaneur），這種自由、靈活的身份定位，不僅有助於揭示主流傳媒文化所無暇顧及的案例或素材，同時，也將驅使他們依憑個性化的品味、情趣和喜好，隨心所欲地從生活中截取特定視覺片段，並不加保留地呈現於公眾的視域之中。此外，可拍攝手機、數碼相機、個人電腦等簡易、便攜、廉價的影像採集工具，以及互聯網跨越時空界限的獨到優勢，又從技術層面上確保了這些視覺信息能夠在第一時間為觀看者所掌握。因此，草根傳媒文化所激發的便不再是對於

〔註8〕貝拉·迪克斯：《被展示的文化：當代「可參觀性」的生產》，馮悅譯，北京大學出版社2012年版，第2頁。

〔註9〕約翰·伯格：《攝影的使用——給蘇珊·桑塔格》，劉惠媛譯，見吳瓊、杜予編：《上帝的眼睛：攝影的哲學》，中國人民大學出版社2005年版，第94頁。

〔註10〕蘇珊·桑塔格：《論攝影》，黃燦然譯，上海譯文出版社2007年版，第81頁。

時間之流的回望與追溯，而更莫過於一種即時、生動，甚至是突如其來的當下性體驗。

在 2011 年舉國轟動的「甬溫動車追尾事故」中，草根視覺文本的當下性特質得到了尤為清晰、生動的體現。2011 年 7 月 23 日 20 時 30 分左右，甬溫線由北京開往福州的 D301 次列車同由杭州開往福州的 D3115 次列車發生追尾事故。事故導致 D301 次的後四節車廂從高架橋上墜落，造成 40 人死亡，超過 200 人受傷。值得一提的是，在這次重大鐵路交通事故中，以微博為代表的草根媒體以遠遠超出主流媒體的報導速度，為公眾帶來了「現場目擊」一般的真切感受和視覺衝擊。事故發生僅僅 4 分鐘後，一位乘坐 D301 次列車的，昵稱為「袁小芫」的網友便通過微博發布了有關列車追尾的第一條訊息。而在隨後不久，更多身處事故現場的微博用戶開始不斷上傳關於該突發性事件的各種影像、圖片或文字，使關於事故現場的情況以全方位、多層面的方式迅速為全國各地的民眾所知曉。可以說，正是草根傳媒在此次重大交通事故中的實時播報和現場還原，不僅使相關事件的影響力得到了大幅度的擴張，同時，也強有力地推動了人們對傷員的救治，對失蹤者的搜尋，以及對救援行為的敦促與監督。

當下性既是草根傳媒文化的優勢，亦是其不足之處。當下性使特定視覺資源在短時間內引發社會範圍內的廣泛關注，並迅速升格為「事件」。但隱藏在當下性背後的，勢必是影像周轉與更迭速度的無限度提升，以至於新的視覺文本剛一嶄露頭角，便很快被源源不斷的「後來者」遮蔽、覆蓋乃至徹底湮沒，而傳統意義上「凝神靜觀」的視覺範式也將伴隨某種「淺表化」觀看的流行而消解殆盡。有研究者曾就 2012 年百大網絡熱點事件的持續時間做出統計調查，結果顯示，在該年度，網絡熱點事件的持續時間大多只在一周以內（占比為 64%），持續時間超過一個月的網絡事件便已是鳳毛麟角（占比僅為11%）。〔註11〕這種情況的出現固然同網絡時代浮躁的情緒體驗密不可分，但在很大程度上，還應當歸結為草根視覺文本的超高速更迭、切換與替代，使網民時常在「蜻蜓點水」般的瀏覽中失去了關注的焦點，失去了應有的方向和重心。因此，當下性同樣也暗示了形象在網絡時代所難以擺脫的偶然性和相對短暫的生命週期。

〔註11〕參見劉鵬飛、盧永春：《2012 年微博輿情發展態勢分析報告》，見唐緒軍主編：
《中國新媒體發展報告（2013）》，社會科學文獻出版社 2013 年版，第 50 頁。

二、直觀性

「原生態」的另一重要表現，在於敘事的「直觀性」。經典敘事理論注重對「底本」（pre-narrated text）和「述本」（narrated text）這兩個層次的區隔與劃分，其中前者關涉到未經加工、修飾、處理的事件的本然面貌，後者則「是由敘述行為產生的，是敘述者控制的產物」〔註 12〕，它主要指人們在特定觀念的引導下，對原始素材做出挑選、整合、提煉之後所得到的較為成熟、完備的敘事形態。在視覺敘事領域，無論主導文化、精英文化抑或大眾文化，大多依循從底本到述本的轉換規則。〔註 13〕然而，在草根傳媒文化的視覺語言中，底本和述本卻常常處於一種出人意料的「重合」或「同步」狀態。在專業化的影像生產中，人們更多以一個龐大的體制為依託，在眾多繁文縟節的規約下展開亦步亦趨的創作活動；在草根傳媒文化中，形象生產者則是一群非專業人士，他們既無底本與述本的區分意識，也無視覺呈現技巧的專門訓練，而是目擊什麼拍什麼，拍到什麼傳什麼，因而也有機會逾越「科層制」的束縛而書寫發自內心的體驗與感受。與此同時，互聯網在題材上無與倫比的包容性，也極大地消解了各色「把關人」的監控、審核與限制，並賦予草根媒體的視覺表現以極大的開放性和自由空間。如此一來，草根傳媒文化所攜帶的視覺符碼便盡可能去除了明暗、對比、隱喻、象徵、意象等繁瑣的修辭策略，轉而呈現出一種直白、質樸，甚至坦率得令人驚異的本真面貌。這樣的直觀性不僅使敘事的可信度得以全方位增強，更有效地迴避了主流媒體報導中常見的傾向性和意識形態色彩，繼而展現了被程式化、定型化的傳播手段所遮蔽的，更加真切而富於衝擊力的事件的整個過程。

在 2011 年的廣東「小悅悅」事件中，草根傳媒文化的直觀性得到了較為集中、深刻的詮釋。2009 年 10 月，家住廣東佛山市的兩歲女童王悅被一輛麵

〔註 12〕趙毅衡：《當說者被說的時候：比較敘述學導論》，中國人民大學出版社 1998 年版，第 19 頁。

〔註 13〕如有學者指出，在攝影中，影像與其反映的現實常常有所出入，「因為照片最終揭示的只是攝影師期望他的照片揭示的東西」。如果說，原初的生活場景充當了一個底本，那麼，經攝影師之手而呈現的影像則具有述本的性質，因為在該視覺文本的生產中，融入了創製者的主觀意願以及刻意為之的取捨和加工。參見阿瑟·阿薩·伯傑：《眼見為實——視覺傳播導論》，張蕊等譯，江蘇美術出版社 2008 年版，第 174 頁。

包車和一輛小貨車連續兩次碾壓，生命危在旦夕。然而，多位路人卻視而不見，無一施以援手。10 月 21 日，小悅悅因搶救無效而離開人世。事件發生後不久，一段截取自街頭監控錄像的，長度約 9 分鐘的視頻開始在網絡瘋傳，並引來了無數網友的側目與關注。這一草根視覺文本摒棄了傳統電視新聞所慣用的「蒙太奇」和特寫鏡頭，堅持以「長鏡頭」的客觀姿態，不加保留地還原了小女孩連續遭受碾壓的慘狀，以及十餘名過路者的冷漠行為。這一不做任何修飾的影像片段，在造成強烈視覺衝擊的同時，也引發了整個社會圍繞道德、良知、正義感等問題的熱烈討論。

依憑直觀性的視覺敘事，草根傳媒文化體現出強烈的批判意識和深切的現實關切。可以說，主流傳媒文化的一個顯著特色，在於將現實問題「軟化」或「理想化」，使之無法對占主導地位的意識形態話語產生威脅。如漢密爾頓（Peter Hamilton）便認為，在 1945～1960 年間的法國平民主義攝影中，充斥著喧嚷的街道、熱鬧的小酒館、朝氣蓬勃的孩童、縱情擁吻的戀人等一系列精心選擇的視覺主題，這些主題在一定程度上遮蔽了戰後法國的凋敝與頹敗，將危機叢生的社會現實建構為令人快適的審美對象。〔註 14〕戴錦華則觀察到，在世紀之交，以《漂亮媽媽》為代表的「苦情」電影，將弱勢群體在社會變遷中的艱難境遇，轉換為對女性所特有的寬容、悲憫與韌性的禮讚，從而巧妙地使人們的注意力遠離了最具創傷性的問題的本原。〔註 15〕由此出發，草根傳媒文化的重要價值，恰恰在於以率性、直白、無所顧忌的姿態，剝去了籠罩在影像文本之上的「溫情脈脈」的面紗，向公眾袒露出日常生活中真實存在的困境與艱辛。這種充滿鋒芒的視覺表現，必將造成巨大的心靈震撼和情感波動，並促使人們對社會現實加以更深層次的追問與反思。

三、碎片化

除了當下性和直觀性，原生態還集中體現為敘事的「碎片化」或「不完整性」。眾所周知，草根傳媒形象大多依憑非專業的視覺裝置而得以顯現，有的甚至就是從影視、新聞、監控視頻等現成影像資源中硬生生地截取。同時，這些形象的製作者和傳播者又多半屬於不折不扣的「業餘者」，他們游離於規

〔註14〕參見彼得·漢密爾頓：《表徵社會：戰後平民主義攝影中的法國和法國性》，見斯圖爾特·霍爾編：《表徵——文化表象與意指實踐》，徐亮等譯，商務印書館 2003 年版，第 109～143 頁。
〔註15〕參見戴錦華：《在「苦澀柔情」背後》，《讀書》2000 年第 9 期，第 66～71 頁。

則之外的姿態，一方面最大限度地拓展了草根視覺文本的題材與涵蓋面，另一方面，也相應地失去了嚴謹、細緻的操作技法，失去了符合邏輯、條分縷析的思維與構圖方式。因此，草根傳媒文化的視覺語言通常既缺乏清晰的因果關係，又不具備明確的焦點和中心，而總是呈現出一種區別於主流媒介敘事的，偶然、隨意、紛亂的粗疏面貌。上述局面無疑打破了主流傳媒文化所帶來的整體性的、循序漸進的觀看體驗，並給人以一種分裂、瑣碎、動盪的獨特感受。

　　草根傳媒文化的碎片化特質實際上與當前流行的「日常生活」命題產生了某些關聯。美國學者阿瑟・伯傑（Arthur A. Berger）曾指出，在「敘事」和「日常生活」之間，總是存在著難以彌合的巨大間際，其中最突出的一點，便在於前者往往是閉合的，有完整的開頭、中間和結局，後者則基本上處於中間狀態，其最終指向並非衝突的順利解決，而毋寧說是某種突如其來、不期而至的結束。〔註16〕由此看來，在草根傳媒文化中，敘事在相當程度上體現出了向日常生活趨近乃至「回歸」的傾向。當然，這種回歸絕不是要重返日常生活冗長、乏味、枯燥的「平均狀態」，相反，在草根傳媒文化所營造的支離破碎的敘事話語中，往往隱含著再度開掘與闡釋的豐富可能。有學者認為，主流傳媒文化具有較高的「冗贅性」（redundancy），即是說，其中存在著大量「可以預測和約定俗成」的內容，它們所體現的，是一種「穩定地位、抗拒變遷的力量」。〔註17〕在草根傳媒文化中，敘事的不完整性造成了冗贅性的大幅度降低，使視覺文本充斥著諸多難以預測的「空白」和「不確定點」，並不斷誘導觀看者的揣測、玩味與「想像性介入」。這一狀況在 2013 年撲朔迷離的「藍可兒疑案」中得到了鮮明、生動的表現。

　　2013 年 1 月底，華裔女大學生藍可兒在洛杉磯的一家酒店內失蹤。此後，一段該酒店電梯間攝像頭拍下的視頻開始在網絡流傳。這一長度僅為 4 分 12 秒的視覺文本，記錄了藍可兒於失蹤前一天在電梯間內的怪異舉止。視頻顯示，藍可兒在進入電梯間後，先將全部樓層的按鈕統統按了一遍，然後小心翼翼地將頭伸出電梯間四處張望。隨後，又立刻躲進了電梯間入口處的一個

〔註16〕參見阿瑟・阿薩・伯傑：《通俗文化、媒介和日常生活中的敘事》，姚媛譯，南京大學出版社 2000 年版，第 180 頁。
〔註17〕參見韓叢耀：《圖像：主題與構成》，北京大學出版社 2010 年版，第 64～65頁。

死角，似乎是不想被電梯外的人看見。大約 10 秒鐘後，藍可兒小心翼翼地走出電梯間，再度四處張望，並消失在電梯間攝像頭的範圍之外。稍後，藍可兒回到電梯間，再次按下了電梯所有樓層的按鈕，然後，又再次走出電梯間，瘋狂舞動自己的雙手，並像數數一般掰折自己的手指。大約 15 秒之後，藍可兒徹底離開了攝像頭的監控範圍……在這個粗糙、瑣碎、不完整的影像片段中，藍可兒的一連串離奇、詭異、怪誕的舉止，以及攝像頭未能捕捉的大片未知區域，對無數網民產生了極大的視覺震撼與心理刺激。他們踴躍參與到謎團的破解中，調動邏輯學、行為心理學、偵探推理，乃至占星術等五花八門的知識積澱而展開討論，不僅使事件本身的影響力得到了幾何級數的增強，同時，也折射了人們在這個充斥著危機的「風險社會」中所感到的驚懼、惶恐和無助。

　　在當代傳媒文化的總體格局中，原生態的敘事方式體現出了不言而喻的積極意義。眾所周知，以電視新聞為代表的主流傳媒文化，往往包含著大量的「套路」或「程序」，從而很容易對主體的觀看行為造成不必要的影響和干涉。如美國學者戴安娜・克蘭（Diana Crane）便觀察到，在當前的主流新聞報導中，「構架」（framing）已然成為了佔據支配地位的敘事模式。所謂構架，意味著某種刻意為之的安排、規劃與設置，意味著竭力渲染某些主題而對另一些主題無動於衷，其宗旨在於「使受眾產生期待，影響受眾理解媒體的心理定勢」〔註 18〕。克蘭認為，構架的方法論嘗試很可能在過於頻繁的使用中淪落為一種俗套，繼而導致主體視覺感受的刻板、鈍化、麻木，導致能動性和自反精神的嚴重缺失。在草根傳媒文化中，上述困境得到了較為明顯的改善。借助直觀、粗糙、簡明扼要的視覺語言，草根媒體帶來了一套極具個性和表現力的全新的敘事策略，從而給一味沉湎於繁複情節與「奇觀」效應，以至於時常「戴著鐐銬跳舞」的主流媒介敘事以不小的衝擊。〔註 19〕在此基

〔註18〕戴安娜・克蘭：《文化生產：媒體與都市藝術》，趙國新譯，譯林出版社 2012
　　　　年版，第 81 頁。

〔註19〕如有研究者相信，通過對原生態生活場景的還原與呈現，草根拍客在一定程
　　　　度上構成了對當前盛行的「奇觀敘事」的反撥：「如果把拍客的內容和風格與
　　　　整個中國當代的視覺文化產業來對比的話，我們會發現，拍客是反對當下的
　　　　種種『視覺奇觀』的。拍客以自己瑣細、平淡的風格，拆解了『視覺奇觀』
　　　　對我們的種種誘惑。……拍客影像大多以一種碎片化的、平常化的風格示人。
　　　　雖然很多拍客視頻是粗糙的、淺薄的，但其中恰好反映出了拍攝者的心聲。
　　　　哪怕隨便說點什麼，也是『一花一世界』。一面是通過影像塑造的欲望的修辭

礎上，通過對種種真實事件的赤裸裸的、不加修飾的展現，草根傳媒文化還在一定程度上顛覆了人們在當下日趨貧乏和機械化的視覺經驗，不僅有助於揭示庸常生活背後更加發人深省的內核，同時，也實現了對公眾內在精神的別具一格的解放、激活與更新。如此一來，草根傳媒文化倒也體現出了某種俄國形式主義所追求的「陌生化」（defamiliarization）效果。

第二節　「戲劇化」的表徵邏輯

現今文化思想界的最重要事件之一，在於「表徵」（representation）已日益取代傳統的「模仿」觀念而成為了人們關注的焦點和思考的核心。所謂表徵，即霍爾所強調的「表意實踐」（signifying practice），用以表示從「經驗世界」（指涉物）到「概念」（所指）再到「符號體系」（能指）的連續轉換過程。相較於一般意義上的「模擬」或「復現」，表徵體現出了開放、動態、「語境化」的鮮明特徵，它更多關涉到一種隱晦而曲折的意指過程，一種「產生意義，使事物具有意義」﹝註20﹞的行為和實踐方式。具體說來，在語詞、圖像、音響等因素所構築的貌似客觀、真實的符號表象下，往往隱含著意義的懸置與轉換，隱含著更深層次的錯位、斷裂和鴻溝——甚至在某些時候，符號及其價值取向也「並非必然以所表徵事物的存在為前提」﹝註21﹞。由是觀之，表徵絕不能簡單等同於對現實生活的亦步亦趨的還原與仿傚，相反，它總是難以擺脫形形色色的社會、歷史、精神因素的引導和牽制，從而也必將呈現出無限豐富的演繹空間與闡發可能。

依託當代傳媒文化這一欣欣向榮的場域，表徵的獨特潛質得到了淋漓盡致的釋放。可以說，在任何媒介文本（無論是偏於「紀實」還是側重「虛構」）的語言符號體系中，無不存在著來自主觀向度的選擇、估量與評判，存在著

已經為大眾所不滿，另一個方面，在社會視覺文化中仍然占主要地位的主流意識形態影像依舊存在著說教的語氣，這在一定程度上解釋了大量主流影像和商業影像被篡改和惡搞的原因，也解釋了拍客盛行、拍客內容被追捧的原因。在奇觀化的反襯之下，庸常的生活反而顯得真實和珍貴。」參見陳一：《拍客：炫目與自戀》，蘇州大學出版社 2012 年版，第 50～51 頁。

﹝註20﹞斯圖爾特‧霍爾：《表徵的運作》，見斯圖爾特‧霍爾編：《表徵——文化表象與意指實踐》，徐亮等譯，商務印書館 2003 年版，第 26 頁。

﹝註21﹞丹尼‧卡瓦拉羅：《文化理論關鍵詞》，張衛東等譯，江蘇人民出版社 2006 年版，第 43 頁。

特定修辭技法和話語策略的隱性操演，並最終幾乎是「不可避免地改變了現實的本真」〔註22〕。在 1992 年震驚全球的洛杉磯黑人大暴亂中，電視新聞對相關影像素材的刪減、扭曲所起到的誤導乃至煽動作用，便是表徵所製造的巨大社會效應的一個創傷性例證。〔註23〕由此看來，草根傳媒文化的敘事過程其實也可以被指認為一個生動、微妙、值得玩味的表徵的過程。如美國敘事學家詹姆斯·費倫（James Phelan）相信，敘事絕不意味著單純的故事講述，而更莫過於對一系列包含特定意圖和文化內涵的語言符碼的編排、組織與構造，它不僅有助於「傳達知識、情感、價值和信仰」，更凸顯出作者、文本、讀者、社會等不同維度的「交互作用、交流、交換和交媾」，從而有可能改寫人們既有的情感經驗與道德立場。〔註24〕很顯然，費倫對敘事的界定便是在一個表徵的總體框架內展開的。

　　前文已經提到，草根傳媒文化所擁有的是質樸、平實、粗糙的視覺語言，從而最大限度地消解了諸多人盡皆知的程序和慣例；但同時，必須注意到，在草根視覺符碼與客觀世界看似「嚴絲合縫」的對應中，一些潛在的、不易覺察的態度、立場和傾向性依然在若隱若現地昭示著自身的「在場」，它們不僅能喚起廣泛的情感衝動與精神共鳴，還進一步揭示了社會變遷中公眾心理層面的更深度真實。

〔註22〕勞倫斯·格羅斯伯格等：《媒介建構：流行文化中的大眾媒介》，祁林譯，南京大學出版社 2014 年版，第 206 頁。

〔註23〕1991 年 3 月，在全美第二大城市洛杉磯，黑人青年羅德尼·金（Rodney King）因酒後超速駕駛被警方攔截。由於金在停車後態度強硬，並自恃身體強壯，與警察展開貼身肉搏，4 名警察情急之下，只得用金屬警棍多次擊打金，以迫使其伏法。然而，美國三大電視網 ABC、NBC、CBS 在播放該事件的錄像視頻時，卻略去了金屢次挑釁、攻擊警方的畫面，而集中展現了他被眾多警察「野蠻圍毆」的場景。這一帶有極強傾向性的視覺片段，在民眾的心目中留下了一種刻板印象，即 4 名警察必然是恃強凌弱、罪惡滔天。當陪審團於 1992 年 4 月判定 4 名涉嫌毆打者無罪時，很多人便自然將這一審判結果歸結為司法機構的腐敗濫權，以及美國社會對黑人的根深蒂固的歧視，並陷入了一種極端的狂怒狀態。在怒火的驅動下，從 4 月 29 日開始，在洛杉磯街頭發生了一系列惡性的打砸、搶劫、縱火事件，整場暴亂持續時間達 4 天，導致 50 餘人死亡，2000 餘人受傷，導致財產損失近 10 億美元。這場令人不堪回首的慘劇，充分說明了在傳媒的表徵實踐中，在「經驗世界」與「視覺符碼」之間所可能存在的錯位，以及這種錯位所可能造成的極為嚴重的誤導。

〔註24〕參見詹姆斯·費倫：《作為修辭的敘事：技巧、讀者、倫理、意識形態》，陳永國譯，北京大學出版社 2002 年版，第 23 頁。

　　總的說來，在草根傳媒文化中，表徵的運作邏輯主要表現為某種跌宕起伏、扣人心弦的「戲劇化」的視覺形態和情節結構。這種戲劇化的表徵邏輯明確反映在如下幾個方面，即定型化，二元對立，象徵性和暗示性，以及超文本對「故事情節」的複雜化。

一、定型化

　　戲劇化的一個顯著表現，是「定型化」或「臉譜化」的人物形象。草根傳媒文化的弔詭之處在於，一方面其素材來自活生生的大千世界，另一方面，這些紛紜多樣的素材卻往往被納入一些模式化的視覺構架之中。應當注意到，在草根傳媒「生活流」式的視覺敘述中，其實還暗含著大量高度統一的認知框架與表意程序，它們往往攜帶著強烈的誘導性和濃鬱的象徵色彩，並依靠錯綜複雜的視覺符碼而得到了鮮明、生動的演繹。具體說來，草根視覺文本的製作者常常有意無意地採取特定的表現策略，對轉型期社會生活中的某一類或某幾類人物（尤其是那些備受社會輿論關注的敏感角色）加以反覆不斷的刻畫、烘托和渲染，並由此而營造了程式化、刻板化、同質化的視覺體驗和心理感受。值得一提的是，在這些人物形象的塑造過程中，草根媒體往往傾向於針對其消極、陰暗、醜惡的一面加以濃墨重彩的表現和不厭其煩的刻畫，甚至在某些情況下，為最大限度地凸顯這些負面因素，不惜消解了形象所原本具有的豐富性，以及信息自身的完整性、穩固性和統一性。不難發現，在草根傳媒文化的視覺語言體系中，警察往往不辨青紅皂白，習慣於濫用暴力、屈打成招，視無故扣押、毆打平民百姓為家常便飯；城市管理者普遍專橫霸道、目空一切，常常為所欲為，肆意踐踏弱勢群體的財產、尊嚴乃至生命，而不留絲毫餘地；官員們則多半喜愛發表雷人言論，熱衷於顛倒是非、扭曲民意，同時，還時常表現出對女色和財富的非一般的執迷和貪念……這些酷似「肥皂劇」的腳本，其實在草根傳媒的視覺表徵中已高度定型化，無論具體事件如何各有所異，也總是削足適履地加以套用。在 2010 年激起軒然大波的河北「我爸是李剛」事件中，草根傳媒在人物塑造上的這種特色得到了尤為清晰、集中、醒目的體現。

　　2010 年 10 月 16 日晚，肇事者李啟銘因醉酒駕車，在河北大學校園內撞倒了兩名女大學生，造成一死一傷。次日，一篇關於此次惡性車禍的帖子佔據了全國各大網絡論壇的頭條，發帖人不僅上傳了車禍現場的照片，同時宣

稱，該肇事者在事故發生後試圖驅車逃逸，但被學校安保人員和憤怒的學生攔下。此時，肇事者但沒有關心傷者，反而語出驚人：「你知道我爸是誰嗎？我爸是李剛！有本事你們告去！」該事件一經公布，很快便引發了網民們的關注和熱議，人們不僅竭力痛斥肇事者的囂張言行，同時，也將抨擊與譴責的矛頭對準了李啟銘的父親，保定市公安分局副局長李剛。一時間，「李剛的岳父是副省長」「李剛名下有 5 套房產」「李剛經營地下賭城」等流言不脛而走，而「李剛」更是成為了官僚主義與特權階層的標籤，並遭到廣大網友的嘲諷、挖苦和謾罵。然而，當河北電視臺實地採訪了學校保安、圍觀學生、出勤警察等大量該事件的目擊者後，卻發現肇事者在事發時態度惶恐，只是在接受學校保安查問時回答過一句：「是的，我爸是李剛」，他的「大放厥詞」實際上更多來源於網友們的想像和杜撰。由此可見，在針對該事件的報導中，草根媒體刻意淡化並遮蔽了當事人言說的具體情境，轉而通過種種富有煽動性的方式，集中表現了一個「太子黨」目空一切、仗勢欺人的蠻橫行為，在帶來強烈戲劇性效果的同時，也無疑造成了種種概念化、符碼化，且不無偏頗的理解和認知。

　　在草根傳媒高度定型化的形象塑造中，潛藏著深刻的思想依據和文化動因。羅蘭·巴特（Roland Barthes）曾斷言，當代流行文化試圖依憑捧角、脫衣舞、電影明星、炸薯片廣告等符號體系而營造一種「現代神話」，即借助不動聲色的矯飾與偽裝，將外在的規範和慣例置換為「現實所包裝的一種『自然法則』」〔註25〕。如果說，草根傳媒對「原生態」的追求似乎使這類不斷遮蔽真實的神話失去了立錐之地，那麼，無可辯駁的是，在草根傳媒文化的視覺表徵中，一種另類的神話其實也正在消無聲息地再度浮現。換言之，經過種種視覺定式的長期薰陶，受眾很容易在既定的視覺符碼與價值判斷之間建立起一種不容置疑的等價關係，進而形成對周遭社會現象的固定化和模式化的解讀、體會與認知。如官員一定腐敗墮落、荒淫無度，富人必然飛揚跋扈、目無法紀，女性則多半是靠美色和肉體上位，等等。毫無疑問，這些臉譜化的形象一方面扣合了中國人經久不衰的文化習俗與集體記憶〔註26〕；另一方

〔註25〕羅蘭·巴特：《神話——大眾文化詮釋》，許薔薔等譯，上海人民出版社 1999 年版，「序言」第 1 頁。

〔註26〕學者李紅認為，草根傳媒形象的刻板化、定型化在很大程度上來源於中國人古老文化記憶中的某些母題或「原型意象」，並進一步將當前網絡公共事件中的原型細分為「無官不貪」「高衙內」「欺壓百姓」「文字獄」「反抗外辱」「黑

面，也折射了每一個普通人在轉型期的總體背景下，對於某些社會症候的切身體會，以及由此而形成的看待問題的特定態度、傾向和視域。

二、二元對立

　　戲劇化的另一個重要表現，是「二元對立」（binary opposition）模式的建構與置入。所謂二元對立，是一個流行於結構主義語言學的理論命題。結構主義者堅持認為，在紛亂、錯雜、枝蔓叢生的符號的堆砌中，總是潛藏著某些靜態、抽象、難以動搖的深層次結構（通常表現為兩個最基本因素的組合與並置），它們一方面將豐富多彩的經驗世界縮減為有限的、易於把握的意義單元；另一方面，也可以「作為一個時間序列而被方式不同地具體化」〔註27〕，並最終呈現出琳琅滿目、難以窮盡的表現形態。無論是普洛普（Vladimir Propp）對民間故事功能及其組織規律的辨析，斯特勞斯（Claude Levi-Strauss）對遠古神話的構成要素和文化底蘊的探究，抑或格雷馬斯（Algirdas Greimas）所締造的不斷調整、位移、派生的「語義矩陣」，其理論宗旨皆不外乎如此。雖然在今天，結構主義所固有的機械化和刻板化傾向已使其幾乎成為眾矢之的，但毫無疑問，二元對立作為一種切實、可靠、科學的方法論策略，依然深刻影響著當代人文學術對相關研究對象的探討與解析。

　　在戲劇中，二元對立同樣是一種不可或缺的表現技法。按照最普遍的理解，戲劇的可看性源自其情節，而情節之所以產生吸引力，關鍵便在於諸種對立因素之間難以調和的激烈衝突。正如雨果（Victor Hugo）所指出的那樣，莎士比亞戲劇創作的奧秘就在於，「善與惡、歡樂與憂傷、男人與婦女、怒吼與歌唱、雄鷹與禿鷲、閃電與光輝、蜜蜂與黃蜂、高山與深谷、愛情與仇恨、勳章與它的反面、光明與畸形、星辰與俗物、高尚與卑下」構成了「永恆的雙面像」。〔註28〕如果說，在戲劇中，二元對立的宗旨在於強化矛盾、渲染氛圍並吸引觀眾，那麼，在草根傳媒文化簡潔、平實、祛除深度的視覺面紗下，二元對立結構的呈現則更能夠引人深思。

　　　幕與冤案」「道德淪喪」等諸種形態。同時，他還指出，以上原型意象為草根傳媒千差萬別的視覺表現提供了最基本的支柱。參見李紅：《網絡公共事件：符號、對話與社會認同》，中國社會科學出版社2015年版，第204～209頁。

〔註27〕華萊士・馬丁：《當代敘事學》，伍曉明譯，北京大學出版社2005年版，第93頁。

〔註28〕雨果：《雨果論文學》，柳鳴九譯，上海譯文出版社1980年版，第155頁。

　　根據筆者對近年來網絡熱點事件的不完全統計，可以得出結論，在這些備受關注的社會公共事件中，大多可以發掘出某種二元對立的表意模式和情節架構：

表 3-1　近年來網絡熱點事件中的「二元對立」模式統計

時　間	事件名稱	「二元對立」因素
2007 年 3 月	重慶「史上最牛釘子戶」事件	開發商、地方政府 vs 普通住戶
2008 年 10 月	哈爾濱「林松嶺被毆致死」事件	警察 vs 大學生
2008 年 10 月	林嘉祥「猥褻幼女」事件	政府官員 vs 平民百姓
2008 年 12 月	深圳「梁麗撿金案」	司法制度 vs 女清潔工
2008 年 12 月	南京「天價煙局長」事件	政府官員 vs 廣大網民
2009 年 5 月	湖北「鄧玉嬌案」	政府官員 vs 女服務員
2009 年 5 月	杭州「70 碼」事件	「富二代」 vs 大學生
2009 年 6 月	河南張海超「開胸驗肺」事件	無良企業 vs 底層打工者
2010 年 7 月	深圳「產婦肛門被縫」事件	無良醫生 vs 患者
2010 年 10 月	河北「我爸是李剛」事件	公安局長、「官二代」vs 女大學生
2011 年 6 月	郭美美「微博炫富」事件	紅十字會 vs 廣大網民
2011 年 9 月	「李雙江之子打人」事件	「官二代」「星二代」vs 普通民眾
2012 年 8 月	陝西「微笑局長」事件	地方官員 vs 廣大網民
2013 年 2 月	「李雙江之子涉嫌輪姦被捕案」	「官二代」「星二代」vs 女受害者
2013 年 7 月	湖南臨武「城管打死瓜農」事件	城管 vs 瓜農
2015 年 10 月	青島「天價海捕大蝦」事件	黑心店主 vs 遊客
2015 年 10 月	南京等地「毒跑道」事件	無良建材商 vs 中小學生
2016 年 4 月	「魏則西事件」	黑心醫療機構、唯利是圖的網絡公司 vs 患者
2016 年 5 月	北京「雷洋涉嫌嫖娼致死案」	警察 vs 平民百姓
2017 年 3 月	山東聊城「於歡刺死辱母者」事件	暴力逼債者 vs 受辱者之子
2018 年 5 月	鄭州「空姐滴滴打車遇害案」	「不作為」的網約車平臺、反社會分子 vs 無辜女受害者
2018 年 8 月	崑山「寶馬男砍人被反殺案」	寶馬車主 vs 普通騎車者

　　根據表 3-1 所示，在草根傳媒對上述事件的轉述與渲染中，大多可以提煉出「強—弱」「城—鄉」「貧—富」「官—民」「勞—資」「醫—患」等明顯的

二元對立模式。值得一提的是，在具體的視覺表徵過程中，草根傳媒往往傾向於強調上述對立項之間所存在的難以調和的尖銳衝突，同時，又注意使用一些別出心裁的修辭方式和話語策略，將人們同情與關注的目光巧妙地引向其中相對弱勢的一方，從而造成了特定的心理和情感反應。這樣的狀況在當前俯拾即是的草根視覺文本中得到了生動而充滿戲劇性的表現。

關於二元對立模式的一個有說服力的個案，是 2008 年引起巨大反響的「梁麗撿金案」。2008 年 12 月 9 日，深圳機場女清潔工梁麗在機場候機大廳「撿」到了價值人民幣約 300 萬元的黃金首飾，隨後，因涉嫌財產盜竊罪被當地公安機構逮捕。然而，耐人尋味的是，在圍繞該事件的跟蹤報導中，草根媒體所津津樂道的，是作為個體的女清潔工和一個無比強大的、「不可逆」的司法機構之間的力量懸殊的博弈。在當時的各大網絡論壇上，大部分涉及該事件的帖子，都不約而同地把當事人「清潔工」的身份擺到了最醒目的位置，同時，也常常配上大幅的照片，以特寫鏡頭的方式，表現了當事人飽經風霜、含辛茹苦，卻又愁雲慘淡的面容。這樣的敘事策略，很容易將女主人公與勤勞、忠厚、樸素、老實巴交、安分守己等品質緊密關聯，使得其「拾金而昧」這一原本有極大污點的行為獲得了社會範圍內的同情、體諒乃至聲援。

另一個更加直觀、鮮明的例證，是 2009 年杭州闊少胡斌飆車撞死大學生譚卓的惡性事件。在草根媒體對該事件的描摹與渲染中，兩張照片的對立組合成為了最常見的修辭方式。其中，一張是遇難者生前青春、陽光、朝氣蓬勃的英俊面容；另一張，則是犯罪嫌疑人及其同伴在事故現場嬉笑、打鬧、不屑一顧的醜惡嘴臉。很明顯，前一張照片突出了平民子弟擁有大好前程卻無辜慘死的深切悲劇；後一張則控訴了「富二代」目空一切、橫行霸道、為非作歹的卑劣罪行。不難想見，以上兩個場景的劇烈碰撞，必將迸發出異乎尋常的視覺衝擊力，相應地，也激發了公民對受害者的哀悼，對肇事者的深惡痛絕，以及對案件審理中「猶抱琵琶半遮面」的相關部門的懷疑、不滿與非難。

由此出發，在草根傳媒文化中，二元對立已經超越了結構主義視域中恒定不變的抽象框架，而恰如其分地呼應了福柯（Michel Foucault）有關「權力話語」（power discourse）的闡述與論證。按照福柯的理解，語言絕不是靜態、孤立、封閉的體系，而更莫過於一種動態、開放、流變的話語實踐。在他看來，在作為表意實踐而存在的話語中，總是潛藏著某種深層次的文化張力與

權力糾葛。具體說來，言說者在實際的陳述行為中，常常先驗地將對象世界劃分為真理與謬誤、理性與瘋癲、善與惡、光明與黑暗、正常與非正常等涇渭分明的兩極，將其中一方指認為「放之四海而皆準」的自然法則，而將另一方貶斥為「邊緣化」的他者，並不斷對其加以壓抑、遮蔽、束縛、矯正，乃至徹底放逐。〔註29〕不難見出，在草根傳媒所編織、形構的視覺話語中，同樣明顯地表現出了尖銳、激烈、非黑即白的二元衝突。只不過，在草根傳媒文化這個獨特的「能量場」中，佔據優勢地位的，已不再是傳統意義上的「精英」或「主流」，而是那些相對弱勢的普通民眾。之所以出現這樣的局面，部分原因在於當前社會心態的躁動和不安，以及由此而產生的，對種種現實問題加以「想像性」解決的自發衝動。

三、象徵性和暗示性

在草根傳媒文化中，戲劇化還表現為諸多富於「象徵性」和暗示意味的視覺圖景。應當看到，形象的表現絕不意味著「所見即所得」的移植或複製，而總是蘊藏著生動的主體性和強烈的表意潛能，並無可阻遏地指向了更加廣闊的文化與精神維度。如英國學者豪厄爾斯（Richard Howells）便強調，圖像的製作者絕不是一位缺乏能動精神的照抄照搬者，相反，他始終都試圖「在敘事過程中完全控制我們的視覺、聽覺和情感經驗」〔註30〕。攝影理論家布列松（Robert Bresson）更是提出，既然模仿在當下已不再是一種技術上的卓越成就，那麼，藝術家的著眼點就有必要轉向「不同現實碎片之間的連接處」〔註31〕，並通過對現成影像素材的創造性的整合與形塑，使人們熟悉的日常生活呈現出迥然有異的姿態和面貌。單就視覺外觀而言，草根傳媒文化無疑顯得淺薄、草率、枯燥，甚至有些莫衷一是，但稍加留心，便可以發現，在很多時候，草根視覺文本的生產者同樣會借助對構圖、場景、鏡頭、空間安排等要素的有意識經營，來構築某些充溢著暗示性和「言外之意」的情境或橋段，從而於不動聲色之間，傳達出特定的期待、訴求和價值取向。誠然，

〔註29〕參見 Michel Foucault, "The Discourse on Language", in *Critical Theory Since 1965*, edited by Hazard Adams and Leroy Searle, University of Florida Press, 1986, pp. 148～162。

〔註30〕理查德·豪厄爾斯：《視覺文化》，葛紅兵等譯，廣西師範大學出版社 2011 年版，第 170～171 頁。

〔註31〕羅貝爾·布列松：《電影書寫劄記》，張新木譯，南京大學出版社 2012 年版，第 60 頁。

上述視覺技法在運用中時常暴露出突兀、含混與稚拙的一面，但其造成的精神震盪卻絲毫不可低估。

　　在 2007 年家喻戶曉的重慶「史上最牛釘子戶」事件中，草根傳媒文化的象徵性和暗示性得到了鮮明、生動的體現。2004 年 8 月，重慶市九龍坡區的舊城改造工程開始啟動。然而，某二層小樓的戶主楊武、吳蘋夫婦由於未能同開發商達成賠款協議，因而堅守原地，強烈抗拒拆遷。在這樣的情況下，當地房琯局做出了強制拆遷的決定，不僅對楊、吳兩人的住宅實行斷水、斷氣、斷電，甚至還將該小樓的周圍挖成了深達十餘米的地基。2007 年 3 月，一篇名為《施工現場拍攝到的「骨灰級」釘子戶》的帖子開始在各大網站、論壇、貼吧廣泛流傳。在這篇帖子中，發帖者上傳了一張拍攝自事件現場的，頗具表現性和感染力的照片。其中，年久失修、搖搖欲墜，彷彿孤島般孑然獨立的兩層小樓被安置於畫面的正中央，而環繞在小樓四周的，則是一座座居高臨下、冰冷無情的現代化建築。兩相比照，無疑傳達出了一種孤寂、淒苦、悲涼、無奈的視覺感受，並引發了無數網民對「釘子戶」命運的深切同情和由衷關注。〔註 32〕隨著該事件影響力的逐步擴張，越來越多的草根記者親自趕赴現場，並刻意捕捉、截取了一系列寓意深遠的細節和形象片段：如肩挑糧食、桶裝水，甚至是煤氣罐，艱難前行的男戶主；手持《物權法》屹立在樓前，面色凝重的女主人；掛在樓頂的，上書「公民的合法私有財產不受侵犯」的巨大橫幅；以及隨風飄揚在小樓上空的一面五星紅旗……凡此種種，無不有效地烘托出一種「甘願與世界為敵」的悽愴感受，一種身臨絕境而又無所畏懼的悲劇性氛圍。正是這些引人入勝的、彌漫著硝煙氣息的視覺片段，不僅將相關「故事情節」的演繹一步步推向高潮，也刺激公眾將情感的焦點集中於明明「微不足道」卻堅持「戰鬥到底」的釘子戶一方，並對其報以毫無保留的熱烈聲援。如此一來，在很多人的心目中，釘子戶也就不再意味著普通的拒斥拆遷者，而是被升格為一個勇於捍衛其合法權益、不畏強權的光輝典範。而自此之後，關於北京、南京、武漢、哈爾濱等各地「最牛釘子戶」形象的紛紛湧現，則從一個側面證明了類似的視覺表徵所具

〔註 32〕有學者曾經從格式塔心理學的基本原理出發，從「對稱式構圖」「鏡頭角度選取」以及「鏡深構圖」等三個方面著手，對這張照片的構圖原則及其心理效果做出了較為細緻、深入的分析。參見湯筠冰：《「史上最牛釘子戶」事件的視覺文化傳播解讀》，《新聞知識》2007 年第 6 期，第 48 頁。

有高度的生產性和擴展性。

四、超文本與「劇情」的複雜化

在戲劇化的發展與演繹中，草根傳媒文化的「超文本性」（hypertextuality）同樣是一個不可忽視的維度。如前所述，定型化、二元對立、暗示性等視覺策略彰顯了形象的動作性與對抗性，強化了不同力量之間的緊張關係，並喚起了觀看者內心難以抑制的激情。作為草根傳媒文化得以持存的獨特方式，超文本則帶來了多種視覺元素的糾纏與交織，在擴展主體的觀感體驗的同時，也使戲劇化呈現出更加錯綜複雜、變數叢生的表現形態。

在敘事學中，「超文本」（hypertext）大致相當於前文所說的述本，它源於某個預先存在的底本文本。法國敘事學家熱奈特（Gérard Genette）認為，超文本是指述本與底本之間的「非評論性攀附關係」，「前者是在後者的基礎上嫁接而成」。〔註33〕故而，超文本是在源文本基礎上借助各種藝術手段（如模擬、戲仿、拼貼、反諷，等等）所形成的衍生文本。超文本更為人熟知的含義，是數字化語境下所產生的電子文本。這類電子文本有三個主要特徵，即鏈接、分叉選擇和非順序性。〔註34〕所謂「鏈接」，指超文本在發展過程中形成的巨大網狀結構，它一方面引發了人們的瀏覽和點擊，並造成了特定的心理體驗和情感期許；另一方面，又催化了無數網民對文本的參與性生產，使特定文本在網絡傳播中得以補充、修改與重構。所謂「分叉選擇」，指網民在參與中選擇的開放性和多種可能性，這是互文性生產的典型特徵。通過分叉選擇，人們有可能將多重鏈接帶入信息的再生產過程，並實現信息傳播、改寫與接受的豐富可能性。所謂「非順序性」，指超文本的製作與修改並非依照線性順序來完成。線性文本是具有固定順序（開端、中間、結局），或包含確切因果邏輯關係的文本。〔註35〕而非線性則是指文本的諸多單元所呈現的偶然、隨機和不確定的關係：「非線性文本就是這樣一個作品，它沒有把文本單元置於一個固定的順序之中，無論是時間的順序還是空間的順序。實際上，

〔註33〕熱拉爾·熱奈特等：《熱奈特論文選，批評譯文選》，史忠義譯，河南大學出版社2009年版，第61頁。

〔註34〕參見周憲：《論作品與（超）文本》，《外國文學評論》2008年第4期，第20～21頁。

〔註35〕Espen J. Aarseth, "Nonlinearity and Literary Theory", in *Hyper/Text/Theory*, edited by George P. Landow, The John's Hopkins University Press, 1994, p. 53.

通過某種控制論的動因（使用者、文本或這兩者），一種任意的順序也就應運而生。」〔註36〕可見，超文本在相當程度上顛覆了傳統的文本構造，它並非「擁有確定身份的，自主、穩固、條理清晰的客體」〔註37〕，而是一個不斷同外界互動並傳遞信息的符號綜合體。超文本不具備一以貫之的中心，而是以多元、發散、外展的姿態不斷生長，從而極大地改變了主體固有的認知方式和思維習慣。

　　草根傳媒文化是一種參與度極高的視覺文化形態，特定事件的視覺信息一經公開披露，旋即便會引發眾多網民爭先恐後的互動與介入。隨著越來越多的主體投身於某一文本的生產與再生產，包括視頻、圖像、文字、故事、新聞、訪談等在內的各類信息便逐漸彙集起來，形成了一個巨大的超文本結構。因此，從某種意義上說，草根傳媒文化的表徵實踐其實是一個不斷被添加、改變和豐富的超文本過程。正是這種超文本的表徵方式，為草根視覺文本的戲劇化增添了更值得玩味的色彩。

　　在 2008 年著名的南京「天價煙局長」事件中，超文本對「劇情」的複雜化得到了集中、明確的體現。2008 年 12 月 10 日，時任江寧區房琯局局長的周久耕在接受記者採訪時放言，將聯合物價部門，對低於成本價銷售樓盤的開發商加以查處，並聲稱此舉是「對老百姓負責」。該驚人言論於次日見報並轉發至網絡後，立即在深受高房價之苦的網民中引起了軒然大波。眾多網友迅速集結在各大網絡論壇，通過圍觀、發帖、評論，乃至下達「人肉通緝令」的方式，對周久耕「何不食肉糜」的荒唐見解加以質疑、聲討與抨擊。2008年 12 月 14 日，一張名為《南京市江寧區房產局局長抽煙 1500 元／條》的照片在天涯、貓撲、西祠胡同等各大網絡論壇瘋傳，照片顯示，周久耕在出席一次會議時所抽的是價格高達 1500 元一條的「九五至尊」牌香煙。在該照片的推波助瀾下，越來越多的信息和線索也得以浮出水面，如周久耕擁有多塊價值 10 萬元的名表，上班的座駕是豪車凱迪拉克，其弟弟是房地產開發商，其兒子則是本市建材商，等等。不難發現，從最初的純文字報導，到網友的回帖和評論，到直白、坦率的圖像資源，再到作為「後續跟進」的更豐富的圖文訊息，「天價煙局長」事件已成為了一個攜帶著多重符碼和多重鏈接的複雜

〔註36〕Espen J. Aarseth, "Nonlinearity and Literary Theory", in *Hyper/Text/Theory*, edited by George P. Landow, The John's Hopkins University Press, 1994, p. 61.

〔註37〕Jeffery R. Di Leo, "Text", in *Encyclopedia of Aesthetics 4*, edited by Michael Kelly, Oxford University Press, 1998, p. 371.

的超文本，並隨著時間的推移和事件的持續發酵而不斷被添加、增補，不斷釋放出新的意義。這種超文本性無疑增強了事件的影響力，使之呈現出波瀾起伏、引人入勝的戲劇化效果。〔註38〕

如果說，在針對周久耕一事的草根報導中，超文本所帶來的是一種「正向」的戲劇化效應，即通過後續文本對初始性文本的延伸、補充與強化，使相關事件激發廣泛的社會關注和強烈的輿論反響。那麼，在某些情況下，超文本還可能將戲劇化導向更加難以預測，甚至是「不可控」的局面。2007 年7 月，一篇名為《史上最惡毒後媽把女兒打得狂吐鮮血》的帖子被各大知名論壇瘋狂轉載。帖子稱，江西上饒市某 6 歲女童「丁香小慧」慘遭其後母毒打，全身多處骨折，危在旦夕，並配上了一張小女孩在醫院病床上遍體淤青、口吐鮮血的照片。這一觸目驚心的畫面令無數網友倍感震撼，他們在關切小女孩命運的同時，也對疑似虐待女兒的「狠辣後媽」陳彩詩大加斥責，痛罵其「豬狗不如」「該遭天打雷劈」。而當事人陳彩詩在接受採訪時，卻堅稱自己同女兒關係良好，更從未毆打過女兒，甚至屢次下跪，以表明其清白。不久之後，有網友發布了當地醫院對該女童的會診結果，稱小女孩的「傷勢」並非外力擊打所致，而是血友病發作時的症狀，因此，所謂「虐待」實屬子虛烏有，而「史上最惡後媽」則實為「史上最冤後媽」。然而，事情並未就此真相大白，很快又有網友爆料，整個「虐童」事件實際上是當事人的一場炒作，其目的只在於營造悲情氛圍，喚起愛心人士對患病女孩的援助……至此，關於「後媽虐童」的原貼，陳彩詩的回應與辯解，外加網友的跟進和評論，共同構成了一個持續變動的意義場，其中，不同的文本片段彼此齟齬、衝突，使這場震驚全國的「史上最惡毒後媽」事件變得撲朔迷離，難以辨明真相。上述情況充分說明，在超文本的表徵實踐中，相關事件的演繹可能超越其既定軌道，而呈現出高度的歧義性、曖昧性和含混性，這無疑與預先設置腳本的傳統媒介敘事產生了顯著區別，同時也照應了約翰・費斯克（John Fiske）對

〔註38〕必須注意，超文本還激發了公眾更加積極、踴躍的關注和參與，從而體現出較強的社會動員性，並加速了司法機構對涉事人員的調查和追究。2008 年 12 月，江寧區委因「發表不當言論」和「公款購買香煙的奢侈消費行為」，免去周久耕房琯局局長職務。2009 年 3 月，南京市紀委宣布，對周久耕做出開除黨籍和公職的處分，並移交司法機關處理。2009 年 10 月，南京市中級人民法院因受賄罪判處周久耕有期徒刑 11 年，沒收財產 120 餘萬元。由此，不難見出超文本作為一種獨特表徵方式所具有的社會建構作用。

一個流變不定、無法為任何權威所掌控的「生產者式文本」（producerly text）〔註39〕的期待。

　　總的說來，正是以上諸種表徵方式的交相呼應，共同形構了激情洋溢、似乎一觸即發的戲劇化的視覺形態，裹挾在其中的，則是真實與虛構的交融，欣悅和痛苦的匯聚，以及動盪與穩定的迅速轉換。這種戲劇性格局的出現，不僅應歸結為形象生產者的有意識聚焦和形象接受者的針對性發掘，也不僅應歸結為視覺文本和現實生活之間難以消解的隔閡與差異，其最根本動因，還在於當前機遇和挑戰交織、嚮往與挫折並存的社會現實，以及身處其中的男男女女所產生的強烈而真切的情感期待和心理需求。有學者曾斷言，表徵絕非對世界的純然複製，而是始終「被包含於一種世界觀的產生中」〔註40〕。由此看來，在草根傳媒文化的表徵過程中，恰恰凝聚著無數來自「底層」和「邊緣」的志趣、意願與價值關懷，與之相應，一種「文化民粹主義」（cultural populism）〔註41〕精神也將由此而獲得滋生與蔓延的更加充足的空間。

第三節　草根話語實踐與「共同體」的形成

　　在當代人文學術從「現代」到「後現代」的演變歷程中，由「語言」（language）向「話語」（discourse）的位移無疑是最重要的範式轉換之一。所謂語言，主要指相對於「言語」（parole）而言的，客觀、抽象、「放之四海而皆準」的規則與定律的集合；所謂話語，則是在 20 世紀後半葉以來逐

〔註39〕所謂「生產者式文本」，即費斯克基於羅蘭・巴特的「可寫之文」（writerly text）理念所建構的範疇。生產者式文本的特徵在於，它往往能擺脫外部力量的規訓，並導向「鬆散的、自身無法控制的結局」；而在這類文本內部，則存在著巨大的、難以彌合的裂隙，使接受者有機會「從中創造出新的文本」。雖然費斯克更多著眼於以電視為代表的大眾文化，但毫無疑問，這種難以預測、無所約束的「生產性」在超文本的視覺表徵中得到了更引人矚目的表現。參見約翰・費斯克：《理解大眾文化》，王曉珏等譯，中央編譯出版社 2001 年版，第 128 頁。

〔註40〕阿雷恩・鮑爾德溫等：《文化研究導論》，陶東風等譯，高等教育出版社 2004 年版，第 45 頁。

〔註41〕「民粹主義」（populism）最初出現於政治領域，後逐漸被研究者轉化為一個文化研究中的重要命題，即堅信「普通百姓的符號式經驗與活動比大寫的『文化』更富有政治內涵」，進而突出了作為「群」的平民大眾所擁有的衝擊、撼動，乃至顛覆主導或精英文化的強大能量。參見吉姆・麥克蓋根：《文化民粹主義》，桂萬先譯，南京大學出版社 2001 年版，第 4 頁。

漸受到關注的範疇，它更多表示語言在具體情境下的發展軌跡、使用方式以及實際功效。在話語批評的視域內，語言只有被置於言說者、接受者和外在語境的交互作用中，並用以「表達與世界的某種關係」〔註42〕，其內在的可能性才有機會得到真正的完成和實現。由此看來，從「語言」轉向「話語」，也就帶來了一種方法論意義上的「哥白尼式的革命」，即不再固守於以結構主義語言學為基底的，客觀、抽象、條分縷析的研究姿態，轉而將語言理解為「文本中展現出來的表示社會（或社會心理）結構的符號」〔註43〕，與此同時，又致力於發掘隱含其中的意義的生成、轉折與流變，乃至更加微妙、生動，更富象徵意味的文化觀念和權力糾葛。

話語範式為我們對草根傳媒文化的考察提供了重要視角。可以說，草根傳媒文化所構造並呈現的，同樣是一系列開放、多元、充滿豐富可能性的陳述行為和話語實踐。在這種話語實踐同當代中國的社會現實之間，無疑存在著相互指涉、彼此建構的密切關聯。無需贅言，草根視覺文本在中國社會激烈轉型的宏觀背景下應運而生，因而無時無刻不受到諸多外在因素的影響、規約和限定，並最終呈現出「原生態」與「戲劇化」並行不悖的敘述方式和表意策略。反過來，恰如英國學者默克羅比（Angela McRobbie）所言，上述視覺文本也適時地充當了一個「現實的索引」〔註44〕，透過其高度風格化、個性化的表現形態和情節架構，人們無疑能發掘出一些貫穿於視覺編碼過程始終的「支配性圖式」，並藉此而觸及隱匿在語言符號背後的某些不可忽視的精神內核。在此基礎上，更值得關注的是，草根話語實踐也常常具體、真切地作用於公眾的心理和情感維度，並進一步凸顯出整合與塑造的強大力量。具體說來，草根傳媒文化往往能調動諸多鮮明、生動的視覺符碼，傳達出當代語境下每一個普通人所共有的文化想像和身份認同，不僅締造了充溢著豐富可能性的意義世界，同時，也在無形中完成了對一個「想像的共同體」（imagined community）的反覆不斷的追問與構造。

所謂「共同體」（community），是一個極具普適性和包容性的範疇，它既

〔註42〕埃米爾・本維尼斯特：《普通語言學問題》，王東亮等譯，生活・讀書・新知三聯書店 2008 年版，第 161 頁。

〔註43〕保羅・科布利編：《勞特利奇符號學指南》，周勁松等譯，南京大學出版社 2013 年版，第 246 頁。

〔註44〕安吉拉・默克羅比：《後現代主義與大眾文化》，田曉菲譯，中央編譯出版社 2001 年版，第 124 頁。

可以指涉實際存在的單位、集團或社群，也可以表示偏於抽象的關係、結構或屬性。〔註45〕但無論是何種形式的共同體，都包含著某些不可磨滅的精神氣質。也就是說，「在共同體中，我們能夠互相依靠對方」〔註46〕，並由此而產生了空前的安全感，產生了有如「歸家」般舒適、愜意的溫馨體驗。政治學家本尼迪克特‧安德森（Benedict Anderson）曾提出，以報紙為標誌的現代傳媒文化，在迅速提高民眾的讀寫能力的同時，也促使主體在閱讀中「逐漸感覺到那些在他們的特殊語言領域里數以十萬計，甚至百萬計的人的存在」〔註47〕，並逐漸將自身融匯於一個虛構的、然而又無比神聖的「聚合體」之中。無獨有偶，依憑其獨特的視覺話語體系，草根傳媒文化同樣有助於建構某種具有「共同體」性質的文化精神場域。當然，這個共同體的核心，並非安德森意義上的民族國家意識，而是公民在社會轉型的疾風驟雨中所感同身受的溫柔與殘酷，歡笑與悲慟，憧憬與迷惘。也正是這些相關或類似的遭際和經歷，使人們自發地凝聚為一個巨大的、眾聲喧嘩的整體，並形成了情感上的誠摯呼應與微妙契合。

　　在前文提及的「史上最牛釘子戶」事件中，草根話語實踐對共同體的建構作用得到了集中體現。必須承認，對於熱切追尋現代化夢想的中國而言，土地是寶貴的不可再生資源，是經濟發展和城市建設所必須的物質保障；在每一位眷戀家園、崇尚「安居樂業」的中國人的心目中，土地則意味著安身立命的根本，意味著個體生命得以維繫的不可缺失的紐帶。如此一來，以土地問題為中心，在不同社會群體之間常常出現比較激烈的衝突。〔註48〕在缺

〔註45〕根據威廉斯的考證，「共同體」一詞主要囊括了如下幾層意涵：1. 平民百姓；
　　　　2. 一個政府或有組織的社會；3. 一個地區的人民；4. 擁有共同事物的特質；
　　　　5. 相同身份與特點的感覺。參見雷蒙‧威廉斯：《關鍵詞：文化與社會的詞彙》，劉建基譯，生活‧讀書‧新知三聯書店 2005 年版，第 79 頁。

〔註46〕齊格蒙特‧鮑曼：《共同體：在一個不確定的世界中尋找安全》，歐陽景根譯，江蘇人民出版社 2003 年版，「序言」第 3 頁。

〔註47〕本尼迪克特‧安德森：《想像的共同體——民族主義的起源與散佈》，吳叡人譯，上海人民出版社 2003 年版，第 52 頁。

〔註48〕一般而言，在現階段，造成土地所有權糾紛的最直接原因，在於拆遷方的補償款無法滿足原住民的要求。此外，被拆遷者在生存條件、就業機會、歷史文脈、鄰里關係等方面所面臨的缺失，也成為其強烈抗拒拆遷的重要理由。參見 YongShun Cai, "Civil Resistance and Rule of Law in China: The Defense of Homeowners' Rights", in *Grassroots Political Reform in Contemporary China*, edited by Elizabeth J. Perry and Merle Goldman, Harvard University Press, 2007, p. 177。

乏適當疏導渠道的情況下，這些衝突又可能因為某些外部因素的催化而愈演愈烈。不難觀察到，在針對「釘子戶」事件的宣傳和報導中，草根傳媒文化所營造的，率性、直白、意味深長的視覺修辭方式，以及由此而形成的頗具感染力和衝擊力的「戲劇性瞬間」，不僅為人們提供了交際、對話與溝通的有效平臺，同時，也恰如其分地觸動了廣大民眾關於土地所有權問題的敏感神經。於是，草根視覺文本的接受者也就不再是精神上漂泊無依的孤獨的個體，而是不約而同地邁入了一條洶湧澎拜的情緒的激流，進而沉浸於一種風雨同舟、休戚與共的真切感受。上述事實充分說明，草根傳媒文化的話語實踐始終都扣合了普羅大眾在當下所共有的思想傾向和人格特徵。

毫無疑問，共同體的出現，對當代社會所普遍存在的心理病症起到了一定的療救作用。精神分析學家卡倫・霍妮（Karen Horney）曾談到，「焦慮」（anxiety）已然成為了現今最嚴重的病態人格特徵。在她看來，「焦慮」與「恐懼」密不可分，但又存在著本質性的區別。具體說來，恐懼是對危險的恰當反應，焦慮則是對危險的不恰當的、常常被誇大的反應；恐懼的對象是外顯的、確定的，焦慮的對象則大多躲藏在神秘、未知的陰暗地帶。因此，處於焦慮狀態的人們，隨時都可能被「一種強大的、無法逃避的危險感」〔註49〕所籠罩，隨時都可能陷入「如臨深淵，如履薄冰」似的惶恐和不安之中。在經歷巨大變遷的中國社會，出現了競爭加劇、房價上漲、就業難度增加、貧富差距拉大等狀況，使焦慮成為了一種難以祛除的精神症候，並造成了一些負面情緒的蔓延。〔註50〕在這樣的背景下，草根傳媒文化所營造的共同體意識，

〔註49〕卡倫・霍妮：《我們時代的神經症人格》，馮川譯，貴州人民出版社 1988 年版，第 42 頁。

〔註50〕作為轉型期的典型症候，社會生活節奏的大幅度加快，是導致焦慮情緒泛濫的一個重要原因。批判理論家哈特穆特・羅薩（Hartmut Rosa）就此有過深入討論。他指出，在晚期現代語境下，個體身份既無法由出身決定，亦無法通過競爭而一次性地獲取，而是呈現出極不穩定的變動狀態，甚至在每一天，人們都需要投入一場新的競爭，以獲取或鞏固其身份。故而，一種對「原地踏步」的莫名恐懼，使整個社會陷入了一種無節制的、歇斯底里式的「加速」狀態。縱觀近十餘年來的中國社會，無論是城市建設，還是科技發展，抑或私人生活，都進入了一種類似於「無限快進」的模式。即便在相對淡泊、寧靜的人文領域，這種大幅度的加速同樣有顯著體現：諸如「非升即走」一類的苛刻製度，將本應是沉潛經營、靜默體悟的學術研究畸變為為保住職位而迅速推出成果的「差事」，使本應充滿意趣和驚喜的人文科學變得有些令人生厭……上述盲目加速的病態傾向，往往使普通人既渴望有所作為，又迷茫失

恰恰開啟了某種對抗焦慮的難能可貴的防禦機制。正是依靠共同體的包容與庇祐，人們才在與無數「同病相憐者」的邂逅中獲得了強烈的歸屬感，以及相互信任、體諒與慰藉的充分可能，從而在一定程度上恢復了繼續前行、繼續奮鬥的勇氣。

　　不過，有必要認識到，在草根傳媒文化中，共同體常常體現出分裂、易變和不穩定的狀態。鮑曼在《流動的現代性》一書中曾提出「衣帽間式的共同體」（cloakroom community）命題。他認為，在一個以「流動性」（fluidity）為標誌的後現代社會中，人們時常會基於特定的需要而暫時地聚集起來，觀看這樣或那樣的公開表演，一旦帷幕落下，這種臨時集結成的共同體便很快煙消雲散，其成員也將回歸過去零散、瑣碎、各行其是的日常生活。〔註51〕草根傳媒文化所建構的，同樣是一個孱弱、偏狹、速朽的衣帽間式的共同體。這一共同體往往植根於盲目、混亂、泥沙俱下的虛擬空間，並來源於人們對某些現實境況所做出的臨時性的、缺乏理性思考的回應，因而也必將呈現出偶然、隨意、稍縱即逝的總體面貌。在這樣的共同體中，人們揮之不去的焦慮情緒自然會得到一定程度上的舒緩與宣洩，但在短暫的平靜過後，他們又極有可能無法挽回地重新回到焦慮的狀態。

　　然而，不管怎樣，共同體的存在至少表明，草根視覺話語絕不僅僅是一套書寫或表意的被動的工具，它始終蘊含著深切、厚重的文化訴求與價值關懷，並必將延伸至更加寬廣、豐富、複雜的人類心靈領域。以上見解無疑為人們對當代傳媒文化，乃至整個社會文化語境的探究開闢了一條切實可行的路徑。

揩、苦悶不堪，從而難以避免地沉陷於焦慮的精神泥淖。參見哈特穆特·羅薩：《新異化的誕生──社會加速批判理論大綱》，鄭作彧譯，上海人民出版社2018年版。

〔註51〕參見齊格蒙特·鮑曼：《流動的現代性》，歐陽景根譯，上海三聯書店2002年版，第309～313頁。

第四章　草根傳媒文化的視覺表達與公眾參與

　　在針對人類文明的考察與探究中,「媒介」(media) 始終是一個必不可少的參照系,它不僅提供了把握客觀事物的中介或途徑,也可以直接影響到人們的感覺、思考和行動,甚至還可能為主體建構起某些新的精神取向和人格特質。在 16～17 世紀,鏡子的普及使人們越來越多地「獲得單獨面對自我的權利」〔註1〕,從而促進了主體獨立人格的培養與自反精神的形成。自 20 世紀以來,以攝影、電影為代表的「機械複製時代」的藝術作品,儘管消解了原作所承載的「此時此地」的本真性和獨一無二性,但也將從前高不可攀的藝術品轉換為每個普通人都可以隨意把玩的視覺形象,並由此而間接地達成了一種文化上的「平民主義」效應。時至今日,在電子技術所營造的「虛擬現實」中,形象借「一種沒有本源或真實性的現實模型」〔註2〕而得以產生,不僅顛覆了傳統意義上「模仿」與「再現」的固有法則,更誘導主體逐漸沉陷於一個貌似真實、實則充斥著無數象徵符碼的虛幻王國中。因此,從某種意義上說,人類發展、演進的歷史,也就是作為生命體驗方式的媒介不斷沿革、更替的歷史。

　　在人們對草根傳媒文化的接受中,媒介同樣發揮了難以估量的塑造作用。

〔註1〕薩比娜·梅爾基奧爾—博奈:《鏡象的歷史》,周行譯,廣西師範大學出版社 2005 年版,第 138 頁。

〔註2〕讓·鮑德里亞:《擬象的進程》,夏小燕譯,見吳瓊主編:《視覺文化的奇觀:視覺文化總論》,中國人民大學出版社 2005 年版,第 80 頁。

其最突出表現，在於接受者主觀能動性的空前增強，以及隨之而來的主動參與意識的大幅度提升。丹麥學者克勞斯・延森堅信，伴隨以草根媒體為主導的人類傳播中「第三維度」的出現，傳統意義上「作為已完成的產品」的文化已迅速被「作為開放式的傳播過程」的文化所隔斷和超越。〔註3〕傳播學家丹尼爾・戴揚（Daniel Dayan）指出，在當代社會，草根傳媒以支離破碎、不拘一格的視覺形態，瓦解了主流傳媒所營造的集體性、同質化的文化想像，進而雄辯地證明：「大眾也可以是表演者，大眾也可以是自己形象的創始人。」〔註4〕美國學者亨利・詹金斯（Henry Jenkins）則更明確地表示，草根傳媒所帶來的是一種以廣泛參與為標誌的獨特文化：「參與文化包含的是在人際交往中所體現出來的多元和民主的價值觀，人們被認為能夠單獨或共同地進行決策，且擁有通過各種不同形式的實踐進行自我表達的能力。」〔註5〕一言以蔽之，在草根傳媒文化這片自由、開闊、充滿生機的場域，公民已不再是精英主義視域中消極、頹廢、逆來順受的「沉默的大多數」，而是搖身一變，成為了自由表達、積極介入的血肉鮮活的生命。這種激情洋溢的公眾參與，起源於以互聯網為中心的當代媒介變革，具體表現為一系列與眾不同、別開生面的參與方式和路徑，並最終有可能導向一個「公共領域」的生成、發展與建構。

第一節 「新新媒介」與公眾參與的形成

　　美國媒介學家保羅・萊文森曾提出，傳媒文化的發展可以被劃分為「舊媒介」（old media）、「新媒介」（new media）和「新新媒介」（new new media）這三個階段。其中，舊媒介主要指書籍、報刊、電視、電影、廣播等互聯網之前的一切媒介，這種媒介的使用者只能依照預先設定的時空秩序（如報紙的

〔註3〕克勞斯・布魯恩・延森：《媒介融合：網絡傳播、大眾傳播和人際傳播的三重維度》，劉君譯，復旦大學出版社 2012 年版，第 109 頁。延森所談論的傳播活動中的三個維度，分別為：1. 在場的、面對面的、身體性的「人際傳播」；2. 以虛擬信號輸送為標誌的「大眾傳播」；3. 基於新興數字技術而流行的「網絡傳播」。

〔註4〕丹尼爾・戴揚、邱林川、陳韜文：《「媒介事件」概念的演變》，鄭芯妍等譯，《傳播與社會學刊》2009 年（總）第 9 期，第 6 頁。

〔註5〕亨利・詹金斯、伊藤瑞子、丹娜・博伊德：《參與的勝利：網絡時代的參與文化》，高芳芳譯，浙江大學出版社 2017 年版，第 2 頁。

排版或電視節目表）對其加以按部就班的接受。新媒介涵蓋了電子郵件、網上書店、網絡視頻、留言板、聊天室等第一代互聯網的產物，在新媒介的接受中，人們雖然擁有了某些選擇的可能性，但他們的選擇仍必須被限制在一定的範圍內，仍無法擺脫諸多若隱若現的規定和約束；而在以博客、推特、播客、聚友網、維基百科等為代表的新新媒介中，「每一位消費者都是生產者」〔註6〕，從而也獲得了對琳琅滿目的視聽訊息加以接近、進入，乃至「再度創制」的最大限度的自由。正因為如此，萊文森才會毫不遲疑地宣稱：「新新媒介的用戶被賦予了真正的權力，而且是充分的權力」。〔註7〕

「新新媒介」的獨特品質在草根傳媒文化中得到了生動反映。毋庸置疑，任何由草根傳媒所主導的接受都很難是一種機械、被動、孤立的行為，相反，在掌握相關訊息的基礎上，公眾往往會不由自主地表明自己的立場，並通過多種方式參與到相關事件發展、演進的整個過程中。在草根傳媒文化中，公眾參與具有鮮明的「多元化」特質：人們可以依靠最簡單的轉發、分享或「加精」，使個別視覺形象進入更多人的視野；可以採取跟帖或留言的方式，圍繞某些圖片或視頻做出估量、評判和補充；可以利用相對便捷的技術手段，對既有的影像素材加以刻意為之的戲仿與顛覆；甚至還可以將觀看所帶來的情緒體驗轉換為具體的「線下」行動，進而實實在在地作用於每一個普通人的日常生活……當然，上述參與方式也時常緊密結合，共同為特定視覺文本的演繹推波助瀾。這一點在2009年的杭州「70碼」事件中得到了尤為明顯的表現。

2009年5月7日晚，杭州富家子弟胡斌駕駛改裝三菱跑車，在超速行駛的情況下撞飛了一位正在通過人行橫道的浙江大學畢業生，導致其當場死亡。據目擊者稱，事發時受害者被撞離斑馬線20餘米，撞飛達5米多高。該事件在造成惡劣社會影響的同時，也激發了草根網民全方位、多層面的關注、參與和介入。車禍發生不久後，有關事故現場的圖像（尤其是肇事者與同伴有恃無恐、若無其事的表現）便很快被上傳到了天涯、貓撲、西祠胡同等國內最主流的網絡論壇，並很快引發了無數網友的大規模轉載，以及同仇敵愾的聲討與斥責。不少人在關注案情進展的同時，還主動搜尋犯罪嫌疑人的背景資料並公諸於眾，試圖以自己的方式來激起社會共鳴並伸張正義。5月8日，

〔註6〕保羅·萊文森：《新新媒介》，何道寬譯，復旦大學出版社2012年版，第1頁。
〔註7〕保羅·萊文森：《新新媒介》，何道寬譯，復旦大學出版社2012年版，第3頁。

當地交通管理部門召開新聞發布會，做出了事故發生時車速僅為「每小時70碼」這一不乏草率的論斷，這樣的結果令大量關心該事件的網友感到失望。5月8日晚，上萬名網友自發組織起來，聚集在大學生無辜慘死的街道上，他們手持蠟燭，沿途擺放白菊，共同表示對遇難者的由衷同情和哀悼。與此同時，大量富有嘲諷意味的「惡搞」之作也開始在各大網站、論壇中廣為傳播。如有網友便設計了一幅名為「70碼之說」的圖片，在畫面的正中央，是一個巨大的汽車儀表盤，而一大袋金錢則將儀表盤上高高揚起的指針強行拉低到了「70碼」的位置，在畫面的下方，一串大大的紅字顯得尤為刺目：「我可是70碼！」其中的感歎號被換成了一個象徵著死亡的骷髏。這種極具衝擊力和諷刺意味的設計，生動地表現了民眾對有關機構在案件審理過程中的疑似「不作為」所持有的不滿和質疑。毫無疑問，以上種種參與行為相互交織，全方位地呈現了公眾對交通安全以及「富二代」違法亂紀等社會熱點問題的憂慮與反思。也正是在這種多元化參與的推動下，草根傳媒文化才不再侷限於四方體的屏幕，而是成為了一片動態的、充滿活力的場域。〔註8〕

在草根傳媒文化對公眾參與的激發與催化中，公民社會心態的嬗變是一個重要前提。隨著中國改革的漸趨深入，以及公民教育水平和文化素養的穩步提升，越來越多的人開始注意到社會發展中的各種問題，並積極發表各自的不同意見，希望以此來促進社會的和諧與進步。然而，更值得關注的，是互聯網以及裹挾其中的技術變革所起到的建構作用。馬諾維奇（Lev Manovich）曾斷言，網絡「將一位觀看者轉化為了實際的應用者」〔註9〕，

〔註8〕此外，值得一提的是，隨著公眾參與的逐步深入，形象（即草根報導的視覺內容）和文字（即包括標題、字幕、留言、評論在內的語言文字信息）常常處於微妙的互動狀態。一方面，圖像或視頻的存在，無疑極大地增強了文字報導的吸引力，並為後者提供了「眼見為實」的客觀確定性；另一方面，人們在具體的參與過程中，又常常展現出遣詞造句的強大能力，他們運用來自民間的想像力，以「流行語」的方式對特定形象做出富有狂歡化色彩的詮釋，從而使相關事件產生了更加廣泛、持久、深入的社會反響。如在南京「天價煙局長」事件中，伴隨事態的持續升溫，諸如「最牛房產局長」「天價煙局長」「久耕托市」之類的戲謔之語一時間在網絡瘋傳。而在此處的「杭州飆車案」中，網民更是依據「70碼」的諧音虛構了一頭善於偽裝、嗜食金錢，在封印千年後再度興風作浪的妖獸「欺實馬」，藉此傳達出對一些社會問題的憤懣與不屑。當然，這種「民間語文」所暗含的煽動性和誘導性，又可能使公眾的情緒陷入難以自制的非理性狀態。在多元化的參與行為中，形象與文字的複雜關聯，無疑為人們對當下「語圖之爭」的思考提供了一個新的參照系。

〔註9〕Lev Manovich, *The Language of the New Media*, MIT Press, 2001, p. 183.

從而改寫了人們關於何為形象的觀念。澳大利亞學者格雷姆‧特納不乏欣喜地指出，互聯網使那些過去被壓抑、遮蔽的「沉默的大多數」發出了聲音，為公民「提供了前所未有的媒介參與度」，因而也無愧於「獨一無二的民主化媒介」。〔註10〕有學者就網絡的「賦權」（empowerment）特質做出了更詳盡闡述：

> 人們很自然就把互聯網看作一種使人得到解放的技術，它使我們有了空前的自由，可以表達自己的意見、觀點、激情，可以找到靈魂伴侶並與之協作，可以發現有關幾乎任何可以想像的主題信息。對許多人來說，上網就好像進入了一個全新的、極為不同的民主國度，這裡沒有現實社會的界限和限制，不會像在現實生活中那樣束縛我們。用時髦的話說就是，網絡使個人有「充滿權力」的感覺，而這種感覺幾乎是人人皆有的，即使是在那些為網絡的商業化後悔或認為它的好多內容都粗俗不堪的人中間。〔註11〕

誠如此言，作為草根傳媒文化賴以維繫的基點和「母體」，網絡不僅為相關視覺形象的演繹搭建了穩固的平臺，同時，網絡空間所獨有的組織、構造和編排方式，也促使公民以更加積極、主動、更富戲劇性的姿態，參與到草根視覺文本生成、傳播與流變的整個過程中。從總體上看，網絡主要從如下幾個方面保證了公眾參與的順利推進：

首先，網絡從來就不能被等同於靜止、封閉的實體，而總是蘊含著一個強大的「召喚結構」，總是期待並刺激著人們的投入與交流。這一點尤為突出地體現在「界面」（interface）的功能和文化效應上。所謂界面，通常指直接呈現於用戶眼前的，計算機顯示器上的屏幕狀態，它不僅充當了網絡空間被感知的最重要依據，同時，也進一步在「人與機器，人與人，乃至機器與機器」〔註12〕之間建立起了相互指涉、難以分割的密切關聯。必須注意，界面在發揮其中介與樞紐作用的前提下，還時時刻刻誘導著主體對特定視覺文本的接近和介入。具體說來，當人們借助界面來把握相關訊息時，便已經被先驗地置入了一種濃重的「參與性」氛圍之中，他們必須不斷移動鼠標（或敲打鍵

〔註10〕格雷姆‧特納：《普通人與媒介：民眾化轉向》，許靜譯，北京大學出版社 2011 年版，第 104 頁。
〔註11〕尼古拉斯‧卡爾：《大轉換：重連世界，從愛迪生到 Google》，閻鮮寧等譯，中信出版社 2016 年版，第 199 頁。
〔註12〕Nicholas Gane and David Beer, *New Media: The Key Concepts*, Berg, 2008, p. 55.

－93－

盤、滑動屏幕），通過點擊圖標（或打開鏈接、刷新頁面）的方式切入一個又一個新的圖像，以此來換取即時的、更加豐富的視覺資源。由此可見，正是在界面的推動和促發下，「觀看者」與「行動者」之間的界限才逐漸煙消雲散，而受眾的主體性和能動精神也將隨之而得到極大幅度的提升。

其次，互聯網的一個最鮮明標籤，在於符號交換的虛擬性（virtuality）。按照約斯・德・穆爾（Jos de Mul）的觀點，所謂虛擬性，亦即一種包含著真實性的擬仿，「在物理學意義上它不是真實的，但是在其效應上，它給觀眾以真實而深刻的印象」〔註13〕。作為網絡空間與生俱來的特質，虛擬性為公眾參與的形成奠定了基調。一方面，網絡空間由無以計數的虛擬符碼連綴、拼接、疊加而成，因而也始終處於某種懸而未決的「不確定」狀態。如此一來，在網絡文化中，所有視覺文本只有經過主體的見證和感受，只有在「被複製或修改、被一次次轉換」〔註14〕的過程中，才能依稀顯現出自身的真實存在。另一方面，虛擬性還對個體的身份定位產生了影響。無需贅言，任何人只要接入互聯網，便立刻被置換為一連串「比特式」的信息單元，在這樣的總體背景下，「你能夠變成『任何你想成為的人』」〔註15〕，而真實與虛構的固有標準也將由此而變得愈發模糊不清。同樣，在脫胎於網絡的草根傳媒文化中，觀看者的性別、種族、年齡、職業、階層等也常常被洶湧的數碼洪流所遮蔽和湮沒，他們就如同出席化裝舞會一般，隱藏在琳琅滿目的「昵稱」或「面具」背後，自如、靈活、隨心所欲地參與到草根傳媒所建構的形象體系之中，而不必擔心其言行與實際存在的規範不相協調。可以說，正是以上兩個環節的相互呼應，使草根傳媒文化成為了一片開放的、充滿無限可能性的場域，使人們有機會擺脫現實生活的沉重軀殼，無所顧忌地表露出自己最內在而真切的情感、思緒和需求。

第三，如果說，傳統媒介所展現的是某種凝定的、循序漸進的敘述姿態，那麼，網絡空間則攜帶著一套超文本式的、更加立體而生動的修辭技法，這種超文本性同樣也促進了主體參與意識的持續增強。如前所述，超文

〔註13〕約斯・德・穆爾：《賽博空間的奧德賽：走向虛擬本體論與人類學》，麥永雄譯，廣西師範大學出版社 2007 年版，第 97 頁。

〔註14〕馬克・波斯特：《互聯網怎麼了？》，易容譯，河南大學出版社 2010 年版，第 18 頁。

〔註15〕約斯・德・穆爾：《賽博空間的奧德賽：走向虛擬本體論與人類學》，麥永雄譯，廣西師範大學出版社 2007 年版，第 184 頁。

本已成為了網絡文化中最不可忽視的「語法」之一，其基本運作原理在於，特定網頁上的任何因素都能夠「以一種無順序方式與其他頁面連接」〔註16〕，進而衍生出跨越時空，不斷轉換、更替、流變的「可能性」格局。超文本一方面呼應了人類所特有的動態、游移、變幻莫測的生存境遇；另一方面，也可以將觀看者「從銘刻在線性文本之中的、等級森嚴而又一成不變的思維模式中解救出來」〔註17〕，並最終給人以某些新的震撼和衝擊。在草根傳媒文化的視覺表現中，超文本的特質得到了格外清晰的演繹。不難見出，在當前廣為傳播的各大網絡事件（如時事政治、貪污腐敗、貧富糾葛、社會不公、桃色新聞，等等）的所屬頁面上，通常分布著大量以「超鏈接」形態存在的視頻或圖片，其內容多與該事件的主題類似或相關。於是，在不同文本的交織與共鳴中，人們很容易將零散的個案拼接為普遍的社會事實，不僅極大地擴充了單一文本的信息涵蓋面，同時，也有助於揭開錯綜複雜的現象表層，暴露出隱含其中的深層次動因，並由此而產生進一步思考和參與的自發衝動。

　　第四，還需強調的是，在互聯網這片無遠弗屆的疆域，創作者身份的淡化和作品「所有權」的危機，使全民參與具備了充分的有效性和真切的可行性。在未來學家阿爾文・托夫勒（Alvin Toffler）所展望的「第三次浪潮」（The Third Wave）中，消費者依託高度發達的技術裝置而更主動地參與到了生產過程之中。〔註18〕這樣的構想在網絡時代得到了更為集中、明確的貫徹與體現。眾所周知，在崇尚「普遍分有」和「高度共享」的網絡空間，被浪漫主義奉為圭臬的「原創性」遭到了較之機械複製而言更猛烈的削弱，作為結果，特定媒介文本一經上傳，便不再是凝聚著作者意志的、神聖而不

〔註16〕羅傑・菲德勒：《媒介形態變化：認識新媒介》，明安香譯，華夏出版社2000年版，第37頁。

〔註17〕Andrew Dewdney and Peter Ride, *The New Media Handbook*, Routledge, 2006, p. 207.

〔註18〕托夫勒認為，人類社會的發展經歷了三個階段。其中，「第一次浪潮」發端於約一萬年前，以農業文明為主導；「第二次浪潮」形成於17世紀末，以工業化的興起為標誌；「第三次浪潮」起步於20世紀50年代末，以信息技術的演進為顯著特徵，它將打破工業社會中標準化、集權化的固有格局，呈現出更加開放、民主、多元的文化生活景觀。托夫勒強調，第三次浪潮有助於彌合「生產」與「消費」之間長期存在的裂隙，並構造一種「既是生產者又是消費者」的新的主體形態。參見阿爾文・托夫勒：《第三次浪潮》，朱志焱等譯，新華出版社1996年版，第3～14頁。

可侵犯的有機整體，而是成為了一個毫無門檻和限制的，眾聲喧嘩、異質同構的獨特存在。這樣的局面不僅喚起了觀看者主動介入和多元解讀的熱情，同時，也鼓勵人們不斷發掘圖像自身的斷裂、矛盾與悖謬之處，利用反諷、降格、篡改、拼貼、移置、戲彷等五花八門的視覺策略，對原作加以不留餘地的戲謔、扭曲乃至消解，並藉此而重新審視晦暗、刻板而乏味的庸常生活。可以說，在 20 世紀以來的西方思想界，接受主體的地位已得到了愈發明確的凸顯。如英伽登（Roman Ingarden）便認為，正是通過視覺主體對若干「不確定點」（places of indeterminancy）的填補，藝術作品才真正顯現出無限豐富的意涵和旨趣；伽達默爾（Hans-Georg Gadamer）相信，讀者永遠不會是一個被動的接受者，而總是在形形色色的「前見」（prejudices）的驅使下，對作為歷史傳承物的文本加以個性化的詮釋、開掘與「再度創造」；羅蘭・巴特則倡導以讀者的自覺參與來取代傳統意義上刻板、陳舊的作者形象，甚至甘願以「作者的死亡」來換取「讀者的再生」。如果說，巴特等人的論說還停留於一種「坐而論道」的理論架構的話，那麼，在互聯網這個開放、互動、自由交往的平臺上，上述構想才真正具備了充分的有效性和真切的可行性。

公眾參與使草根傳媒文化體現出鮮明的「對話性」特徵。巴赫金曾將小說劃分為托爾斯泰所代表的「獨白」（monologue）和陀思妥耶夫斯基所代表的「複調」（polyphony）這兩種類型，認為在前一類小說中，創作者以居高臨下的姿態掌控一切，使文本以一種單聲部、同質化、亦步亦趨的方式加以展開；而後一類小說的核心內涵則在於一種對話，在於作者和讀者、作者和主人公、讀者和主人公，乃至主人公內心矛盾態度的牴觸、分裂、瓦解、共鳴和重組：「不同聲音在這裡仍保持各自的獨立，作為獨立的聲音結合在一個統一體中，這已是比單聲結構高出一層的統一體。」〔註 19〕在傳統語境下，媒介文本具有「獨白式」的表現形態。如戴揚和卡茨（Elihu Katz）便指出，以電視直播為主導的經典「媒介事件」（media events）往往採取單向度的、「自上而下」的傳播方式，通過「挑戰」（contest）、「征服」（conquest）、「加冕」（coronation）等預先彩排的、儀式化的公開演出，賦予儀式的主角（如政治權威、運動員、宗教領袖，等等）以超凡魅力和無上合法性，從而將某種隱性

〔註 19〕巴赫金：《陀思妥耶夫斯基詩學問題》，白春仁等譯，見錢中文主編：《巴赫金全集》（第五卷），河北教育出版社 1998 年版，第 27 頁。

的象徵秩序置入每一個普通人的精神結構，並一步步「喚起人們對社會及其合法權威的忠誠」〔註 20〕。媒介事件的一個代表性例證是央視的「春節聯歡晚會」。作為一種富有中國特色的媒體奇觀，「春晚」致力於渲染普天同慶、太平盛世、歡天喜地、四海歸一、齊家治國等昂揚、樂觀的主題，從而成為了「國家話語借民俗形式在娛樂化過程中達到教化的途徑」，並充當了「塑造大眾的自我認同、族群認同以及國家認同」的有效手段。〔註 21〕

　　如果說，在傳統的媒介事件中，個體所擁有的參與機會屈指可數，自然也難以形成反思與批判的自覺意識。那麼，在草根傳媒文化中，上述情況則發生了革命般的逆轉。無可否認，「新新媒介時代」的來臨，不僅構造了草根傳媒所獨有的視覺表達方式，也真正將公眾的接受與行動整合為「一枚硬幣的兩面」，進而使某種「對話性」的產生成為了可能。正是在草根傳媒的烘托與渲染下，媒介事件已極大地擺脫了靜態、封閉的「侷限性」狀態：它固然關涉到受眾對視覺文本的單向度接收，但同樣也凸顯了觀看者對形象的積極回應乃至「反作用」，而主體性中尚未被現代體制所收編的，充滿激情、力量和創造性的一面也將由此而得到更充分的展現。於是，傳統意義上作為「獨白」而存在的媒介事件，才真正轉變為一個去中心的，不斷擴張、游移、彌散的「對話性」過程，轉變為每一個普通人皆可置身其中，盡情抒發其情緒與感受的「眾聲喧嘩」的集會。

　　對草根傳媒文化的視覺參與特徵，香港學者邱林川有較深入思考，他指出，草根傳媒所催生的是一種不同於傳統媒介事件的「新媒體事件」（new media events）。在面對新媒體事件時，公眾並非一味地被動接受，而是主動參與到事件的進程之中，「以當事人身份直接敘述自己的經歷，或是作為草根群體的一員表達自己的觀點與評論」〔註 22〕。由於這些參與者來自不同的草根群體，在觀念、訴求和價值取向上各有所異，故而，新媒體事件也就不再具有高度的統一性和凝聚力，而是處於不斷流轉、變更的「可能性」狀態，並時常衍生出令人料想不到的新意：「這些新意不是來自上級授意，也不是因為水

〔註 20〕丹尼爾‧戴揚、伊萊休‧卡茨：《媒介事件：歷史的現場直播》，麻爭旗譯，北京廣播學院出版社 2000 年版，第 9 頁。

〔註 21〕周海燕：《家國的鏡象——解讀〈春節聯歡晚會〉》，見周憲、劉康主編：《中國當代傳媒文化研究》，北京大學出版社 2011 年版，第 126 頁。

〔註 22〕邱林川：《信息時代的世界工廠：新工人階級的網絡社會》，廣西師範大學出版社 2013 年版，第 83 頁。

軍建樓，而是因為基層社會的變化本是難以預測的。」〔註23〕不難想像，在這種「多聲部」對話的情境下，主體的情感態度和價值取向勢必呈現出更加微妙、多元、豐富的面貌。

第二節　群體性「圍觀」：公眾參與的獨特形態

　　前文已經提到，草根傳媒文化所帶來的公眾參與具有鮮明的多元化特質。然而，誰也無法否認，在駁雜、豐富、瞬息萬變的參與行為中，最具震撼性和感染力的，莫過於一種波瀾壯闊、勢不可擋的群體性的「圍觀」（circuseeing）。在現代漢語中，圍觀這個概念表示「圍著觀看」，既有「聚眾」的特徵，又有「被動旁觀」的特點。在草根傳媒文化中，圍觀則特指某些視覺信息所引發的大量網民參與觀看的動作和過程。嚴格說來，在英文中其實沒有可以同「圍觀」相對應的語彙，而表示圍觀的「circuseeing」一詞實際上來源於中國網民的原創，即將表示「馬戲團」「環形廣場」的「circus」（帶有「圍」的意味）和表示「觀看」的「seeing」相互結合。不過，在圍觀之風愈演愈烈的當下，「circuseeing」無疑已突破了傳統意義上的「中式英語」而具備了被正式寫入詞典的資格。

　　可以說，在人類文明的漫長發展中，「觀看」一直佔據著至關重要的地位。意大利學者布萊恩蒂（Andrea M. Brighenti）談到：「當我們注視某人，而對方又轉過頭來回望我們時，上述狀況在某種程度上標誌著一切社會的開端。」〔註24〕詹姆斯·埃爾金斯（James Elkins）相信，依憑觀看這一手段，人們可以從青草、樹枝、X光片，乃至橋下的涵洞、路面的裂紋、油畫的縫隙等看似微不足道的事物中發掘出無限豐富的情趣。在此過程中，觀看將「使我超乎自我，並且只是思考我正在觀看的東西」〔註25〕。米歇爾更是直言不諱地指出：「觀看（看、凝視、掃視、觀察實踐、監督以及視覺快感）可能是與各種閱讀形式（破譯、解碼、闡釋等）同樣深刻的一個問題。」〔註26〕足見，觀

〔註23〕邱林川：《信息時代的世界工廠：新工人階級的網絡社會》，廣西師範大學出版社2013年版，第83頁。

〔註24〕Andrea M. Brighenti, *Visibility in Social Theory and Social Research*, Palgrave Macmillan, 2010, p. 1.

〔註25〕詹姆斯·埃爾金斯：《視覺品味：如何用你的眼睛》，丁寧譯，生活·讀書·新知三聯書店2006年版，第9頁。

〔註26〕W. J. T. 米歇爾：《圖像理論》，陳永國等譯，北京大學出版社2006年版，第7頁。

看絕不等同於一種單純的生理反應，相反，觀看者必須不斷對客體的本質內涵與深度真實加以追問，必須致力於「積極地創造那個世界的意義」〔註27〕。正是在這樣的背景下，依託草根傳媒文化而出現的大規模圍觀，無疑體現出難以忽視的意義，它不僅為人們對觀看問題的考量提供了新的維度，同時，也進一步深化了研究者對轉型期中國社會的體認、領悟與開掘。

作為一種以視覺為導向的參與方式，圍觀與中國社會所特有的文化心理不無關聯。中國擁有悠久的農耕傳統，整個社會「靠親密和長期的共同生活來配合各個人的相互行為」，在這樣的過程中，「沒有什麼差別在阻礙著各人間的充分瞭解」。〔註28〕上述狀況縮減了人與人之間的距離，使他們習慣於黏稠的人際關係，並熱衷於以群體性的姿態，對他人生活加以近距離觀察。當然，促使圍觀出現的更重要原因，還在於草根傳媒文化自身的傳播方式和技術特性。一方面，草根媒體與生俱來的自主性和便捷性，有利於使用者輕易將身邊的經歷與見聞轉化為圖像，並在第一時間公開發布；另一方面，草根傳媒文化又是一片幾乎沒有門檻和限制的疆域，任何人只要擁有相應的技術設備，又掌握了哪怕是入門級的操作技法，便可以隨心所欲地接近並瀏覽相關影像資源。在這樣的狀況下，特定視覺信息一旦被草根傳媒所「編碼」，就有可能在極短的時間內吸引大量觀看者的注意。於是，草根傳媒文化的最顯著標誌，也就表現為大多數人對極少數人物、事件、場景的爭先恐後的簇擁與圍觀。

在 2013 年 7 月～12 月，筆者曾以全國最具影響力的視頻分享網站「優酷網」中的「拍客頻道」為主要調查對象，對該板塊在半年內單周點擊量最高的網友原創視頻做出了整理和統計，其結果如表 4-1 所示：

表 4-1　優酷網「拍客頻道」2013 年 7 月～12 月單周點擊量最高視頻統計

時　　間	視頻名稱	發布者	點擊量
7 月 1 日～7 月 7 日（第 1 周）	7 月 1 日上午重慶朝天門碼頭一躉船翻覆，至少 10 多分鐘無船救援	Daisy_83	1044460 次
7 月 8 日～7 月 14 日（第 2 周）	「三十不婚　該判刑」，「法律」磚家大放厥詞	街訪微調查	2059628 次

〔註27〕Marita Sturken and Lisa Cartwright, *Practices of Looking: An Introduction to Visual Culture*, Oxford University Press, 2001, p. 10.
〔註28〕費孝通：《鄉土中國》，生活・讀書・新知三聯書店 2013 年版，第 53 頁。

7月15日～7月21日（第3周）	男子朝陽大悅城持刀殺害兩行人，四名警察制服歹徒全過程	Kevin_Lena	1647678次
7月22日～7月28日（第4周）	2013ChinaJoy美腿美胸齊飛，牛人小燦化身嫦娥豔驚四座	優酷全娛樂	1031192次
7月29日～8月4日（第5周）	深圳地鐵又現色狼，女子出站遭「鹹豬手」襲胸	好攝之途	2438345次
8月5日～8月11日（第6周）	我今天救了個人，怕他訛我就拍了視頻～看起來是中暑了～		2597622次
8月12日～8月18日（第7周）	航拍北京「最牛違建」——26層空中別墅	chance0321	1909018次
8月19日～8月25日（第8周）	汕頭市潮南區隴田鎮西湖學校邊抓鱷魚現場直播	♂隱姓埋名♀	1206931次
8月26日～9月1日（第9周）	成都鬧市刀客行兇，致多人死傷	四川在線	1176441次
9月2日～9月8日（第10周）	東莞吸毒男鬧市瘋狂飆車撞人	北街龍少	1006521次
9月9日～9月15日（第11周）	實拍小孩打針怕痛大呼「媽媽，救救我」	拍客現場	870260次
9月16日～9月22日（第12周）	2013 南京大學中秋晚會，多國語我的歌聲裏	拍客現場	673074次
9月23日～9月29日（第13周）	「天兔」登陸汕尾，已造成25人死亡	拍客現場	1494355次
9月30日～10月6日（第14周）	十一高速大堵車（京哈高速）	癡情木偶	706712次
10月7日～10月13日（第15周）	河南焦作司機打人，稱其車上坐的是首長		4514223次
10月14日～10月20日（第16周）	盧山一景區引橋塌陷，18遊客落水		3108359次
10月21日～10月27日（第17周）	鄭州藏獒連咬3人重傷哈士奇，特警6槍擊斃	拍客現場	3960755次
10月28日～11月3日（第18周）	實拍多人鬧洞房猥褻伴娘。習俗？犯罪！	優酷拍客現場	17762770次
11月4日～11月10日（第19周）	車主自拍與寶馬鬥氣飆車，5分鐘內超車75輛	優酷拍客現場	2135856次
11月11日～11月17日（第20周）	圍裙大媽齊跳「賣菜舞」，菜場裏也有絕活	優酷拍客現場	2296356次

11 月 18 日～11 月 24 日（第 21 周）	青島黃島化工場區爆炸，黑煙漫天異味撲鼻	優酷拍客現場	5536749 次
11 月 25 日～12 月 1 日（第 22 周）	協管大叔潮語指揮交通	網羅視界・拍客	1582289 次
12 月 2 日～12 月 8 日（第 23 周）	熱力管道爆裂，水柱衝刺二三十米高	優酷拍客現場	961965 次
12 月 9 日～12 月 15 日（第 24 周）	為公交車票，「真理哥」演講 5 分鐘	網羅視界拍客	2344452 次
12 月 16 日～12 月 22 日（第 25 周）	大學一女漢子逼婚媽媽 Boy，身穿婚紗當眾逼婚		2113415 次
12 月 23 日～12 月 29 日（第 26 周）	獅子單挑同伴保護小角馬，「敵人」也可做朋友	優酷拍客現場	1577611 次

　　上述由網友自主攝製並上傳的影像片段，其題材涉及社會生活、趣聞軼事，娛樂八卦、刑事案件、安全問題等，涵蓋面相當廣泛。但它們無一例外地都在短短幾天內博得了令人難以置信的關注度和點擊量。其中，最受網民矚目的視頻為「實拍多人鬧洞房猥褻伴娘。習俗？犯罪！」，其點擊量竟高達 17762770 次。點擊量最低的視頻為「2013 南京大學中秋晚會，多國語我的歌聲裏」，但也達到了 673074 次。26 個拍客原創視頻的平均點擊量則達到了 2606039.88 次。以上統計數據充分說明，較之任何形式的觀看而言，網絡圍觀的覆蓋面和影響力都是非同尋常的。

　　當然，必須承認，在人類歷史上，圍觀其實並不是一種罕有的現象。從古代群臣對君王的頂禮膜拜，到現今追星族對偶像的瘋狂熱捧，從公開行刑時人頭攢動的景象，到全球電視觀眾對重大體育賽事的如火如荼的收看，其實都關涉到無數人的視線對極少數個體的包圍與纏繞。不過，就草根傳媒文化而言，圍觀卻體現出了某些別具一格的意涵和指向性：

　　首先，是圍觀的對象。在傳統意義上，作為公眾目光焦點的被圍觀者基本上都會經歷一系列繁複的加工、修飾與裝點。如演員對自己的神情、妝容、姿態的反覆雕琢，儀式主持人對排列、組合、方位的刻意考究，等等。在草根傳媒文化中，針對觀看對象的粉飾則被削減到了極致。草根媒體的使用者通常會依憑興之所至的當下感受，從生活中收錄或截取自己心儀的片段。由於形象生成上的突發性、隨機性，加上缺乏編輯、剪接、後期製作等專業化的程序，因而，最終出現的觀看對象必然會帶給人一種直觀、質樸、生動的視覺體驗。

其次，是圍觀的實際行為。傳統意義上的圍觀主要暗含著某種合作、響應、順從的態度，或者如霍爾所言，一種「主導－霸權立場」（dominant-hegemonic position）。如人們在目睹殘酷的刑罰時，往往會由於受刑者鮮血淋漓的慘狀而心生畏懼，進而將這種畏懼置換為對統治者威權的無條件服從；在追逐好萊塢的商業大片時，又可能因為波雲詭譎的視覺奇觀而沉醉其中，並更加心甘情願地投身於洶湧的消費洪流。在草根傳媒文化中，圍觀則更傾向於一種拒不合作的「逆反」態度，或霍爾所謂的「對抗立場」（dominant-hegemonic position）。具體說來，人們的觀看大多同某種不滿情緒的宣洩緊密關聯，而這種宣洩的矛頭恰恰對準了那些在當前資本和權力配置中佔優勢的人物。在南京「天價煙局長」事件、廣州「房叔」事件、重慶「雷政富不雅視頻門」等知名網絡事件中，正是人們的猛烈圍堵與聲討將少數人的不軌行為置於公眾批判的風口浪尖。一個更典型的案例，是引起廣泛討論的郭美美「微博炫富」事件。在 2011 年，一名自稱為「中國紅十字會商業總經理」的女子郭美美，在微博「郭美美 Baby」上多次發布自己的瑪莎拉蒂跑車、卡地亞名表、愛馬仕手提包等奢侈品的照片。這些影像文本一旦浮現於網民的視野之中，就立即穿越虛擬的符號層面而強烈地作用於現實生活，不僅引發了社會範圍內針對當事人的尖銳諷刺與激烈斥責，甚至還令紅十字會這一著名公益機構陷入了比較嚴重的信任危機。以上事實充分說明了圍觀在當前所具有的難以阻遏的對抗性力量。

再次，是圍觀的效果。一般說來，傳統意義上的圍觀只會直接影響到被圍觀者本身，如受刑者所得到的同情、鄙夷或冷漠，娛樂明星所獲取的美化與拔高，等等。在草根傳媒文化中，圍觀則可能營造遠遠超出前網絡時代的，更加廣泛而深刻的轟動效應。自 2009 年 10 月以來，一位昵稱為「白小刺」的網友走訪河北霸州、江蘇高郵、浙江湖州、陝西寶雞、內蒙古鄂爾多斯等地，陸續拍攝了 32 張當地地方政府豪華辦公大樓的照片，並將其上傳到自己的個人網站。這些圖片激起了人們對連年增長的行政經費的深切反思。作為對這一熱點事件的回應，2014 年底，中央電視臺在與中紀委宣傳部合拍的電視專題片《作風建設永遠在路上》中，特別對部分地區、尤其是部分貧困縣市的政府機構在「三公」經費上的鋪張做出了點名批評。網絡圍觀在製造公共議題並激發社會反響方面的巨大潛能也由此可見一斑。

　　對於每一位草根傳媒文化的親歷者而言，圍觀不單單意味著觀看人數和觀看機會的大幅度增長，同時也暗示了某種權力關係的激進調整與深度變遷。在某種意義上，網絡圍觀可以同法國哲學家福柯所詳盡闡述的「全景敞視監獄」（panopticon）〔註29〕相互參照。如果說，在福柯的理論視域中，全景敞視監獄所奉行的是一種「多數服從少數」的觀看範式，其中，少數人高高在上的監控使一種涇渭分明的等級秩序得以貫徹，進而為一個現代「規訓社會」（disciplinary society）的形成鋪設了道路；那麼，草根傳媒文化的興起則強有力地扭轉了這樣的局面。傳播學家喻國明認為，網絡時代所帶來的是一種同全景敞視監獄大相徑庭的「共景監獄」（omnipticon），其最顯著標誌，在於大多數人對極少數個體所施加的凝視、監管與約束：

　　　　與「全景監獄」相對，「共景監獄」是一種圍觀結構，是眾人對個體展開的凝視和控制。他們之間信息的分配已經比較對稱了，管理者在信息資源把控方面的優勢已經不復存在，試圖通過信息的不對稱所實現的社會管理遭遇到前所未有的危機。人們不再一如既往地凝神聆聽管理者和傳媒的聲音，人們在「交頭接耳」中溝通著彼此的信息，設置著社會的公共議程，質詢、甚至嘲笑著處於公共視野之中的領導者或者媒體。〔註30〕

〔註29〕所謂「全景敞視監獄」，來源於英國功利主義者邊沁（Jeremy Bentham）的設想，並因福柯的深度闡發而為人熟知，其基本構造是：一幢巨大的環形建築，被分隔為無數狹小的、視野逼仄的囚室，每間囚室中關押著一名犯人，在建築的中心地帶，則高高聳立著一座瞭望塔。這樣，即使只有一個人駐守在塔樓頂部，也能輕易將所有囚犯的一舉一動盡收眼底，而同時，犯人們對塔上的情況卻所知甚少。福柯認為，全景敞視監獄「在被囚禁者身上造成一種有意識的和持續的可見狀態，從而確保權力自動地發揮作用」。也就是說，由於犯人們時時刻刻都處於一種可能被監視的惶恐之中，所以，即使在看守者心不在焉甚至「缺席」的情況下，他們也不得不在內心深處默認這種監視的持續存在，不得不將外在目光的脅迫轉化為自我的內在屈服與順從。在福柯看來，全景敞視監獄所蘊含的觀看模式已經潛移默化地滲入了人類日常生活的每一根毛細血管，並且「注定要傳遍整個社會機體」。例如，在當今的大都市中，無論是車輛、行人還是動物，都必須經受電子眼、攝像頭、紅外線監控器等一系列技術裝置的無所不在的窺視、審查與監督，從而始終都籠罩著一層壓迫與訓誡的濃重陰霾。參見米歇爾·福柯：《規訓與懲罰：監獄的誕生》，劉北成等譯，生活·讀書·新知三聯書店2003年版，第219～256頁。

〔註30〕喻國明：《媒體變革：從「全景監獄」到「共景監獄」》，《人民論壇》2009年第16期，第21頁。

　　不難發現，在草根傳媒文化中，共景監獄的運作原則得到了鮮活、生動的貫徹和演繹。具體說來，在全景敞視監獄中無法觀看的大批懵懂惶惑的「被看者」，在此被重新賦予了觀看的權力，從而有可能將過去難以企及的人或事盡收眼底；相較之下，曾經一度居於瞭望塔頂端的居高臨下的監視者，則多半降格為遭受無數人目光洗禮、質詢，乃至審判的被動的對象。上述局面的形成無疑為中國傳媒文化的既有圖景添上了意味深長的一筆。

　　在激情與理性交織的當代中國，草根傳媒文化所引發的全民圍觀傳達出了一些積極的信號。有學者敏銳地指出，在今天，「信息不僅是一種工業必需品或商品，由於各種形式的權力、包括公眾的生計都一天比一天更依賴於信息，對信息的瞭解與掌握也就成了民主政治的生命線」〔註31〕。誠如此言，在今天，信息的公開、透明，以及合理、高效的公共監督，已成為了每一個普通公民最迫切的需要。在中國社會轉型的不同階段，公民的監督行為又表現為各具特色的形態。在 1978 至 1980 年代末的改革初期，生產力的相對落後，致使傳媒技術的潛能還遠未得到充分的發掘，因此，公共監督主要還停留於上訪等極具個體性和偶然性的方式；在整個 1990 年代的改革中期，隨著工業化和市場化的層層推進，大眾傳媒、尤其是電視新聞節目在公民行使監督權利，控訴不公正現象的過程中起到了越來越突出的作用，但電視等傳統媒體依然存在著報導視角單一、覆蓋範圍有限、內容篩選嚴苛、後續反饋乏力等一系列缺陷；在 2000 年以來的改革深入期，依託網絡文化的高歌猛進，公民已開始愈發自覺地運用草根傳媒文化所製造的圍觀效應，以激發社會範圍內的關注與反響。這一點在當前盛行的網絡「反腐揭黑」中有著尤為鮮明的表現。按照美國社會學家歐文·戈夫曼（Erving Goffman）的看法，人類的社會行為其實就是對特定角色的扮演，其中，以政府官員為代表的權勢人物總是有意識採用「限制接觸」的方式，與普羅大眾拉開距離，從而「使觀眾處於一種對表演者深感神秘的狀態之中」〔註32〕，並由此而對其心懷敬畏——古代官員出行時警示人們「迴避」「肅靜」的牌匾，便是這種「神秘化」策略的再生動不過的寫照。然而，草根媒體異乎尋常的影像攝取和現場播報能力，卻可以推動人們在熱火朝天的圍觀中，對

〔註31〕李永剛：《我們的防火牆：網絡時代的表達與監督》，廣西師範大學出版社 2009
　　　　年版，第 57 頁。
〔註32〕歐文·戈夫曼：《日常生活中的自我呈現》，馮鋼譯，北京大學出版社 2008 年
　　　　版，第 54 頁。

當權者舉手投足間的每一個細節做出「放大化」的處理，借助這樣的方式，大量不易為人覺察的「灰色地帶」也將隨之而彰明昭著。

　　在 2012 年的陝西「微笑局長」事件中，圍觀在公共監督方面的作用得到了淋漓盡致的體現。2012 年 8 月 26 日，延安發生了一起特大交通事故，遇難人數達到 36 人。但在這一重大事故的現場，陝西安監局局長楊達才卻露出了不合時宜的笑容。當記錄楊達才微笑表情的照片被上傳到網絡後，很快便招來了上千萬網民的競相圍觀，以及義憤填膺的聲討和譴責。不久以後，便有網友爆料，楊達才曾在不同場合佩戴過多款價值不菲的手錶、眼鏡和腰帶，並附上了多幅照片以資證明。面對強大的輿論壓力，2012 年 8 月 30 日，陝西省紀委正式做出回應，宣布對楊達才所涉問題進行審查。2012 年 9 月，陝西省政府經研究決定，撤銷楊達才安監局局長、書記職務。2013 年 9 月，陝西省中級人民法院宣布，因受賄、巨額資產來源不明等重大經濟問題，判處楊達才有期徒刑 14 年。縱觀整個事件的經過，不難得出結論，在草根傳媒文化中，圍觀絕不意味著簡單的起哄、鬧事和「看笑話」，而是蘊含著某些積極的因素和社會建構力量。正是在圍觀的強大威懾下，「權力的秘密性及政治場面的神秘性完全暴露出來」〔註33〕，公民對信息對等的需要，對社會正義的要求也相應地得到了滿足。

　　當然，圍觀也並非一種沒有瑕疵的觀看。必須注意，在熱鬧非凡的圍觀中，個體私人空間亦遭到了隱性的蠶食與侵蝕。安妮・施沃恩（Anne Schwan）等人基於對福柯文本的重讀，揭示了「規訓權力」（disciplinary power）與新興社交媒體的微妙關聯：「在現代規訓體系中，我們可以說，被標記為擁有一個身份，是喪失權力的一個徵兆。……在互聯網上，人們展現出自己的好惡，這難道不會招致他人對我們的評判與隱性規約？通過對我們的個性加以公開展覽和持續記錄，我們難道就不會使自己身陷囚籠？」〔註34〕此言非虛，在互聯網這一高度程式化、符碼化的空間，主體的每一次觀看（以及隱含其中的精神與情感訴求）一經發生，便很快「被裹上一層信息痕跡的外衣」〔註35〕，並通過點擊、評論、搜索記錄等相對固定的形態而得以顯現。因此，人們在

〔註33〕彼得・科斯洛夫斯基：《後現代文化：技術發展的社會文化後果》，毛怡紅譯，中央編譯出版社 2011 年版，第 47 頁。

〔註34〕Anne Schwan and Stephen Shapiro, *How to Read Foucault's Discipline and Punish*, Pluto Press, 2011, p. 127.

〔註35〕馬克・波斯特：《第二媒介時代》，范靜曄譯，南京大學出版社 2001 年版，第 93 頁。

享受圍觀所帶來的巨大成就感的同時，也極有可能在不知不覺間將自己的偏好、情趣、動機等等暴露於一座巨大的、「全知全能」的電腦數據庫之中，從而再度面臨某種「老大哥」一般的無孔不入的監控，再度面臨一個新版本的全景敞視監獄的威脅。〔註36〕

　　更重要的是，網民的圍觀具有明顯的傾向性和選擇性，因而，在貌似無往不利的圍觀中，依然潛藏著嚴重的「不確定性」與濃鬱的機會主義色彩：一方面，某些同當前社會普遍利益息息相關、又足以製造輿論噱頭的橋段（如貧富衝突、官民糾紛、權色交易，等等）自然很容易成為圍觀者的主要目標；另一方面，絕大多數普通人在現實生活中真切體會到的困頓、艱辛與迷惘，則常常因為缺乏足夠的「賣點」而遭到了選擇性的無視。例如，在現今的都市生活中，司法不公、醫療事故、就業形勢嚴峻、居住環境惡劣、食品安全隱患等問題，通常給平民百姓造成了最直接，也是最難以承受的困擾，但平心而論，只有極少一部分「幸運者」可以憑藉網絡「曝光」和網民圍觀的渠道來實現對上述問題的妥善解決。

　　歸根到底，在草根傳媒文化中，圍觀其實是一種有缺陷的、偏狹的參與方式，是一種解決社會公共問題的權宜之計，它所釋放的「正能量」也僅僅存在於極其有限的範圍之內。於是，如何建立起真正完善的監督和意見表達機制，也便成為了一個值得嚴肅思考的問題。

　　作為一種與眾不同的視覺參與實踐，圍觀還有效地推動了人們對「受眾」（audiences）概念的更深入理解。長期以來，受眾都是一個蕪雜、含混、異質的範疇：「它的界定方式……它的社會定位與解釋實踐相互關聯的方式，以及對這種關係加以趨近的最恰當方式等均存在著爭議。」〔註37〕然而，在當前的受眾研究中，往往存在著某種刻板、僵化的定式：一方面，在阿諾德（Matthew Arnold）、利維斯（F. R. Leavis）以及法蘭克福學派擁躉的眼中，受眾就是一群愚昧、麻木、沉湎於物質享樂的「烏合之眾」；另一方面，德賽圖（Michel

---

〔註36〕美國媒介批評家安德魯·基恩（Andrew Keen）曾談到，一位渴望婚外情的少婦在嘗試出軌前曾在互聯網上尋求幫助並傾吐自己的苦悶，而正是通過其搜索引擎所留存的記錄，她的哪怕是最難以啟齒的隱私都有可能被他人縱覽無餘。可想而知，在草根傳媒文化中，上述情形同樣會得到有過之而無不及的表現。參見安德魯·基恩：《網民的狂歡：關於互聯網弊端的反思》，丁德良譯，海南海出版公司2010年版，第163～165頁。

〔註37〕Gillian Rose, *Visual Methodologies: An Introduction to the Interpretation of Visual Materials*, Sage Publications, 2001, p. 200.

de Certeau）、霍爾、費斯克等人則強調，接受者可以通過意義的自主生產而享受對抗的快感，從而有機會建構自己的身份定位與話語認同。兩種見解相持不下，使受眾研究一步步沉陷於「非此即彼」的誤區。由此出發，對圍觀這一獨特參與方式的持續關注，無疑提供了打破上述「二元模式」的可能，它提醒人們注意，視覺文本的受眾固然不同於膚淺、鄙俗、懵懂無知的「庸眾」，但也不單純是自由、奔放、冥頑不靈的「挑戰者」和「叛逆者」，相反，受眾概念所擁有的是更加駁雜、生動的文化內涵，並必然會伴隨時間的推移和語境的轉換而不斷展現出新的面貌。在時常盲從西方學術話語，以至於造成一些矛盾、謬誤與偏頗的中國學術界〔註38〕，以上思路無疑提供了一個理論「本土化」的寶貴契機。

第三節　從公眾參與到「公共領域」？

　　不難發現，在聲勢浩大的公眾參與中，草根傳媒文化已經自然而然地指向了一個「公共領域」（public sphere）的建構。哈貝馬斯（Jürgen Habermas）指出，在 17～18 世紀的歐洲，伴隨資本主義的演進和自由民主主義的興起，越來越多的精英知識分子產生了傾訴與表達的迫切訴求，他們聚集在沙龍、茶室、劇院、咖啡館、俱樂部等公共場所，圍繞當時的一些重要社會問題，發表各自的看法、觀點和意見，而公共領域也正是在這樣的情境下逐漸形成。〔註39〕按照哈貝馬斯的理解，公共領域是一個介乎國家和市民社會之間的相對獨立的所在，在這個鬆散而自足的空間中，作為個體的公民可以就某些社會公共議題展開論辯、溝通與協商，甚至可以對公共性的政策或舉措加以反思和批判。

　　眾所周知，在傳統的輿論場中，「自上而下」和「自下而上」這兩條渠道

〔註38〕如曾軍便談到，在視覺文本的受眾研究中，大陸學者往往熱衷於將「觀看」與西方話語中的「凝視」（gaze）等量齊觀，並造成了如下理論誤區：其一，「主體的虛化」，即不再將主體理解為現實語境下有血有肉的人，而是將其降格為抽象化、功能性的「主體—位置」；其二，「情境的政治化」，即過分強調觀看過程中壓抑、對抗與衝突的一面，而忽視了觀看本身的自主性和豐富意涵；其三，「結論的預設化」，即不自覺地將某種「看與被看」的二元範式套用到本土案例之上，使本土經驗淪為西方話語的佐證。參見曾軍：《近年來視覺文化研究中存在的幾個問題》，《文藝研究》2008 年第 6 期，第 10～12 頁。

〔註39〕參見尤根·哈貝馬斯：《公共領域》，汪暉譯，見汪暉等主編：《文化與公共性》，生活·讀書·新知三聯書店 2005 年版，第 125～133 頁。

是不平衡的：位於頂端的官方媒體主導話語權，它們以維護社會穩定和意識形態安全為目標，擔當國家意志的代言人；位於底部的廣大民眾則被隔離在輿論中心之外，無法獲取傾訴與表達的權利。〔註40〕在草根傳媒文化中，公共領域的特質得到了較充分的體現。依託得天獨厚的技術條件，草根傳媒文化不僅反轉了主流傳媒文化中「一對多」的單向度傳播格局，同時，也在相當程度上動搖了隱含其中的，封閉、凝固、滯重的思維方式和價值取向，並最終為普羅大眾提供了分享觀點、交換信息乃至展開爭鳴的廣闊平臺。由此看來，草根傳媒文化在很大程度上體現出了公共領域的潛質與發展可能，它的存在「將使擴大公共民主的徹底分散和互動的溝通形式成為可能」〔註41〕。

當然，較之當前學界關於網絡與公共領域的耳熟能詳的討論〔註42〕，在草根傳媒文化對公共領域的趨近中，人們可以發掘出諸多具有個性化色彩的內涵和品質。其最鮮明表現，在於視覺形象所佔據的核心地位。法國哲學家維利里奧（Paul Virilio）曾宣稱，在這個高度「視覺化」的當代社會中，形象已經壓倒了物質空間的實在性，進而明確體現出匯聚公眾意志的巨大力量：「如今的林蔭大道和公共廣場已經被電視屏幕和電子顯示屏所超越」。〔註43〕落實到草根傳媒文化中，形象同樣充當了難以替代的樞紐與契機，它不僅以別具一格的題材和內容吸引眼球，同時，也刺激無數人針對某些熱點問題暢所欲言、各抒己見，並逐漸構築起了一個類似於公共領域的獨特存在。更進一步，借助不同於語言文字敘述的，直觀、質樸、粗糙的視覺表現形態，草根傳媒形象還恰如其分地觸動了人類心靈中敏感、脆弱而柔軟的部分，從而扣

〔註40〕 參見祁林：《喉舌與專業主義——報紙新聞探微》，見周憲、劉康主編：《中國當代傳媒文化研究》，北京大學出版社2011年版，第212～247頁。

〔註41〕 克里斯·巴克：《文化研究：理論與實踐》，孔敏譯，北京大學出版社2013年版，第341頁。

〔註42〕 胡泳曾這樣談到：「互聯網創造了公民對政治和社會問題展開討論的公共領域。由於互聯網的交互特性，各種公共論壇應運而生，公眾第一次擁有了對公共事務進行評論、交換意見、形成輿論的場所。隨著知情能力和評論能力的提高，他們對社會生活和社會決策過程的介入程度越來越高，而這種介入程度的提高反過來又促使公民在這方面提出更高的要求。」上述看法基本上代表了現今傳媒研究者對所謂「網絡公共領域」的最普遍理解。參見胡泳：《眾聲喧嘩：網絡時代的個人表達與公共討論》，廣西師範大學出版社2008年版，第330頁。

〔註43〕 保羅·維利里奧：《視覺機器》，張新木等譯，南京大學出版社2014年版，第126頁。

合了每一個普通人最為真切、細膩的文化定位與自我想像。在不少人看來，哈貝馬斯式公共領域的一大缺陷，在於將理性原則普泛化和刻板化，以至於忽視了人類生存所本應具有的豐富可能。〔註44〕由此出發，草根傳媒文化恰恰起到了重要的補充作用。不難發現，草根傳媒所追尋的「公共性」絕不等同於精英主義視域中純粹的理性思辨，而是參雜著豐富、駁雜的情感經驗，參雜著難以窮盡的感受、想像與紛爭，並最終體現出了異乎尋常的強大張力。於是，英國學者麥克蓋恩（Jim McGuigan）所憧憬的「文化公共領域」（cultural public sphere）〔註45〕也將顯露出某些端倪。

在草根傳媒文化與公共領域之間相互參照、指涉的微妙進程中，當代公民的身份建構也將相應地呈現出某些新的面貌。所謂「公民身份」（citizenship），可以被指認為現代社會、尤其是現代文化—政治視域下「人之為人」的最基本條件，其重要意義，在於「區分誰處於政治共同體之內而誰又被排除在外」〔註46〕。斯廷博根（Bart Van Steenbergen）認為，公民身份的內涵主要包括：其一，「公民身份表達參與公共生活的觀念」；其二，「一個公民是一個既治理也被治理的人」；其三，「公民身份一方面是解決權利與應得權利的問題，另一方面是解決義務的問題」。〔註47〕具體而言，公民身份這一概念「同時包括了個人主義與集體主義的成分」〔註48〕，它主要牽涉到如下

〔註44〕 傳播學家尼古拉斯·加漢姆（Nicholas Garnham）曾就哈氏的公共領域觀有過如下闡述：「它的程序規則過於理性主義……而且將如此推論性的標準強加於公共領域之外的實踐中，不僅對於一系列在文化上的特殊推論形式不合理，而且對於那些並不佔有需要運用推論形式的文化資本的人而言，也是不合理的。」參見尼古拉斯·加漢姆：《解放·傳媒·現代性——關於傳媒和社會理論的討論》，李嵐譯，新華出版社2005年版，第274頁。

〔註45〕 麥克蓋恩所強調的「文化公共領域」，主要突出了當代傳媒文化（尤其是網絡文化）在生產、流通與消費中所凝聚的情感、想像、夢幻、直覺、欲望等「形而下」的非理性因素。這些非理性因素有助於彌補傳統公共領域中過度理性化，乃至過度理想化的缺失，並使其呈現出更加立體、豐滿、生動的基本面貌。可以說，草根傳媒文化恰恰呼應並踐履了麥氏的理論構想。參見 Jim McGuigan, "The Cultural Public Sphere", in *European Journal of Cultural Studies*, Vol. 8, No. 4 (2005): pp. 427～443。

〔註46〕 尼克·史蒂文森：《文化公民身份：全球一體的問題》，王曉燕等譯，北京大學出版社2011年版，第4頁。

〔註47〕 巴特·范·斯廷博根：《公民身份的狀況》，見巴特·范·斯廷博根編：《公民身份的條件》，郭臺輝譯，吉林出版集團有限責任公司2007年版，第2頁。

〔註48〕 凱斯·福克斯：《公民身份》，黃俊龍譯，巨流圖書有限公司2006年版，第3頁。

兩個密切關聯的維度：一方面，是個體作為現代公民社會中的一員所應當獲得的庇祐，所應當謀求的福祉，以及所應當享有的權利；另一方面，則是個體對公民社會所應當投入的忠誠，所應當履行的使命，以及所應當擔負的義務。兩者互為前提，缺一不可。伴隨當代中國社會的全方位轉型，在諸多異質文化成分不斷交錯、累積、疊加的普遍背景下，公民身份再次成為了一個值得思考的問題。

周憲曾強調，當代中國文化、特別是傳媒文化的獨特狀況，對公民身份的形成與建構產生了難以忽視的影響：

> 假如說文化體制改革之前，傳媒文化保持著體制上的單一性，那麼，在市場化引入傳媒文化之後，隨即產生了傳媒文化內在的體制性的張力。一方面，傳媒文化仍帶有現存主導文化政治宣傳工具的功能，有賴於嚴格的行政體制性約束；另一方面，來自市場經濟的壓力和大眾娛樂的需求，特別是發達國家成功的文化產業化實踐，不斷地作用於現有的傳媒文化建構。……傳媒市場化的訴求和主導的政治宣傳喉舌的要求，不可避免地存在某種緊張關係。前者是單純的市場導向，以娛樂化產業為方向；後者則以意識形態為導向，突出黨和政府的政治宣傳宗旨。〔註49〕

周憲認為，正是在這種強大的張力中，當前中國的傳媒文化已經陷入了「政治需要」和「娛樂要求」彼此分離的格局。其中前者多著眼於維護主流意識形態的目標，對任何同政治有關的內容都嚴格控制並慎重審查；後者則始終以商業消費主義的法則為宗旨，強調一切媒介話語只要與政治無涉，便可以縱情娛樂，哪怕是「娛樂至死」也在所不惜。上述極端化狀況的最直接後果，在於公民政治熱情的冷卻以及對社會公共問題的無動於衷。可想而知，在這樣的背景下，主體公民身份也將遭到一定程度上的削弱與淡化。

由此出發，草根傳媒文化為重塑公民身份提供了一條可行的路徑。英國學者德里克·希特（Derek Heater）觀察到，媒介在現代公民身份的形成中起到了難以估量的作用：「各種各樣的媒體成為培養公民身份和在陌生人中建立一種團結感的具有關鍵意義的中心。」〔註50〕這樣的觀點在草根傳媒文化中

〔註49〕周憲：《當代中國傳媒文化的景觀變遷》，《文藝研究》2010年第7期，第7頁。
〔註50〕德里克·希特：《何謂公民身份》，郭忠華譯，吉林出版集團有限責任公司2007年版，第122頁。

得到了明確的回應。草根傳媒不僅為普羅大眾提供了表達意見、交換信息，乃至宣洩情緒的廣闊平臺，同時還有助於培養一種以公共參與為導向的、影響廣泛的文化形態。具體說來，正因為接受者對相關影像或訊息的積極回應，曾經「沉默失語」的公眾才真正進入了一度遙不可及的輿論中心，不僅能夠以集體話語的形態圍繞司法、住房、教育、就業、醫療、環保、食品等重大議題展開討論，更有機會製造強大的輿論壓力並督促有關部門的政策實施，從而達成弘揚美德、鼓舞人心、聲援弱者、伸張正義、揭露真相等積極功效。在此過程中，來自不同地域的人們將不自覺地集結為一個「想像的共同體」，而他們的「公民意識」（consciousness of citizenship）〔註51〕和社會關懷也將得到進一步的釋放、激活與更新。在近年來廣受好評的「微博打拐」行動中，正是無數熱心網民對行乞兒童照片的微博轉發與持續跟進，為公安機構提供了大量的寶貴線索，並最終有力呼應了社會各界對被拐兒童的尋找、關愛和救助。另一個有說服力的案例是 2008 年的汶川大地震。在抗震救災期間，一些來自災難現場的感人圖片在網絡廣泛傳播，如向解放軍敬禮的 3 歲小男孩，身處險境卻堅強微笑的小學 4 年級女生，用血肉之軀掩護幼子的年輕母親，為保護學生而獻出生命的中學教師，等等。上述視覺資源在引起無數網友關注的同時，也喚起其強烈的家國情懷和深刻的民族認同感，從而促使舉國上下眾志成城、齊心協力，盡一切方式對受災群眾予以物質援助和精神支持。

　　在承認草根傳媒文化的積極意義的同時，還必須認識到，草根傳媒所整合併形塑的，其實是一個帶有「準公共領域」性質的虛擬場域，隱含在其中的，依然是大量難以遮掩的侷限和偏頗。

　　首先，草根傳媒文化具有「去語境化」（decontextualization）的傾向。草根傳媒文化是一種典型的「微文化」或「微敘事」，其最突出特徵，在於各類

〔註51〕所謂「公民意識」，是公民身份在個體精神與實踐領域的貫徹和體現，亦即「作為公民身份的個體在參與政治生活、經濟生活、社會生活和文化生活過程中所展示的集體意識和公共精神」。有學者指出，在轉型期的中國社會，公民意識主要表現在如下幾個方面：1. 公民在私域空間的自我建構，包括素質自評、自我效能、自我維權、自我實現、家庭觀念等；2. 公民的基礎美德，包括文明禮儀、市場意識、法律意識、環保意識等；3. 公民的社會互動，包括社會信任、公共精神、結社意願、教育理念等；4. 公民的政治訴求，包括社會責任、參政議政、組織精英、政策期待、政府定位等。參見閔學勤：《公民意識與社會參與感》，見周曉虹等：《中國體驗：全球化、社會轉型與中國人社會心態的嬗變》，社會科學文獻出版社 2017 年版，第 352 頁。

信息一方面以驚人的速度實現廣泛的、大規模的傳播；另一方面，這些信息又常常遭到肢解而呈現出不完整的形態。以當前頗為流行的微信為例，一旦刷新朋友圈，即可發現，無數視頻、音頻、圖片和文字以「點對點」的方式在這一平臺上發布，其速度之快，涉及面之廣，令人應接不暇。然而，草根媒體在傳播上的廣度與速度又常常以犧牲信息的完整性為代價。發布者為保證信息的時效性和易讀性，大多選擇以隻言片語來概述事件的整個過程，同時，為盡可能抓住受眾的眼球，又常常主動對事件進行加工和剪裁，從中挑選出具有煽動性與誘導性的內容加以集中表現。如此一來，呈現在人們眼前的，往往是脫離原初語境和背景的、支離破碎的視聽信息。這些碎片化的信息，不僅阻礙了人們從整體著眼，對事件加以全方位的觀察、理解和把握，同時也容易製造帶有戲劇性和爭議性的輿論噱頭，使公眾的情緒陷入非理性的極端狀態。在前文提到的「我爸是李剛」事件中，草根傳媒文化的這種去語境化特徵便得到了格外生動的表現。可以說，正是草根傳媒對當事人言說情境的刻意遮蔽或淡化，使公眾對該事件做出了帶有片面化和偏激色彩的理解與認知。

其次，草根傳媒文化具有「混雜化」的表現形態。草根傳媒文化是一個極具包容性和延展性的特殊空間，上至國家大事、下至街談巷議的各色信息，以蕪雜、混亂、未加分辨的姿態呈現於受眾面前。海量的信息固然拓寬了公眾的眼界，但同時也造成了辨析與選擇的困難，以至於某些信息一經發布，便很快被淹沒在汪洋恣肆的信息的海洋中。這種信息呈現的混雜性和無規則性，決定了在草根傳媒文化中，那些更具挑逗性和刺激性，更容易激發人感官體驗的信息往往能獲取高度關注，甚至有機會左右輿論的後續走向。在這樣的情況下，冷靜、理智、條分縷析的思維方式自然遭到了有意識的忽略。此外，還需注意的是，草根傳媒文化是一個高度虛擬性的場域，「面具」與「馬甲」掩蓋了參與者的真實身份，一方面有助於他們擺脫現實約束而暢所欲言，另一方面，又造成其責任感的相對匱乏，使他們可以不顧現實中的聲譽與口碑而極盡攻擊、詆毀之能事。如此一來，公共討論往往會違背其初衷而淪為一場場「罵戰」。胡泳對此有較明確的認識，他強調指出，正因為在草根傳媒文化中，人們不必為自己說過的話負責，所以在論辯與爭鳴中，勝出的往往並非理性、中立、克制的聲音，相反，誰的音調更高亢，誰的姿態更激進，誰的用語更下流粗鄙，誰就更有可能一舉占得先機：「這網上世界

很有些弱肉強食的味道，大部分情況下，『叢林法則』可以通行無阻。」〔註52〕很明顯，上述狀況將導致草根傳媒文化進一步偏離公共領域「理性協商」的實質。

　　再次，草根傳媒文化是一個信息更新極度頻繁的場域。縱觀當前的各大社交平臺，不難發現，無數信息在其中以令人意想不到的速度轉換、更迭與流變，這種迅疾變幻、淺嘗輒止的觀感體驗，自然也將對主體的思維方式、情感態度乃至價值取向產生深刻的影響。美國學者尼古拉斯·卡爾（Nicholas Carr）曾指出，當人們面對印刷物等傳統媒介時，所採取的是一種凝神屏氣、全神貫注的閱讀方式，而在各種信息紛繁駁雜、泥沙俱下的網絡空間，人們就如同「一個摩托快艇手，貼著水面呼嘯而過」〔註53〕，因而很容易停留於現象層面，難以進行有深度的開掘與探究。凱瑟琳·海爾斯（Katherine Hayles）則觀察到，在當代社會，人們的認知模式出現了從「深度注意力」（deep-attention）向「過度注意力」（hype-attention）的深刻轉型，其中前者多見於傳統媒介時代，它使主體的注意力長期凝聚於單一的目標之上，並由此而獲得了較高的專注度和忍耐力；後者則是電子時代所特有的視覺模式，它使主體的注意力在多個對象之間連續跳轉、切換，並逐漸習慣於追求強烈的、稍縱即逝的感官刺激，同時對單調、枯燥、持續的閱讀心生厭倦。〔註54〕草根傳媒文化縮減了人們的閱讀時間與思考強度，使他們總是在淺表化的、動盪不定的狀態下對文本投以匆匆的一瞥，因此，過度注意力同樣成為了草根視覺主體的鮮明特徵。這也導致了主體的參與行為帶有某種「歇斯底里性」，他們在面對某一類視覺形象時，往往會在突然間爆發出巨大的參與熱情，一旦事過境遷，則往往興味索然，轉而熱情洋溢地投入對下一個「視覺焦點」的追逐。〔註55〕這在網民對待一些社會熱點事件的「忽冷忽熱」的態度上表

〔註52〕胡泳：《網絡政治：當代中國社會與傳媒的行動選擇》，國家行政學院出版社2014年版，第36頁。

〔註53〕尼古拉斯·卡爾：《淺薄：互聯網如何毒化了我們的大腦》，劉純毅譯，中信出版社2010年版，第5頁。

〔註54〕參見凱瑟琳·海爾斯：《過度注意力與深度注意力：認知模式的代溝》，楊建國譯，見周憲、陶東風主編：《文化研究》（第19輯），社會科學文獻出版社2014年版，第4～5頁。

〔註55〕基於此，有學者提出，草根傳媒所炮製的熱點事件具有一種「事件的去事件化」傾向，即是說，互聯網一方面以病毒式傳播的方式製造無盡「熱點」，但用不了多久，這些熱點事件（包括其中真正值得嚴肅對待的問題）便很快被

現得頗為明顯。可見，在草根傳媒文化中，公眾參與依然是偶然、隨意、不穩定的，這種經不起時間檢驗的「速朽式」參與實際上無助於公共領域的建構和完善。

　　復次，還需關注草根傳媒文化所帶來的「螺旋上升的沉默」（the spiral of science）效應。該命題的提出者伊麗莎白‧諾爾─諾依曼（Elisabeth Noelle-Neumann）宣稱，在特定觀念或信息的傳播中，通常存在著一種根深蒂固的「從眾」心理：當人們的意見受到旁人的青睞和認可時，他們往往會表現出超凡的主動性與自信心，並不遺餘力地推動這種觀點的增殖和擴散；當人們的意見（即使是正確意見）在群體內部無法引起響應時，他們則多半會變得瞻前顧後、謹小慎微，甚至不惜放棄原有立場而支持那些流行的錯誤見解。如此一來，在公共輿論的形成與發展中，便出現了某一方的聲音愈發強勢，而另一方的聲音不斷消退的「螺旋式」的詭異進程。少數人寧肯盲從大多數人的意見，也不願發出自己理智的聲音。〔註56〕在草根傳媒文化中，這種「少數人向多數人稱臣」的現象同樣比比皆是。前文提到，在草根傳媒文化中，信息的不完整性、非邏輯性和迅速更替，所造就的是一大批「碎微化」的接受主體，他們一方面缺乏宏觀的、整合性的思考與架構能力；另一方面，又難以忍受持久的、相對艱深的觀看或閱讀體驗，轉而對那些令人興奮，甚至是聳人聽聞的信息青睞有加。在這樣的情況下，某些熟悉網絡的話語規則與議程設置的人們，便往往趁虛而入，通過「投其所好」的方式來迎合公眾的興趣並左右輿論的走向。同時，應當看到，現實生活中的層級序列和權力格局並未因網絡的存在而消失，其具體表現，在於網民的「線上地位常常為線下身份的披露所直接強化」〔註57〕。不難發現，在草根傳媒文化中，諸如明星、政要、商人、學者等公眾人物的言論通常更容易在網民中引起廣泛響應，並更可能造成高度一致的意見指向。在草根傳媒文化的公共參與中，螺旋上升的沉默帶來了一些消極的影響。哈貝馬斯認為，理想的交往情境得以建構的關鍵，並非交談中一方對另一方的說服或壓制，而在於一種「對話角色的

　　　　紛湧而至的新的「熱點」所遮蔽。參見吳冠軍：《後人類紀的共同生活》，上海文藝出版社 2018 年版，第 162 頁。
〔註56〕參見伊麗莎白‧諾爾─諾依曼：《沉默的螺旋：輿論──我們的皮膚》，董璐譯，北京大學出版社 2013 年版。
〔註57〕胡泳：《網絡政治：當代中國社會與傳媒的行動選擇》，國家行政學院出版社 2014 年版，第 34 頁。

無限可互換性」〔註58〕，在於我與你，應與答，言說與傾聽之間和諧、融洽的交互主體性轉換。在草根傳媒所製造的輿論場中，這種交互主體性遭到了一定程度上的破壞和解構。大多數人不會接納不同的意見，而是不約而同地趨向於極少數「大咖」的看法和主張，故而，說者與聽者之間的「角色互換」往往難以達成，即使偶有理性和睿智的聲音，也時常被淹沒在大多數人此起彼伏的喧囂與鼓譟中。〔註59〕

　　最後，有必要注意到，在草根傳媒文化開放、民主、平等的表象下，其實暗藏著一條難以逾越的「數字鴻溝」（Digital Divide）。所謂數字鴻溝，意指「有機會接觸現代信息技術的人和沒有這種機會的人之間所存在的不平等狀態」〔註60〕。具體而言，人們只有在擁有一定的經濟、文化、技術資源的前提下，才有資格參與到紛紜多樣的草根視覺文本之中，而那些不具備相關技術儲備或知識積澱的人群，則基本上無法獲得接近、介入或利用草根傳媒的機會。改革開放以來，中國社會已得到突飛猛進的發展，國民生產總值持續增長，人民生活水平大幅度提升。但無可否認的是，在城鄉、地區之間依然存在著經濟、科技、教育水準的不平衡現象，這就造成了公民在佔有和利用網絡信息方面所存在的差距。在國家信息中心「中國數字鴻溝研究」課題組發布於 2014 年的調查報告中，2010～2012 年中國數字鴻溝的指數變化如下表所示：

〔註58〕Jürgen Habermas, "Social Analysis and Communication Competence", in *Social Theory: The Multicultural and Classic Readings*, edited by Charles Lemert, Westview Press, 1993, p. 416.

〔註59〕在 2008 年引起爭議的「林松嶺被毆致死」事件中，「螺旋上升的沉默」效應得到了頗具戲劇性的表現。2008 年 8 月，在一間酒吧門前，6 名警察將哈爾濱市體育學院學生林松嶺圍毆致死。同年 10 月，一篇名為《昨晚哈爾濱 6 名警察將哈體育學院學生當街毆打致死》的帖子被各大網絡論壇競相轉載，而絕大多數的跟帖者和回應者都站在同情死者的立場上，對打人警察大加控訴，並強烈要求嚴懲兇手。幾天後，一段案發現場的監控錄像開始在網絡流傳，死者在事發時多次挑釁的情形得以披露，同時，死者係「富二代」，案發前又有吸毒和酗酒行為的流言也隨之不腥而走。在部分網絡寫手和「意見領袖」的帶動下，網民的矛頭又立馬出現了 180 度的逆轉，他們由哀悼、同情死者，轉向認定其為非作歹、死不足惜，由極力譴責、痛斥打人者，轉向稱讚其伸張正義、為民除害。縱觀事件發展的整個歷程，網絡輿論明顯呈現出「一正一反」的兩極化趨勢，難以形成一種公允、理性的權衡與判斷。

〔註60〕*Dictionary of Media Studies*, A & C Black, 2006, p. 67.

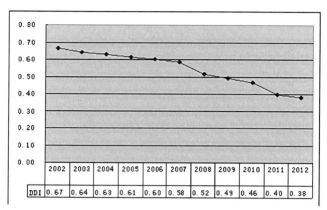

圖 4-1　2002～2012 年中國數字鴻溝總指數變化

　　根據圖 4-1 顯示，在 2002～2012 年，儘管中國大陸的數字鴻溝呈現出逐漸縮小的趨勢，但截至 2012 年，數字鴻溝的總指數依然高達 0.38。〔註 61〕上述統計數據充分說明，草根傳媒文化並非對所有人都一視同仁，而是存在著較為明顯的門檻和界限。數字鴻溝的存在，也造成了「邊緣性」與「公共性」的某種悖論。誠然，草根傳媒文化為各種邊緣群體（即通常所說的「草根階層」）提供了公共參與的便利平臺。〔註 62〕但嚴格說來，依靠草根傳媒來傾訴與表達的，至少是擁有一定經濟─文化資本，懂得運用網絡技術的人群，而那些真正處於困境之中的社會最底層，實際上很少有機會、條件與能力在草根傳媒文化中為自己發聲。因此，當公眾借草根傳媒文化而嶄露頭角時，其內在的「草根性」便已經在一種「公共化」的過程中逐漸喪失；反觀那些連「准入資格」都不具備的真正的「草根」，則成為了被遮蔽與漠視的無聲的群體。

　　草根傳媒文化是一種充滿了豐富可能性、然而又缺乏既定規範與秩序的視覺文化形態。故而，它一方面為參與者帶來了觸手可及的自由，另一方面，也潛藏著諸多難以預測和把控的「不確定」因素。正是上述狀況的存在，決定了草根傳媒在塑造公共領域方面的作用其實較為有限。如果說，按照湯普森（E. P. Thompson）等人的看法，公共領域的最重要標誌之一，在於「私人

〔註 61〕參見國家信息中心「中國數字鴻溝研究」課題組發布於 2014 年的《中國數字鴻溝報告 2013》，http://www.sic.gov.cn/News/287/2782.htm。

〔註 62〕邱林川對此有直觀體認。通過對網吧、工業區、城中村等地的田野調查，他指出，草根傳媒在中國的草根階層中起到了一種啟蒙作用，它有助於信息時代的新工人階級形成一個相對鬆散的網絡，為維護切身利益而展開集體性的行動。參見邱林川：《信息時代的世界工廠：新工人階級的網絡社會》，廣西師範大學出版社 2013 年版。

的個人意見可以通過向所有人開放的、不受統治約束的一批公民的理性批判辯論而成為一種公共輿論」〔註63〕，那麼，草根傳媒文化則依然同這種理想化的，以理性、真理、自由等「宏大敘事」為皈依的公共領域相去甚遠，它的建構依然是一項充滿挑戰性的、遠未完成的規劃。在草根傳媒文化中，如何以公允、恰切的方式確立公共領域的建構原則，無疑應成為我們的關注焦點。〔註64〕

〔註63〕約翰·P·湯普森：《意識形態與大眾文化》，高銛等譯，江蘇人民出版社2005年版，第124頁。

〔註64〕如胡泳便對此有所思考。他提出，網絡公共領域的建構應遵循如下路徑：1.營造社區歸屬感；2.靈活決定匿名政策；3.保持平等；4.鼓勵慎議；5.培養良好的公共話語。參見胡泳：《眾聲喧嘩：網絡時代的個人表達與公共討論》，廣西師範大學出版社2008年版，第275～283頁。

第五章　草根傳媒文化的視覺倫理問題

　　自人類社會形成以來，「倫理」（ethics）便成為了一個不可忽視的問題。可以說，無論就個體存在還是群體關係，就一種生命體驗還是一項研究規劃而言，倫理都始終與人們的生存、發展保持著難以割捨的密切關聯，它往往將道德問題作為關注的焦點，卻又不單純固守於道德領域，而是時時刻刻進行著這樣的追問：「我們作為充分理性化的人類存在，應當選擇並追求怎樣的目標，與此同時，又是怎樣的道德原則在操控著我們的選擇與追求？」〔註1〕

　　作為訊息交流中不可或缺的樞紐與契機，媒介一方面為公眾提供了感知和體察世界的便利渠道，另一方面，又時常「以間接的方式參與且影響了我們的信念、價值以及基本信仰」〔註2〕，並由此而潛移默化地建構了主體的精神訴求、道德關懷與價值取向。毋庸置疑，草根傳媒文化必然涵蓋了千差萬別、難以窮盡的影像資源，從而將當代視覺文化的可能性拓展到了一個新的維度。但必須承認的是，在草根傳媒紛紜流變的視覺表現中，同樣暗藏著一系列錯綜複雜、發人深省的倫理問題，暗藏著諸多不容忽視的道德困境、文化衝突乃至精神危機。這些視覺倫理問題，不僅推動了研究者對草根傳媒文化本身的理論探討，同時，也極大地深化了人們對當代社會現實的追問、審視與反思。

〔註1〕*The Cambridge Dictionary of Philosophy*, edited by Robert Audi, Cambridge University Press, 1999, p. 285.

〔註2〕馬修・基蘭編：《媒體倫理》，張培倫等譯，南京大學出版社 2009 年版，「緒論」第 1 頁。

第一節 視覺主體的「解放」與「癲狂」

在倫理學研究中，「主體」（subject）無疑是最為聚訟紛紜的焦點之一。一般看來，主體意味著人類關於其身份的思考與認知（即「我是誰？」）。然而，主體又絕不是一個非黑即白、可以輕易切割的範疇，它通常關涉到如下兩重意涵的複雜交織：其一，某種與客體（object）相區別的、在思想或意識中得以體現或維繫的東西，如思考的能動性、精神、自我；其二，被置於某人或某物的權威、支配、控制或影響之下，如效命於封建統治者，從屬於君主的支配，受到法律的約束。〔註3〕可以說，上述兩點分別強調了主體的自由、積極、能動和從屬、消極、被動的屬性。也正是基於這樣的理由，主體往往被指認為一個含混、曖昧而又多少有些分裂的存在：一方面，主體代表了人類所獨有的，對自身的思想、情感與經驗加以反思和辨析的能力；另一方面，主體又總是包含著「數不勝數的限制以及常常是無從知曉、不可避免的約束」〔註4〕，從而在相當程度上阻礙了人們對自我以及現實生活的充分理解。

在「視覺文化轉向」的總體背景下，形象正愈發明顯地擺脫「載體」與「工具」的從屬地位，轉而在一定程度上獲得了主宰者的姿態，並凸顯出對主體精神世界加以支配的內在衝動。丹尼爾·貝爾（Daniel Bell）有言：「目前居『統治』地位的是視覺觀念。聲音和景象，尤其是後者，組織了美學，統率了觀眾。」〔註5〕尼爾·波茲曼宣稱，以電視為代表的視覺媒介使原本高尚、純粹的文化墮落為一出粗陋淺薄的「滑稽戲」。於是，主體將甘願迷失於形象的羅網之中，他們不僅「被剝奪了真實的信息」，同時也「逐漸失去判斷什麼是信息的能力」〔註6〕。鮑德里亞（Jean Baudrillard）則強調，當代生活的每一個角落已經為形形色色的「擬像」（simulacra）所充斥，擬像背棄了「原作統攝摹本」的固有邏輯，通過令人目眩神迷的技術手段，打造出一片獨立於現實之外、而又富含現實之「症狀」的視覺景觀。在鋪天蓋地的擬像的包圍中，人們漸漸模糊了「虛擬」與「真實」的界限：「版圖不再先於地圖，也不

〔註3〕 *Webster's Third New International Dictionary of the English Language Unabridged*, G & Merriam Company, 1961, p. 2275.
〔註4〕 Donald E. Hall, *Subjectivity*, Routledge, 2004, p. 3.
〔註5〕 丹尼爾·貝爾：《資本主義文化矛盾》，趙一凡等譯，生活·讀書·新知三聯書店 1989 年版，第 154 頁。
〔註6〕 尼爾·波茲曼：《娛樂至死》，章豔譯，廣西師範大學出版社 2004 年版，第 139 頁。

會比後者更加長久。相反，是地圖先於版圖——這就是擬像的進程——是地圖產生了版圖。」〔註7〕總之，按照最常規的理解，主體在當下往往處於遭受忽視與奴役的尷尬境地：他要麼被不斷增殖的視覺形象包圍、逼促而難以自拔；要麼則無可挽回地沉溺於形象所製造的心理刺激和感官愉悅之中，並逐步喪失了追問、辨析乃至深度思考的能力。〔註8〕

　　在主體不斷被剝奪與禁錮的語境下，草根傳媒文化的普及無疑帶來了令人欣喜的改變。草根傳媒文化的一個突出特點是「自下而上」的草根性，它具有廣泛的群眾基礎，由此迥異於主流傳媒文化的「自上而下」的管控與說教，也有別於大眾文化的批量生產與單向度傳播。由此出發，在草根傳媒文化中，主體被壓抑的潛能將得到淋漓盡致的釋放。草根傳媒文化主要借助網絡而得以擴張，互聯網的虛擬性隱匿了包括姓名、年齡、性別、職業等在內的主體的真實身份，使他們可以不顧現實世界的羈絆而自行其是、暢所欲言，同時，網絡的強大包容性又允諾了多種觀點的並行不悖，從而在主體之間建構了一個交流、溝通與協商的動態平臺。更進一步，草根傳媒所捕獲並塑造的，是直觀、生動、極具感染力的視覺形象，這樣的形象在相當程度上呼應了轉型期最微妙的社會心態，從而使主體產生了空前的能動性與強烈的現實關切。除此之外，草根視覺文本所採取的是一套與專業媒體大不相同的，更

〔註7〕讓‧鮑德里亞：《擬象的進程》，夏小燕譯，見吳瓊主編：《視覺文化的奇觀：視覺文化總論》，中國人民大學出版社2005年版，第80頁。

〔註8〕受此影響，在符號學、精神分析、話語分析等當前最流行的視覺分析方法中，主體大多被定義為一個遭到規訓與建構的「服從者」。符號學方法的倡導者朱迪斯‧威廉姆森（Judith Williamson）認為，在廣告的運作過程中，原本與某一能指相關的所指常常會戲劇性地轉向另一能指（如所指「忠貞愛情」與能指「鑽石」的聯姻），而廣告的收看者也會不自覺地被這種轉換所說服，迸發出購買的熱切渴望。精神分析方法的代表人物勞拉‧穆爾維指出，好萊塢影片對女性身體的打造不僅滿足了男性觀眾的「窺淫」或「自戀」欲望，更進一步將女性觀眾強行安置於男性觀看者的視域之內，使她們不得不依照某種男性化的程序而調整自己的目光。托尼‧本內特（Tony Bennett）在使用話語分析方法對博物館加以考察時發現，借助特定的陳列方式與空間布局，博物館的設計者刻意將某種權力話語（如白種人對黑種人的優越性，歐洲中心主義的歷史觀念，等等）融入了整座博物館的構造之中，而參觀者在漫步博物館的同時，也會自然而然地對隱匿其中的體制性力量產生由衷的信賴與認同。上述研究方法在獲取某些洞見的同時，也過分強調了主體意涵中消極、被動的層面，使之無法得到完整、清晰的體認與把握。參見 Gillian Rose, *Visual Methodologies: An Introduction to the Interpretation of Visual Materials*, Sage Publications, 2001。

加簡單、質樸、更具開放性的修辭策略和敘事句法，這樣的視覺表達方式使主體習慣於借助唾手可得的技術資源，對眼前的形象加以積極、主動的重新書寫與再度製作，而隱含在其中的，則是電子時代由生產者向消費者，由機械而單一的傳播模式向多元而充滿活力的公民大眾的革命性轉移。基於上述理由，在草根傳媒文化中，主體已不再是某種被遮蔽、排斥和貶損的對象，不再是一個殘缺而破碎的蒼白存在，而是獲得了一次真正意義上的激活、解放與更新。

在不斷變動的當代社會，草根傳媒文化所帶來的主體解放體現出了不言而喻的積極作用。應當看到，現代化的飛速發展在推動物質文明高度繁榮的同時，也在一定程度上造成了「道德虛無主義」危機。如利奧塔（Jean-Francois Lyotard）便發出過這樣的感歎：「當今，生活快速變化。生活使所有的道德化為烏有。」〔註9〕麥金泰爾（Alasdair MacIntyre）則不無沉痛地指出，人們在今日儘管還守望著某些道德的觀念或語彙，但不幸的是，「無論理論上還是實踐上我們都已極大地……喪失了我們對於道德的把握力」〔註10〕。

在德性、良知和秩序不時受到衝擊的背景下，草根傳媒文化無疑發揮了修正、彌合與補充的重要作用：它一方面將一些社會陰暗面暴露於公眾的視野之中；另一方面，又充分調動了主體的當下意識和社會關懷，不僅掀起了氣勢磅礡、難以遏止的「民意風暴」，也在一定程度上滿足了人們對寬容、正義、良知、誠信等傳統道德準則的熱切渴求。有鑑於此，哈梅林克（Cees Jan Hamelink）提出，草根媒體具有「自我賦權」（self-empowerment）的潛在力量，即促使千百萬「無聲者」（the voiceless）在傳媒場域中主動發聲，進而為謀求個人或集體利益，為改變不公正境遇而有所行動。〔註11〕楊國斌則斷言，草根傳媒文化的普及有助於培養一種波及面廣泛、影響巨大的「電子抗爭文化」。他認為，當前的網絡抗爭主要牽涉到大眾民族主義、維權活動、腐敗濫權、環境污染、文化爭議、揭露醜聞等形形色色的重大議題，這些議題基本上囊括了中國社會在轉型階段所亟待解決的困厄和疑難，而圍繞它們所展開的思

〔註9〕讓—弗朗索瓦・利奧塔：《後現代道德》，莫偉民等譯，學林出版社2000年版，「引言」第1頁。

〔註10〕A・麥金泰爾：《追尋美德：道德理論研究》，宋繼傑譯，譯林出版社2008年版，第2頁。

〔註11〕參見 Cees Jan Hamelink, *World Communication: Disempowerment & Self-Empowerment*, Zed Book, 1995。

考、論爭乃至「線下行動」，也必將凸顯出匡扶正義、維護權益、懲惡揚善等重要的文化—倫理功效。同時，楊國斌認為，雖然電子抗爭的焦點往往迅速切換，但這並不完全意味著持久性的缺失：「從某種意義上說，這些事件都是更大的抗爭週期的組成部分，如果說這些事件來去匆匆，那只是因為新的抗爭事件隨時可能發生。從這個意義上說，一系列短暫的抗爭事件構成了『永久的運動』。」〔註12〕可以說，上述見解恰切地道出了主體解放所具有的難能可貴的倫理價值。

在 2003 年轟動一時的廣州「孫志剛事件」中，草根傳媒的文化—倫理意義得到了尤為充分的表現。2003 年 3 月 17 日，在廣州務工的大學畢業生孫志剛，由於未攜帶暫住證而被當地收容遣送站無端扣押，其間，在收容所護工的唆使下，孫志剛遭到了多名被收容人員的圍毆和毒打，並於 3 月 20 日帶著滿身傷痕離開了人世。在針對該事件的報導中，草根媒體不僅充分發揮了即時性、當下性、一呼百應等得天獨厚的優勢，使人們掌握了更多主流傳媒所無法涉及的信息或資訊，同時，還選擇了諸多富有衝擊力和象徵意味的視覺語言符碼，不斷喚起視覺主體對個體生存權、流動人口管理，以及社會「弱勢群體」等敏感問題的關注。在草根傳媒的驅使下，大批網民紛紛參與到該事件的後續發展中。他們採用大規模轉帖、發表文章或評論、建設網絡靈堂、實地取證調查等多種方式，一方面，表達了對含冤慘死的外地青年的沉痛哀悼，對草菅人命的兇手的強烈控訴；另一方面，也激發了公眾對隱藏在事件背後的，不健全的外來人口收容遣送制度的深刻反思。正是在這股民間力量的強勢助推下，2003 年 6 月，國務院經過審議，宣布廢止通行 20 餘年的《城市流浪乞討人員收容遣送辦法》，同時，審議並通過了《城市生活無著的流浪乞討人員救助管理辦法》。毋庸置疑，在這種從「收容」到「救助」的語義轉換中，隱含著具有里程碑意義的重大變革，它所昭示的，是對於個體生命的尊重，對於每一位普通公民的同情、關切和捍衛。縱觀該事件從醞釀到發酵再到高潮的整個過程，不難發現，草根傳媒文化及其引發的主體解放，無疑為中國法治建設的完善，乃至整個現代民主化進程的穩步發展增添了濃墨重彩的一筆。

關於草根傳媒文化在主體解放方面所發揮的巨大作用，《南方周末》曾在

〔註12〕楊國斌：《連線力：中國網民在行動》，鄧燕華譯，廣西師範大學出版社 2013 年版，第 34 頁。

2010 年發表過一篇流傳甚廣的專題評論。在文中，作者不無激動地指出：

> 過去我們最多只能耳語，只能牢騷。但耳語不能改變中國，牢騷不能改變中國。即便那些作惡者，私底下也未必不是充滿著耳語和牢騷，但耳語完了牢騷完了，回過頭想作惡照樣作惡，再多的耳語和牢騷對他們都不會有任何掣肘。而今天最大的進步，正在於我們可以不止於耳語和牢騷，可以超越耳語和牢騷。一個公共輿論場早已經在中國著陸，匯聚著巨量的民間意見，整合著巨量的民間智力資源，實際上是一個可以讓億萬人同時圍觀，讓億萬人同時參與，讓億萬人默默做出判斷和選擇的空間，即一個可以讓良知默默地、和平地、漸進地起作用的空間。每次鼠標點擊都是一個響亮的鼓點，這鼓點正從四面八方傳來，匯成我們時代最壯觀的交響。〔註 13〕

誠如此言，在現代社會的發展與建構中，個體人始終都意味著一股不容小覷的力量，儘管他們有時會顯得茫然失措、屢弱無力，但在大多數情況下，「那些權力的持有者惟有以他們的名義並依照他們的興趣行事，才能稱得上具備了合法性」〔註 14〕。因此，也可以說，正是通過對主體意識的激發與催化，在草根傳媒文化這一獨特的「能量場」中，普羅大眾才真正獲得了傾訴和表達的機會。毫無疑問，這種來自民間的力量將有助於對弱者的扶持，對正義的伸張，對社會公共道德的維護。

不過，需要注意的是，主體在享受解放的巨大快感的同時，也極有可能陷入一種令人毛骨悚然的癲狂狀態。美國學者約翰·蘇勒爾（John R. Suler）指出，在網絡空間中，主體將體驗到一種強烈的「脫抑制效應」（disinhibition effect），從而暫時將種種規範與制度拋諸腦後，不斷試探「互聯網如地獄般的黑暗領域」〔註 15〕。齊澤克（Slavoj Žižek）更是告誡，互聯網的真正可怕之處，並非將觀看者變成只會盯著屏幕的被動的盲從者，而在於「剝奪了我們的被動性和我們真正的被動經驗，並因此使我們有可能展開盲目的瘋狂行動」〔註 16〕。

〔註 13〕笑蜀：《關注就是力量　圍觀改變中國》，《南方周末》2010 年 1 月 14 日，第 F29 版。

〔註 14〕Stephen Coleman and Karen Ross, *The Media and the Public: "Them" and "Us" in Media Discourse*, Blackwell, 2010, p. 8.

〔註 15〕約翰·R·蘇勒爾：《賽博人：數字時代我們如何思考、行動和社交》，劉淑華等譯，中信出版社 2018 年版，第 123 頁。

〔註 16〕斯拉沃熱·齊澤克：《幻想的瘟疫》，胡雨譚等譯，江蘇人民出版社 2006 年版，第 153 頁。

的確，網絡雖然為主體提供了盡情參與的自由，但又常常會刺激人們過剩的「力比多」在虛擬的空間中無節制地奔湧和釋放，從而使主體的自由被過度誇大以至於無所約束。故而，在某些極端狀況下，視覺主體將變得同「白熊公園」裏那些殘忍、麻木、幸災樂禍的「觀光客」相差無幾〔註17〕，而主體的解放也將隨之而演變為話語的暴力和歇斯底里式的發洩，演變為無所顧忌的破壞、詆毀與中傷。正因為如此，有學者才會指出，在今天的移動社交平臺上，銷聲匿跡近兩百年的「公開羞辱」已經迎來了一次詭譎怪誕的重生：「推特用戶就像是應邀參演法庭劇，還能自由選擇角色一樣。所有的人都選擇扮演愛判絞刑的法官。或許情況還會更糟糕——所有的人都選擇扮演在鞭刑現場用污言穢語辱罵罪犯的人。」〔註18〕

　　在 2015 年發生於成都的「女司機被毆」事件中，視覺主體的這種攻擊性得到了令人印象深刻的表現。2015 年 5 月，一段拍攝於成都某立交橋的視頻吸引了眾多網民的目光，這一長度僅為 35 秒的視覺文本，記錄了某女司機被一名男駕駛員逼停後暴打的場景，該女司機的遭遇很快得到了人們的同情。然而，幾天以後，打人男司機的車載記錄儀視頻也開始在網絡流傳，該視頻顯示，女司機在事發前連續突然變道，給男司機及其家人帶來了極大的安全隱患。後又有網友爆料，該女司機在近幾年內，已有過多次蠻不講理的「路霸」行為。於是，該事件的「故事情節」也就隨之而急轉直下。網民們爭相打著高高在上的「道德捍衛者」的旗號，對女司機的不當舉止加以肆無忌憚的嘲諷、謾罵與挖苦，甚至不惜採用「人肉搜索」等挑戰倫理底線的方式，將一些涉及個人隱私的圖像或信息暴露於光天化日之下，其中包括該女司機的身份證號、生活照、家庭住址、家庭成員信息，甚至還包括她的開房記錄和在某醫院流產後的醫療清單。在這裡，網友的言行已完全超出對事件本身的討

〔註17〕「白熊公園」是英國反烏托邦電視劇《黑鏡》（*Black Mirror*）所虛構的未來世界的司法機構，人們將消除記憶的犯罪分子投放在這個所謂的「正義公園」中，驅使其日復一日地參加猶如「生存遊戲」一般的公開演出，而遊客們則掏出隨身攜帶的智能手機，樂此不疲地追逐並拍攝著受刑者的一舉一動。於是，受到懲罰的個體將在周而復始的窺視與恐嚇中惶惶不可終日，而古往今來神聖不可侵犯的「正義」也將被置換為一場參雜著消費、欲望與變態快感的狂歡化的遊戲。可以說，上述「超現實」橋段恰恰影射了主體在技術時代所可能表現出的某些聳人聽聞的異化和瘋狂。

〔註18〕喬恩·羅森：《千夫所指：社交網絡時代的道德制裁》，王岑卉譯，九州出版社 2016 年版，第 40 頁。

論與評判，而演化為極端化的、不留餘地的人身攻擊，使當事人遭受了巨大的精神折磨和人格侮辱。透過這一網絡暴力事件，我們不難窺見潛藏在「主體解放」背後的陰暗、鄙俗，乃至血跡斑斑的一面。

除此之外，還需強調的是，草根傳媒文化畢竟是一種建基於電子符碼之上的，瑣碎、分裂、稍縱即逝的文化，這種高度的不確定性往往使主體表現出鮮明的「人格分裂」特質：在自由、開放、匿名的網絡空間中，不少人競相化身為「鍵盤俠」，針對各種現實問題仗義執言，大發議論；然而，一旦接觸到堅硬、沉重的現實生活，他們的豪言壯語則多半無法付諸實踐，而只能淪落為某種空泛的、自說自話的文字遊戲。如在《人民日報》發表於 2014 年的一篇時評中，作者指出，在當今網絡「鍵盤俠」的人格結構中，隱含著「對己」和「對他」的兩套截然相反的要求和標準。這樣的狀況很容易形成一種「遇事置身事外，網上義憤填膺」的病態社會氛圍，從而無益於人們擺脫「見義不為」的道德困境，無益於社會主義精神文明的建構和完善。〔註 19〕

由是觀之，在草根傳媒對主體的有限度的捍衛中，同樣也裹挾著主體性的扭曲，裹挾著對既有規範的更加隱晦的偏離或背棄。因此，在草根傳媒文化中，如何對主體的所作所為加以有效的調節與引導，以防止其畸變為「多數人的暴政」或是漫無邊際的話語狂歡，便成為了一個需要嚴肅對待的問題。

第二節　視覺文本的「越軌」與「自戕」

毋庸置疑，倫理學始終將「符合憐憫、自由、善、正義、合理性、責任、美德等道德標準的正確行為」〔註 20〕作為關注對象，從而與那些不具備合法性的思考和行動方式劃清了界限。落實到視覺文化領域，倫理學所裹挾的法則、規約和戒律得到了尤為清晰、集中的體現。在古希臘神話中，無論是俄爾甫斯（Orpheus）那致命的目光〔註 21〕，還是將觀看者變作石像的蛇髮女妖

〔註 19〕參見畢詩成：《激勵見義勇為不能靠「鍵盤俠」》，《人民日報》2014 年 6 月 4 日，第 5 版。

〔註 20〕*Encyclopedia of Ethics*, edited by Susan N. Terkel and R. Shannon Duval, Continuum, 1999, p. 80.

〔註 21〕俄爾甫斯為古希臘神話中的天才音樂家。他曾孤身闖入冥府，向冥王索要死去的妻子歐律狄刻（Euridice）。冥王被俄爾甫斯的琴聲打動，便答應了他的請求，但警告他在帶走妻子時切不可回頭看她。然而，在重返人間前的一剎那，俄爾甫斯忍不住看了妻子一眼，歐律狄刻便永久地留在了冥府之中。俄

美杜莎，都暗示存在著一些不宜觀看、不應觀看、不可觀看的內容。類似的視覺禁忌在中國文化中同樣屢見不鮮。早在春秋戰國時代，孔子便將「非禮勿視」指認為德才兼備者所必須遵從的至高的道德律令，而在作為中華文化元典的《禮記》中，更是包含著一整套有關觀看的最基本的禮數和規範，如「毋淫視」「不窺密」「從長者上丘陵，必鄉長者所視」，等等。〔註 22〕由此看來，視覺並不是一種隨心所欲、無所顧忌的活動，相反，它總是伴隨著主體對客觀事物的意味深長的辨析、選擇和評判，總是與特定的社會背景、文化心態，乃至權力結構保持著不可分離的內在關聯。

　　然而，在草根傳媒文化中，傳統意義上的視覺禁忌卻遭到了很大程度上的遮蔽與消解。眾所周知，在大眾傳播的普遍過程中，往往隱含著一個「把關人」（gatekeeper）的角色。所謂把關人，既可以指狹義的、個體性的編輯或記者，也可以指廣義的、集體性的傳播機構或媒介組織，其主要職能，在於根據特定的、通常是在當時占主導地位的價值取向，對豐富多樣的視聽訊息加以篩選、辨析和過濾，並最終「就信息或商品是否可被允許進入渠道或繼續在渠道裏流動作出決定」〔註 23〕。在草根傳媒所主導的視覺表現中，情況則變得有所不同。必須看到，草根傳媒文化以互聯網為依託，在網絡空間中，「每一個人都可以是一個沒有執照的電視臺」〔註 24〕，都可以依照自己的喜好和情趣，無所顧忌地創制、分享並發布各式各樣的影像或文字資源。同時，網絡文化又是一種高度自由、開放、包容的文化形態，在其中，既不存在繁瑣的檢查與審核程序，也不存在種種章程或條款的牽制與羈絆。正是基於上述理由，在大多數情況下，草根視覺文本將極大地偏離主流傳媒文化的既定軌道，轉而呈現出對種種視覺規範與秩序的激烈的、無所顧忌的挑戰、逆反乃至背棄。具體說來，這種視覺層面的越軌在如下兩個領域得到了尤為集中、突出的演繹：

　　首先，是視覺文本的「色情化」。如果說，中國古典藝術在性愛題材的處

　　　　爾甫斯的目光故此也成為了關於視覺禁忌的一個經典隱喻。

〔註 22〕關於禮教對視覺的約束作用的更詳細討論，可參見童強：《視覺思想史：從屏面到屏幕》，見周憲、陶東風主編：《文化研究》（第 13 輯），社會科學文獻出版社 2013 年版，第 126～137 頁。

〔註 23〕丹尼斯・麥奎爾、斯文・溫德爾：《大眾傳播模式論》，祝建華等譯，上海譯文出版社 1987 年版，第 134 頁。

〔註 24〕尼古拉・尼葛洛龐帝：《數字化生存》，胡泳等譯，海南出版社 1997 年版，第 205 頁。

理上，更擅長以朦朧、含蓄、柔婉的表現方式，營造一種似有還無、欲說還羞的曖昧感受，進而傳達出「不著一字，盡得風流」的象徵意蘊。那麼，在草根傳媒文化這一相對「無拘無束」的場域，大量赤裸裸的、不加掩飾的色情文本則紛紛乘虛而入，不僅強烈地衝擊、撼動了中國文化傳統中溫文爾雅、含而不露的審美觀念和倫理訴求，同時，也極大地迎合了人們的本能欲望和潛意識衝動。這樣的情形在當前鋪天蓋地的各類「門事件」中得到了頗為明顯的表現。其中最著名的，是一度引起軒然大波的香港「豔照門」事件。2008年1月，某網友在天涯論壇發布了數百張男星陳冠希與多名女藝人的自拍私房豔照，照片中極端露骨、不堪入目的性愛行為，不僅在當時產生了爆炸式的轟動效應，其影響甚至直到今天仍餘波未平。時隔兩年之後，知名模特「獸獸」翟凌的前男友出於報復目的，將兩人的4段性愛視頻通過互聯網大肆傳播，該事件在相當長的時間內成為了輿論關注和熱議的焦點。而在2015年7月，一段長度約1分鐘的秒拍視頻開始在微博流傳，該視頻記錄了一對男女在北京某優衣庫試衣間內發生性行為的不雅場景，並很快招來了網民們的瘋狂點擊和大規模轉發，以及針對兩名當事人的幸災樂禍式的奚落、調侃與惡搞。此外，在草根傳媒所編織的形象譜系中，一系列充滿暗示性的「軟色情」橋段同樣受到了不少人的追捧。例如，在近年來大量關於「原配暴打小三」的網絡視頻或圖片中，拍攝者通常聚焦於被打「小三」的撕裂的衣服，赤裸的肉體，以及聲嘶力竭的慘叫，在引發「女人何苦為難女人」的感慨的同時，也不斷撩撥、挑逗著觀看者的目光，並由此而滿足了人們「窺私」與「獵奇」的隱秘欲望。

其次，是視覺文本的「暴力化」。在自己的晚期研究中，弗洛伊德（Sigmund Freud）曾提到，在人類的精神結構中，除去與生俱來的、關乎性愛的本源欲望外，還隱含著某種關涉到破壞、毀滅和死亡的強烈渴望：「顯而易見，人類很難放棄這種對進攻性傾向的滿足。如果沒有這種滿足，人們就會覺得不舒服。」〔註25〕很顯然，在不存在明確「界限」與「禁區」的草根傳媒文化中，這種有關攻擊和侵犯的本能衝動將得到淋漓盡致的宣洩與釋放。具體說來，草根傳媒常常以直觀、坦率、不加修飾的敘述姿態，呈現出一系列被殘酷暴力所撕裂、損毀、蹂躪的鮮血淋漓的身體圖景，從而給人以猛烈的、如同被

〔註25〕弗洛伊德：《一種幻想的未來　文明及其不滿》，嚴志軍等譯，河北教育出版社2003年版，第100頁。

子彈擊中一般的感官刺激和心理震撼。由於這樣的暴力橋段大多直接截取自現實生活，與每一個普通人的關係頗為密切，因而，包含在其中的視覺衝擊力往往也更為強大。在當前駁雜多樣的草根視覺文本中，暴力化的視覺題材主要表現在如下兩個方面：其一，是虐殺動物的血腥畫面。2006 年，一段來自黑龍江的視頻通過貓撲網傳遍了全國各地，在這段視頻中，一名打扮時髦的中年女子，用高跟鞋將一隻小貓的頭顱踩得粉碎，其手段之殘忍，令人不寒而慄。而在兩年之後，成都某女子在上傳的虐貓照片中，更是用特寫鏡頭記錄了小貓被開膛破肚的整個過程。上述扭曲、變態、極度漠視生命的行為，勢必使每一個正常人產生強烈的身心不適。其二，是校園暴力的瘋狂場景。2008 年 7 月，一段名為「廣東開平市中學生當眾凌辱一女生」的惡性虐待視頻被各大論壇競相轉載，在這段長度約 7 分鐘的視頻中，多名少男少女對一位赤身裸體的女孩施以毆打和輪姦，並強令其做出走正步、自扇耳光等極具侮辱性的動作。花季少年竟然對同齡人下此毒手，不禁令無數網友倍感憂慮和憤慨。而在 2009 年 10 月流傳於上海知名論壇「寬帶山」的一段視頻中，上海某職高女生「熊姐」因感情糾紛，對另一名女孩大打出手，不僅掌摑其面部，拳擊其腹部，腳踢其頭部，甚至還凌空飛踹其後背。該視頻一經公布，同樣引發了強烈的社會反響，以及公眾對未成年人濫用暴力現象的深切反思。可以說，上述暴力化的視覺文本，僭越了和諧、寬容、克制、友善等傳統的文化倫理規範，在帶給人憤怒、哀憐、惶恐、震驚等複雜體驗的同時，也很可能使人性中「非理性」的因素得到持續不斷的發酵和膨脹。

　　值得一提的是，在視覺越軌問題上，草根傳媒文化與先鋒藝術還產生了某些交集。對於先鋒藝術家而言，「標新立異」和「離經叛道」無疑是最具標誌性的創作理念。因此，在層出不窮的先鋒藝術文本中，色情與暴力同樣是屢見不鮮的題材和表現對象。不過，在先鋒藝術驚世駭俗的越軌行為中，往往潛藏著強大的情感張力和深刻的文化—政治訴求，其宗旨在於通過誇大、扭曲、極端、怪誕的身體表現，來挑戰、觸犯既有的藝術法則和審美範式，並由此而「顛覆並抵制了那些趨於壓抑個體差異或限制言論自由的社會實踐」〔註26〕。於是，在視覺越軌的具體實踐中，先鋒藝術往往又流露出了「孤芳自賞」的小眾氣息和濃鬱的精英主義色彩。在草根傳媒文化中，情況則大不相同。

〔註26〕簡‧羅伯森、克雷格‧邁克丹尼爾：《當代藝術的主題：1980 年以後的視覺藝術》，匡驍譯，江蘇美術出版社 2011 年版，第 116 頁。

雖然草根媒體時常將焦點集中於種種色情和暴力的視覺形象，從而也體現出了類似於先鋒藝術的「挑釁」與「叛逆」的精神氣質。但究其實質，草根視覺文本又始終是一片開放的、「不設防」的場域，它所具備的高度的包容性和互動性，使廣大網民不僅能隨心所欲地接近並利用相關影像資源，更有機會直接參與到特定形象生成、演繹與流變的整個過程中。如此一來，在草根傳媒文化中，視覺越軌自然也遠離了先鋒藝術「小圈子」的狹隘領域，轉而成為了可以被每一個普通人接受與分享的普遍的文化事實。

在草根傳媒文化中，視覺越軌體現出了一定的積極意義。蘇珊·桑塔格曾這樣說道：「攝影的任務之一是揭示、讓我們感到世界的多樣性，而不是展示理想。」〔註27〕誠如此言，正是通過激進的、大膽恣肆的倫理越軌，草根傳媒才真正揭開了日常生活風平浪靜的表象，使那些常常不為人所知的社會陰暗面得以彰明較著。如此一來，草根傳媒在不斷製造強烈感官刺激的同時，也反過來增強了視覺主體對外部世界的包容度和承受力，使他們能夠以更加平和、穩定、坦然的心態，來面對紛紜多樣的社會現實。同時，在草根傳媒大膽、張揚的視覺越軌中，往往還隱含著某種審視、監督與批判的強大潛能，從而能「無心插柳柳成蔭」地暴露出當前社會生活中一些值得警醒的症候。如前文所提到的關於虐待動物或校園暴力的草根視覺文本，一旦浮現於公眾的視野之中，大多激起了強烈的社會反響，並有效推動了地方政府對施暴者的懲戒和教育，以及對相關制度、法規的有針對性的調整和完善。一個更值得玩味的案例，是2015年發生於江蘇如皋的「飯局也瘋狂」的鬧劇。2015年9月，3段用手機拍攝的視頻在各大社交網站廣為傳播。在視頻中，如皋某村幹部陳某在酒桌上將一名疑似三陪小姐的長髮女子緊緊摟在懷裏，並不斷伸出「鹹豬手」撫摸其胸部、腹部、臀部等敏感部位。其間，該女子並未有任何反抗行為，而陳某的滿臉淫笑，以及手腕上閃閃發光的金表則令人過目難忘。上述不雅視頻一經公布，很快便成為了人們競相討論的焦點。當事人驕奢淫逸、色膽包天的猥瑣舉止，使他迅速成為了無數網友口誅筆伐的對象。而如皋市政府也迅速做出回應，宣布開除陳某黨籍，並撤銷其村委副書記等相關職務。不難見出，在該事件醞釀與發展的全過程中，3段越軌的視覺文本一方面成為了聲討、打擊少數腐化墮落者的有力證據；另一方面，也無疑有助於

〔註27〕蘇珊·桑塔格：《重點所在》，陶潔等譯，上海譯文出版社2004年版，第299頁。

人們由點及面，對地方幹部的作風問題加以深切而嚴肅的反思。

　　然而，在草根傳媒場域，視覺越軌亦時常帶來令人唏噓不已的負面效應。必須承認，在這個技術向資本「暗送秋波」的當代社會，在所謂「注意力經濟」的牽引和驅動下，草根媒體往往以吸引眼球和引爆點擊率為至高宗旨，樂此不疲地賣弄淫穢、施虐、受虐、醜怪、病態等越軌的視覺資源。這些負面因素的堆砌在製造輿論噱頭的同時，也極有可能使公眾對種種違背倫常、踐踏「底線」的社會現象習以為常、見慣不驚，並逐漸導致人文精神的畸變與異化。〔註28〕同時，必須注意到，在草根傳媒的視覺越軌中，往往還伴隨著對於公私界限的破壞與顛覆。早在20世紀80年代，美國傳播學家梅羅維茨（Joshua Meyrowitz）便觀察到，以電視為代表的電子媒介觸發了「公共情境」同「私人生活」的置換與重組，並促使「睡覺、吃飯、排泄、性生活、抑鬱、焦急和疑慮」等傳統意義上處於「幕後」的因素紛紛暴露於眾目睽睽之下。〔註29〕同樣，在草根傳媒文化中，一些傳播者為激起更多人的興趣，往往熱衷於搜尋並呈現那些不宜公開的、充滿挑逗性與色情意味的形象片段，從而引發了對於個體隱私的威脅和侵犯。如在前文提及的「豔照門」事件中，某些不法之徒便出於不可告人的目的，在未經他人允許的情況下，將一些極度私密的圖像置於互聯網這一公共空間，而網民們狂歡化、起哄式的分享與傳播，又導致上述視覺文本得到了大範圍的擴散。這樣的行為在帶來惡劣社會影響的同時，也為涉事女星的生活蒙上了一層濃重陰霾。上述狀況的出現，顯然無助於個體人格的發展與完善，無助於建構開放、包容、健康的社會心態。

　　論及網絡空間對現實所構成的潛在威脅，馬克・斯勞卡（Mark Slouka）曾憂心忡忡地指出：

　　　　在這個雜糅的世界，每一種潛在的價值都變成了它自己的陰暗
　　面；自由，成了種種惡習和折磨他人的自由；匿名，成了肆無忌憚

〔註28〕如哲學家劉東便談到，在這個被大眾媒介所宰制的時代背景下，各種恐怖因素的無限度的積聚和膨脹，不僅使公眾對死亡、傷害與犯罪不再心懷畏懼，更有可能在接受者中培養一種扭曲、病態的審美趣味，使他們甘之如飴地追逐並享受暴力所帶來的歇斯底里式的快感：「人們變得對於恐怖居然有如此旺盛的需求，甚至每天每夜要大量地消費這種恐怖。」或許，上述論述從一個側面揭示了草根傳媒的視覺越軌所難以擺脫的某些症候。參見劉東：《西方的醜學——感性的多元取向》，北京大學出版社2007年版，第242頁。

〔註29〕梅羅維茨：《空間感的失落》，袁楊楊譯，見張國良主編：《20世紀傳播學經典文本》，復旦大學出版社2003年版，第529頁。

的色情電話的匿名；而脫離物質軀體的解放，成了折磨他人虛擬軀體的邀請函。當真實世界用各種檢查制度和權衡措施把住邪惡之門時，人性中的所有惡魔，卻在極短時間內跳到賽博空間裏重新開張營業。〔註30〕

美國學者安德魯・基恩（Andrew Keen）更是強調，網絡空間的興起，就彷彿打開了一個「潘多拉的盒子」，激活並釋放了無數令人倍感焦慮的陰險、詭詐的精靈：

> 它讓我們的社會產生了頻繁接觸色情文化的年輕人、從事網絡剽竊的盜賊、患有強迫症的網絡賭博者以及各種各樣的癡迷者，它誘使我們將人類本性中最邪惡、最不正常的一面暴露出來，讓我們屈服於社會中最具毀滅性的惡習，它腐蝕和破壞整個民族賴以生存的文化和價值觀。〔註31〕

雖然斯勞卡等人的論述似有過分悲觀之嫌，但無疑也道出了潛藏在草根傳媒文化之中的某些值得警醒的誤區。誠然，通過恣肆、張揚、激進的視覺越軌，草根傳媒文化展現出了非同尋常的震撼性和衝擊力，從而極大地更新了觀看者所固有的認知方式與思維習慣。但同時，也必須認識到，當這種越軌被過度演繹以至於無所約束時，接踵而至的，勢必是一連串令人措手不及的危機與困厄。與之相應，草根視覺文本也極有可能陷入自我貶斥、自我損毀，甚至是自我否定的尷尬境地。從根本上看，草根傳媒文化的視覺越軌，其實應歸結為視覺主體在傳播理念和傳播行為方面的錯位與偏差。因此，如何對作為個體的傳播者加以行之有效的監管、引導和約束，以確保其形成對原則、規範和秩序的最起碼的敬畏，仍亟需研究者做出更進一步的分析、論證和探討。〔註32〕

〔註30〕馬克・斯勞卡：《大衝突：賽博空間和高科技對現實的威脅》，黃鍇堅譯，江西教育出版社 1999 年版，第 70～71 頁。「賽博空間」（Cyberspace）在此為網絡空間的同義語，亦即基於電子符號交換所形成的虛擬的空間形態。

〔註31〕安德魯・基恩：《網民的狂歡：關於互聯網弊端的反思》，丁德良譯，南海出版公司 2010 年版，第 159 頁。

〔註32〕美國學者比爾・科瓦奇（Bill Kovach）和湯姆・羅森斯蒂爾（Tom Rosenstiel）曾指出，在信息愈發碎微化、愈發唾手可得的網絡空間，傳統意義上的把關人遭到了史無前例的遮蔽和淡化，而真相則往往表現出撲朔迷離、雲遮霧繞的「不確定」狀態。正因為如此，主體的自我控制、自我把關、自我審查便顯示出了非同尋常的意義：「辨別真假的責任更多地落到了我們每個人的肩

第三節 「刻板印象」與被扭曲的「他者」

在自古以來的倫理學研究中，「他者」（the other）同樣是一個不可遺漏的關鍵概念。作為與「自我」（self）相輔相成的獨特範疇，他者命運的跌宕起伏始終與人類文明的發展、承續保持著難以分割的關聯。在這個由所謂「工具理性」（instrumental reason）主宰的當代社會，在效益最大化原則的驅使下，人們往往將他者貶斥為純粹為自我服務的卑微工具，從而在機心算計中喪失了正常的人際關係與本然的道德歸依。針對這樣的弊病，不少研究者已經愈發明確地指出，他者絕不意味著「對象化」的消極客體，絕不意味著可以被捏在手心肆意擺弄的「佔有物」，相反，自我應當向他者致以虔誠而崇高的敬意，應當通過對他者的真切體認和全面把握而謀求真正能夠棲居的精神家園。正因為如此，存在主義者列維納斯（Emmanuel Levinas）才會將一種「為他者」的主體性作為其整個思想體系的立足根基；而宗教哲學家馬丁・布伯（Martin Buber）也才會創造性地提出，現代人應當拋棄那種完全將他者視為利用對象的「我—它」（I-It）的生命模式，轉而主動尋求一種與他者平等對話、互為依託的「我—你」（I-Thou）的更合理的交往狀態：「如果我作為我的『你』而面對人，並向他吐訴原初詞『我—你』，此時他不再是物中之一物，不再是由物構成的物。」〔註33〕在這樣的背景下，如何在自我與他者之間建構良性的互動關係，自然成為了傳媒研究的焦點議題。對此，傳播學家彼得斯（John Durham Peters）深有體會。他便提出，一切恰切、有效的交流都應當以對方、而非以自我為中心：「交流的問題不是語言的捉摸不定，而是自我和對方之間無法修補的分歧。交流的挑戰不是忠實於我們的地盤，而是對別人抱原諒的態度：他們不可能像我們看自己那樣來看我們。」〔註34〕

上。我們正成為自己的編輯、自己的把關人和自己的新聞聚合器。」很明顯，這種分散、自由、靈活、能動的全新的把關人形態，應當成為每一位草根視覺文本的傳播者所主動追求的目標。參見比爾・科瓦奇、湯姆・羅森斯蒂爾：《真相：信息超載時代如何知道該相信什麼》，陸佳怡等譯，中國人民大學出版社 2014 年版，第 9 頁。

〔註33〕馬丁・布伯：《我與你》，陳維綱譯，生活・讀書・新知三聯書店 1986 年版，第 23 頁。

〔註34〕彼得斯：《交流的無奈：傳播思想史》，何道寬譯，華夏出版社 2003 年版，第 251 頁。

相較於當代倫理學對他者的由衷關切和敬畏，在草根傳媒文化錯綜複雜的視覺演繹中，他者卻時常呈現出令人驚異的「單一化」和「同質化」面貌。具體說來，眾多鮮明、尖銳而又難以祛除的「刻板印象」（stereotypes）已經全方位地統攝了視覺主體對他者的理解與認知。

所謂刻板印象，是傳播學、社會學和心理學研究中的一個常見概念，即公眾依據他人意見與自我想像，利用「高度簡單化和概括化的符號」〔註35〕，對特定性別、種族、職業、年齡群體所做出的臉譜化、定型化，且多半帶有歧視色彩的解讀和刻畫。如猶太人必然精於算計，女人一定軟弱而敏感，等等。在針對草根視覺文本的接受中，刻板印象同樣是一種無所不在、難以規避的存在。當然，不同於電視、電影、報刊等主流媒介對刻板印象的塑造，在草根傳媒文化這一獨特的場域，刻板印象還體現出了某些獨特之處：

首先，在主流傳媒文化中，刻板印象所涵蓋的多半是那些被社會主流拒之門外的邊緣或弱勢群體，如黑人、婦女、同性戀、肥胖者、殘障人士，等等。在草根傳媒文化中，刻板印象除去其原有的指涉範圍外，往往還包括在當前資本和權利格局中享有特權的一小部分人，如官員、明星、商人、富二代、公務員，等等。在 2013 年「李雙江之子涉嫌輪姦案」的審理過程中，諸如「冒名頂替」「官官相護」「暗箱操作」等傳言一直都不絕於耳；而近年來，在大量有關「最年輕女官員」的草根報導中，則時常伴隨著「乾爹」「性賄賂」「出賣肉體」一類的流言蜚語。

其次，更重要的是，在主流傳媒文化中，刻板印象通常起到了梳理、辨析和歸納的作用，其宗旨在於將繁複駁雜的人群劃分為若干帶有標誌性特徵的、明晰可見的類型，繼而「用井井有條的方式替代現實的龐雜喧囂的混亂狀態」〔註36〕，這更像是在做「減法」。而草根傳媒所帶來的刻板印象則時常攜帶著種種富於戲劇性的修飾、鋪陳和渲染，從而使形象獲得了令人驚歎的想像力和感染力，因此更像是在做「加法」。2007 年底，北京某小學女生張殊凡在一次關於淨網行動的採訪中，對當時的網絡環境做出了「很黃很暴力」這句不免有些官方的評價。此言一出，很快便引發了無數網民的莫名亢奮，

〔註35〕約翰·費斯克等：《關鍵概念：傳播與文化研究辭典》，李彬譯，新華出版社 2004 年版，第 273 頁。

〔註36〕沃爾特·李普曼：《公眾輿論》，閻克文等譯，上海人民出版社 2006 年版，第 73 頁。

而張殊凡也迅速成為了各大網絡論壇中紅極一時的惡搞對象。時隔多年之後，另一位被任命為武漢少先隊總隊長的「五道槓少年」黃藝博，由於少年老成、「官味十足」的作風，以及「兩歲看新聞聯播」「七歲讀《人民日報》」等過於早熟的舉止，同樣在一夜之間成為了公眾的關注焦點，並遭到了網友們一浪高過一浪的嘲諷、挖苦，甚至是羞辱。可以說，在上述兩起網絡熱點事件的傳播與演繹中，正是大批網民的添枝加葉和過度闡釋，使兩位原本不那麼面目可憎的小學生成為了「假大空」的典範抑或極權主義官僚的化身，並承受了與其年齡和身份完全不相匹配的道德審判。以上情形充分展現了草根視覺主體虛構「故事情節」的異乎尋常的能力。由此看來，在刻板印象的無休止的堆積、疊加與蔓延中，他者形象也將愈發脫離其既定的軌道，愈發失去其本真的面貌和精神內涵。

藝術史家貢布里希（E. H. Gombrich）曾談到，藝術家總是習慣於「看到他要畫的東西，而不是畫他所看到的東西」〔註37〕。阿瑟·伯傑則更直白地指出：「『看見』可能只提供了部分事實，而非提供了全部真相，這是因為『看』是受外界其他因素干擾——決定的。」〔註38〕誠然，人類的視覺行為並非單純的自然活動或生理反應，它更多關涉到主體對客觀事物的有意為之的權衡、取捨與評判，並由此而體現出了明確的傾向性和高度的選擇性，而從本質上決定這種傾向與選擇的，恰恰在於觀看者置身其間的複雜而微妙的具體情境。落實到草根傳媒文化中，作為一種與眾不同的視覺方式、取向和路徑，刻板印象同樣可以被理解為一個複雜的、層層推進的社會建構過程的產物，它的不斷湧現與擴散，同樣可以歸因於形形色色的外在因素的影響、牽制和左右。從總體上看，促使刻板印象逐步形成的因素主要涉及如下兩個層面：

首先，互聯網所獨有的技術性特質限定了主體視覺行為的可能性，使刻板印象對他者的遮蔽成為了一種符合邏輯的、本體論意義上的必然。眾所周知，在網絡空間中，總是彌漫著鋪天蓋地、無以計數的虛擬符碼，因此，人們在借助網絡來瞭解相關事件時，便往往會陷入遭受技術「座架」的困境，往往會不由自主地將某些缺乏事實支撐的觀念誤認為自己原初、本真的訴求，

〔註37〕E. H. 貢布里希：《藝術與錯覺：圖畫再現的心理學研究》，范景中等譯，浙江攝影出版社1987年版，第101頁。

〔註38〕阿瑟·阿薩·伯傑：《眼見為實——視覺傳播導論》，張蕊等譯，江蘇美術出版社2008年版，第25頁。

不僅在相當程度上喪失了同現實接軌的能力，也逐漸形成了一種簡單化、片面化的感受與認知方式。此外，值得關注的是，網絡空間的最顯著標誌之一，在於訊息的爆炸式增長，以及各類影像或文字的漫無邊際的膨脹、堆積與疊加。這種信息的泛濫儘管為人們帶來了空前的選擇餘地，但同時，也遠遠超出了觀看者辨析和篩選的能力，並無可避免地造成了某種冗餘、紊亂乃至無效。美國學者德雷福斯（Hubert. L. Dreyfus）談到，自亞里士多德以來，人們便習慣於通過「歸納」與「分類」來安置紛紜駁雜的信息，但這種系統化、層級化的信息組織方式在網絡時代卻遭受了前所未有的挫敗。互聯網所構築的，是一座複雜難解的「交叉小徑的花園」，在這個千頭萬緒、撲朔迷離的空間中，人們常常陷入不知所措的迷茫狀態，而失去了必要的引導和明確的座標：「當一切事物都可以隨意地被與其他事物無目的或無意義地鏈接起來時，網絡巨大的容量以及鏈接的模糊性使得人們很難去搜尋他們所期望的特定信息。」〔註39〕正因為如此，在很多時候，「信息已經成為一種垃圾，它不能回答人類面對的大多數根本問題」〔註40〕，相應地，視覺主體也就無法建立起選擇與評判的穩固標準，從而很容易被一種隨波逐流、人云亦云的思維模式所支配。

其次，促使刻板印象不斷生成的更關鍵因素，還在於無數普通人切身經歷的社會─文化情境。近幾十年來，中國取得了令世界矚目的成就。全國人民攜手並肩，為建設社會主義現代化強國，實現中華民族偉大復興而共同奮鬥。然而，必須承認，在經濟與科技高速發展的過程中，諸如功利主義、拜金主義、個人主義、享樂主義一類的精神症候也不時出現，它們在民眾中引發了一些消極、負面的情緒。在缺乏適當疏導渠道的前提下，人們習慣於以主觀臆測和猜想為依託，將現實生活中的挫敗感和不信任感投射於觀看對象，進而用目光繪製出若干扭曲、變形的他者圖景。〔註41〕更進一步，當前傳媒文化中根深蒂固

<hr>

〔註39〕休伯特・L・德雷福斯：《論英特網》，喻向午等譯，河南大學出版社 2016 年版，第 14 頁。德雷福斯用以說明此種混亂狀況的案例是：當他在網上搜尋關於「烏龜」的信息時，或許會無意中點擊一個關於「龜兔賽跑」的鏈接，但瞬間又被傳送到一個闡述「芝諾悖論」的頁面。

〔註40〕尼爾・波斯曼：《技術壟斷：文化向技術投降》，何道寬譯，北京大學出版社 2007 年版，第 41 頁。

〔註41〕美國法學家、政治學家桑斯坦（Cass R. Sunstein）曾指出，在公眾對信息的接受與使用中，存在著一種名為「偏頗吸收」（biased assimilation）的趨向。具體說來，縱使在一個開放、均衡的輿論場中，人們還是會結合其實際處境，依照自己的需要和要求來處理各類信息。在充滿變數的轉型期社會，公民所

的病態取向也起到了「煽風點火」的作用。傳播學家拉里・格羅斯（Larry Gross）認為，在一個日益擁擠的傳媒市場中，為爭奪收視率而進行的愈演愈烈的競爭醞釀並加劇了「媒介對於聳人聽聞的故事的欲望」〔註42〕。誠如此言，商業利潤的巨大誘惑力，使少數傳媒從業者為吸引消費者的眼球而樂此不疲地暴露醜聞和陰暗面，從而很可能在觀看者中培養一種不太正常的思維習慣。這樣的狀況在近年來有關「是否應扶起跌倒老人」的論爭中得到了分外生動的演繹。

尊老愛幼，本是中華民族的傳統美德。不過，在近些年，一股「懼老」「厭老」的風氣卻依託草根傳媒文化而在民間蔓延。具體說來，對於那些跌倒在地、等待援助的老人，公眾往往表現出冷漠態度，即使有個別「勇敢者」試圖施以援手，也必定是慎之又慎，甚至還會預先錄像以「保存證據」。之所以會出現上述令人揪心的局面，其「導火線」可以追溯至 2006 年引起軒然大波的南京「彭宇案」。2006 年 11 月，在南京某公交車站候車的徐姓老太，在上下車擁擠的人流中摔倒，全身多處骨折，一青年男子彭宇將其扶起並送往醫院。事後，徐老太指認彭宇為肇事者，並將其告上法庭。鼓樓區法院基於「事發時彭宇第一個走下公交車，且主動將老人送往醫院」等事實，判定彭宇賠償老人醫藥費 4 萬餘元。6 年以後，彭宇在接受採訪時承認，自己在事發時的確同老人發生過碰撞，並表示接受法院的相關判決。然而，令人遺憾的是，在事實真相尚未浮出水面的情況下，部分媒體便急不可耐地抓住少數細節不放，將討論的焦點集中於世風日下、人心不古、道德淪喪等負面內容〔註43〕；同時，又不約而同地採取「以偏概全」的做法，把救助老人者塑造為頭腦不太正常的自找麻煩者，把需要幫助的老人等同於陰險、貪婪、以怨報德的詐騙者，把攙扶老人的舉動加工為一個「農夫與蛇」式的、恩將仇報的故事，對援助行為所體現的正面價值和積極意義卻視而不見。可想而知，這種

親身經歷的挫折和困境，從根本上加劇了偏頗吸收的激進性，並最終為刻板印象的滋生埋下伏筆。參見卡斯・R・桑斯坦：《謠言》，張楠迪揚譯，中信出版社 2010 年版，第 72 頁。

〔註42〕Larry Gross, "Privacy and Spectacle: The Reversible Panopticon and Media-Saturated Society", in *Image Ethics in the Digital Age*, edited by Larry Gross, John Stuart Katz and Jay Ruby, University of Minnesota Press, 2003, p. 106.

〔註43〕縱觀當時各大媒體對該事件的報導，諸如《扶人卻被判撞人賠錢　南京小夥好心沒好報》（《成都日報》）、《法律不能逼人當「小人」》（《齊魯晚報》）、《男子稱扶摔倒老太反成被告　被判賠 4 萬》（南方網）一類的標題可謂屢見不鮮，而隱含於其中的傾向性也得到了頗為明顯的表現。

蓄意為之的歪曲化和「污名化」，將誘導人們從個人利害得失出發，對原本駁雜、豐富、充滿變數的他者形象（在此為「跌倒老人」）做出草率而偏狹的解讀。這將在一定程度上降低整個社會對愛心、良知和誠信的期望值。

在刻板印象的形成中，傳媒文化的一些負面效應已經被統計數據所證明。在中國科學院心理研究所開展的一次問卷調查中，有接近 40%的受調查者認為，攙扶跌倒在地的老人，可能使自己陷入遭受訛詐的境地。〔註 44〕學者朱虹通過訪談發現，在讀過關於「彭宇案」的新聞報導的受訪者中，僅有 8%選擇「看見老人摔倒，毫不猶豫上前攙扶」；在未讀過相關新聞報導的受訪者中，選擇該選項的比例則高達 84%。〔註 45〕不難想見，造成這種尷尬狀況的，除去個別典型案例所帶來的惡劣示範外，恐怕在相當程度上還應歸因於一些失德媒體的誇大其詞和蓄意誤導。

一個無可辯駁的事實是，刻板印象絕不意味著洪水猛獸，相反，它始終都凝聚著主體對他者的某些情感、意願和期許，始終與人們質樸而本真的生命體驗保持著千絲萬縷的關聯。如此一來，刻板印象也就更類似於一個「真實的謊言」，它可以幫助人們更清晰地透視轉型期社會的某些深度真實。在近些年不時出現的「最牛釘子戶」事件中，抗拒拆遷者所得到的近乎一邊倒的輿論支持，實際上反映了民眾對私有財產權的高度敏感以及對弱勢群體的深切同情；而在現今城市管理者與個體商販之間「勢同水火」的博弈中，網民對前者疾風驟雨一般的非難與抨擊，則暴露出當前存在的一些暴力執法現象和「官本位」作風。然而，不得不承認，在刻板印象中，同樣潛藏著值得警醒的破壞性力量，它的存在將導致種種偏激心態的蔓延，不僅令個體的真情實感湮沒於集體性的鼓譟與喧囂之中，更有可能造成誤讀的滋生和謠言的肆虐，從而無益於社會矛盾的緩和，無益於不同社會群體的對話與溝通。也許，要想將刻板印象所產生的「副作用」降至最低，需要的不僅是傳媒生態的總體改善，不僅是公民視覺素養的普遍提升，更在於對社會公共問題的妥善解決，對焦慮的社會心態的舒緩與平復。

〔註 44〕參見任孝鵬等：《2013 年中國人的慈善狀況分析》，見王俊秀、楊宜音主編：《中國社會心態研究報告（2014）》，社會科學文獻出版社 2014 年版，第 209 頁。

〔註 45〕參見朱虹：《信任：從熟人社會到陌生人社會》，見周曉虹等：《中國體驗：全球化、社會轉型與中國人社會心態的嬗變》，社會科學文獻出版社 2017 年版，第 166 頁。

第四節　主體批判理性與草根傳媒文化的「倫理復興」

　　荷蘭學者哈姆林克（Cees J. Hamelink）曾談到，互聯網並未開闢一片自由、平和、充滿希望的新天地，相反，由於現實世界中的社會關係依然在虛擬的場域中存續，所以，縱然在網絡空間中，人們仍免不了遭遇種種倫理困境：「現實生活中的一切不道德現象在虛擬現實中都出現了，審查、追逐權力、背叛、跟蹤（stalking）、撒謊、傳播流言蜚語、偷窺（peeping）、偷盜、欺詐、引誘、違約、侮辱以及不實、不可靠、不文明或濫用，等等。」〔註46〕不難想見，在基於網絡空間而不斷成長、壯大的草根傳媒文化中，主體亦無法擺脫道德恐慌的包圍與糾纏，而在相關制度、規範尚未健全的前提下，上述狀況所帶來的破壞效應只會更加明顯。〔註47〕草根傳媒文化中的倫理困境，使主體批判理性的建構成為了當務之急。如何引導視覺主體形成一種自覺的批判理性精神，以防止草根傳媒文化滑入庸俗、膚淺、盲目、躁動的泥潭之中，在當前已成為了一個需要慎重思考的問題。

　　所謂「批判理性」（critical reason），可追溯至 17～18 世紀的歐洲社會，它的出現和上文討論過的公共領域密切相關。正是在公共領域這一相對自由、寬鬆的社交空間中，精英知識分子就當時所存在的一些重要社會議題暢所欲言，而一種理性思考和論辯的傳統也在此過程中逐漸形成。艾爾文·古德納（Alvin Gouldner）就批判理性的內涵做出了較為詳盡的詮釋：其一，「它所關心的是對其主張的評判」；其二，「它的評判方式並不是通過訴求權威來進行的」；其三，「它更傾向於論者的自願認可，這些論者只以所引證的論點為根據」。〔註48〕具體說來，批判理性關涉到主體在論辯中所應當遵循的話語規則：

〔註46〕西斯·J·哈姆林克：《賽博空間倫理學》，李世新譯，首都師範大學出版社 2010 年版，第 29 頁。

〔註47〕網絡研究專家簡·梵·迪克（Jan van Dijk）認為，互聯網作為媒介變革時代的新興產物，往往會衍生出一系列含混、曖昧、錯綜複雜的具體問題，這些問題多半是現行法律規範所未曾面對、未能解決的，如網絡犯罪活動的不透明、難以追蹤，犯罪痕跡的易於藏匿或可變更，投訴者與被投訴者所在地之間政策法規的差異，等等。因此，不難得出結論，在不斷更替、流變的網絡文化與相對靜止、凝固的法令章程之間，無疑還存在著較為明顯的缺口和裂隙。參見簡·梵·迪克：《網絡社會——新媒體的社會層面》，蔡靜譯，清華大學出版社 2014 年版，第 136～138 頁。

〔註48〕艾爾文·古德納：《知識分子的未來和新階級的興起》，顧曉輝等譯，江蘇人民出版社 2002 年版，第 34 頁。

首先，討論者的「出發點」和「落腳點」都必須集中於議題本身，不應溢出既定的邊界而彌散至無關的論題或領域；其次，在論辯的具體過程中，討論者依憑言說的有效性與說服力來達成特定的目標，而不會借助在經濟、文化、政治等方面的權威地位來強加自己的主張；再次，論辯的結果來自討論者心悅誠服的認可或贊同，是論證本身的合理性所自然衍生的產物。由此可見，批判理性絕非一味的指責或質疑，亦不能等同於不假思索的支持或應允，而是包含了主體的冷靜反思和有保留的介入，其最終目標，在於營造一種建基於理性思辨之上的，更加自由、和諧、更具包容性的現代文化氛圍。

早在上世紀 70 年代，社會學家英格爾斯（Alex Inkeles）便提出，現代化不僅涉及生產方式、政治組織、教育模式、經濟機制等方面的革新，同時還必須使普通人擺脫舊有的思維與認知模式，實現思想、態度、人格和價值觀的現代性轉變：「如果一個國家的公民缺乏一種能賦予這些制度以真實生命力的廣泛的現代心理基礎，如果執行和運用著這些現代制度的人，自身還沒有從心理、思想、態度和行為方式上都經歷一個向現代化的轉變，失敗和畸形發展的悲劇結局是不可避免的。」〔註 49〕可見，現代化的核心是人的現代化，而人的現代化首先又表現為現代批判理性的形成。草根媒體的使用者大多是中等及以上教育程度的年輕人，作為哲學家米歇爾·塞爾（Michel Serres）口中的「拇指一代」〔註 50〕，他們在使用電子設備的嫻熟程度上遠遠勝過其前輩，但在批判理性精神的涵養方面，則無疑存在著較多的短板和缺失。正因為如此，無論是對形象的生產、加工與傳播，還是對視覺文本的詮釋、介入和參與，他們往往都激情有餘，而罕有冷靜、理智、恰切的追問與反思，於是，一系列令人束手無策的倫理問題也逐漸浮出水面。這樣，在草根傳媒文化中，主體批判理性的培育便成為了一個頗為迫切的議題，它將有助於人們更客觀地看待草根傳媒所塑造的錯綜複雜的社會文化景觀，並做出更公允的權衡、選擇與決斷，從而為深陷倫理困境的視覺主體提供一條難能可貴的「救贖之道」。

〔註 49〕殷陸君編譯：《人的現代化——心理·思想·態度·行為》，四川人民出版社 1985 年版，第 4 頁。

〔註 50〕塞爾所說的「拇指一代」，指伴隨新興數字技術而成長起來的青年人群，他們僅僅依靠拇指觸碰鍵盤或屏幕，便可以擺脫「此時此地」的羈絆與桎梏，進入一個更加自由、更具活力和可能性的場域之中。參見米歇爾·塞爾：《拇指一代》，譚華譯，華東師範大學出版社 2015 年版。

　　從總體上看，對於草根傳媒文化的參與者而言，主體批判理性的建構應著眼於如下三個層面：

　　其一，是對於技術及其合理性的主動反思。

　　毋庸置疑，技術始終與人的存在息息相關。在其代表作《技術與時間》中，借用古希臘神話中愛比米修斯（Epimetheus）的事蹟，斯蒂格勒試圖說明，技術絕不能簡單等同於無關緊要的點綴與修飾，相反，人類自誕生伊始，便不得不將自身安置於一個技術性的框架之內，於是，技術也便同人類的生存、發展產生了相互指涉、水乳交融的緊密關聯。〔註51〕喬納森·克拉里（Jonathan Crary）更是通過從「暗箱」（camera obscura）到「立體視鏡」（stereoscope）的範式轉換，揭示了技術的變革是如何改變了人們觀察世界的方式，又是如何將一個被動的「再現者」建構為一個具有能動精神的現代主體。〔註52〕然而，必須承認，對技術的過度放縱又時常會帶來令人不堪設想的後果，它往往使個體人徘徊在「欲望膨脹」與「欲求不滿」的痛苦輪迴之中，並最終陷入一種自我反叛、自我拋棄、自我異化的窘迫境地。無論是瑪麗·雪萊（Mary Shelley）的《弗蘭肯斯坦》，還是赫胥黎（Aldous Huxley）的《美麗新世界》，抑或安東尼·伯吉斯（Anthony Burgess）的《發條橙》，對技術所製造的「反烏托邦」效應都有過栩栩如生的描畫。

　　作為技術進步在當代社會的某種微妙體現，草根傳媒文化固然為公眾允諾了空前的表達自由，並極大地豐富了主體視覺行為的方式和可能性，但同

〔註51〕愛比米修斯是傳說中的英雄普羅米修斯的弟弟，是一個以遲鈍、粗心大意、後知後覺為標誌的不那麼「靠譜」的神祇。他在將某些天賦分配給世間萬物時，忘記了為人類留下其應得的份額，從而導致普羅米修斯冒險盜取天火以填補人類在本能上的缺失。通過這則神話，斯蒂格勒發現，既然主體從一開始便意味著「空無」，意味著無休止的虧損與欠缺，那麼，人們用以保全其本質的技術便不再是工具性的陪襯和補充，而是成為了人類與生俱來的組成部分，成為了「人之為人」的最本然屬性。參見貝爾納·斯蒂格勒：《技術與時間：1. 愛比米修斯的過失》，裴程譯，譯林出版社 2000 年版。

〔註52〕克拉里認為，流行於 17～18 世紀的暗箱所帶來的是一種個別化（individuation）效應，它將主體的視線鎖定於孤立、封閉的黑暗空間，使之在身—心分離的狀態下對形象加以被動接受；在 19 世紀嶄露頭角的立體視鏡則拒絕營造統一性的幻覺，而只是呈現出無數支離破碎的視覺片段。如此一來，主體不得不發揮其能動性，通過有意識的介入、整合與塑造，將眼前的碎片重構為渾然一體的視覺圖景。參見喬納森·克拉里：《觀察者的技術》，蔡佩君譯，華東師範大學出版社 2017 年版。

時，也極有可能造成對視覺主體的脅迫、侵蝕與戕害，從而在每一個普通人的精神深處留下了難以消解的隱痛和創傷。尤其是在當下，按照伯格曼（Albert Borgmann）的觀點，以智能手機、平板電腦、數碼相機等為代表的草根媒體越是以友好、親和、人性化的面目出現，便越是阻礙了普通人對其內在運作原理的理解，而草根傳媒文化的負面效應也將變得更加隱微而不易覺察。〔註53〕因此，落實到草根傳媒文化中，人們在承認技術所帶來的種種便利和福祉的前提下，也應當隨時注意從中「抽身而出」，進而對技術的價值和功用加以理性的評估與全方位的「祛魅」，並逐步就「如何合理、有效地對待和使用技術」展開持續而真誠的思考。正如媒介批評家安德魯·基恩所言：「我們應該以正確的方式使用技術：一方面我們要鼓勵革新、開放和進步，另一方面要尊崇真理、權威和創造的專業標準。這才是我們的道德責任。」〔註54〕

其二，是對於公民媒介素養的建構和提升。

傳播學家戴維·巴特勒（David Butler）曾這樣說道：「如果給你一支槍，你能夠殺死其他人，但你並不必這樣做。」〔註55〕言下之意在於，傳播媒介本身並不是決定其優劣的關鍵所在，真正起決定性作用的，其實是傳媒的接受者、使用者和反饋者，是時時刻刻同媒介發生「親密接觸」的普通民眾。無可否認，公眾雖不同於文化精英主義者眼中愚昧、輕信、易怒的「群氓」，但仍存在著諸如法律意識淡薄、道德水準低下、從眾心理嚴重等缺陷。對此，不少研究者已有所認識。法國社會心理學家莫斯科維奇（Serge Moscovici）認為，在數目巨大、成分駁雜的公眾中，往往潛藏著「一種純粹而又簡單的通向非理性的趨向」〔註56〕。西班牙學者奧爾特加·加塞特（Ortega y Gasset）更是對公眾在當下的空前活躍表示擔憂，在他看來，大眾所激發的民主其實是一種誇大、扭曲、變形的所謂「超級民主」（hyperdemocracy）：「在這種民主當中，大眾無視一切法律，直接採取行動，借助物質上的力量把自己的欲望和喜好強加

〔註53〕參見 Albert Borgmann, *Technology and the Character of Contemporary Life: A Philosophical Inquiry*, University of Chicago Press, 1987。

〔註54〕安德魯·基恩：《網民的狂歡：關於互聯網弊端的反思》，丁德良譯，南海出版公司 2010 年版，第 200 頁。

〔註55〕戴維·巴特勒：《媒介社會學》，趙伯英等譯，社會科學文獻出版社 1989 年版，第 80 頁。

〔註56〕塞奇·莫斯科維奇：《群氓的時代》，許列民等譯，江蘇人民出版社 2003 年版，第 47 頁。

給社會。」〔註57〕不難想像，網絡空間的虛擬性、匿名性以及「把關人」的缺失，恰恰為上述缺陷的發酵提供了溫床。因此，在草根視覺文本的傳播中，在某些外在誘因的催化下，公眾的病態人格有可能演化為某些極端化的行為，演化為具有破壞性的窺視、嘲諷或「話語暴力」，從而在一定程度上影響到社會心態的平衡與穩定。正因為如此，在轉型期的中國社會，如何推動公民建構一種積極、健康的媒介素養，便顯示出了非同尋常的價值和意義。

　　「素養」（literacy）一詞的詞源可追溯至拉丁語「litera」，意為「書寫」或「字母」，亦可引申表示「識字的人」。〔註58〕隨著現代社會的演進，素養的意涵已得到了較大幅度的拓展，它不再僅限於簡單的識文斷字，而更多關涉到「人們對詞彙進行編碼和解碼的能力、推斷深層含義的能力以及表達更加複雜思想的能力」〔註59〕。具體到傳媒文化領域，素養不僅指能夠「閱讀」或「消費」媒介，同時還指能夠在「讀懂」（即充分理解）媒介的基礎上，辨析其優勢與缺陷，發掘其潛在的豐富可能，並促使其產生積極、正面的社會—文化效應。在草根傳媒文化中，主體所應當具備的媒介素養至少包括兩個方面。首先，是主體所必需的認知能力，如分析、歸納、抽象、綜合、概括，等等。正是在具備這些能力的前提下，草根傳媒的使用者才可能將眼前殘破、分裂的視覺片段還原為一個完整、有序的總體化過程，並由此而克服草根傳媒所帶來的，淺表化、碎片化、缺乏深度的思維習慣。〔註60〕其次，是主體應掌握的知識話語。美國人文主義者赫希（E. D. Hirsch）觀察到，在一個告別「元敘事」的後現代語境下，人們往往侷限於嚴苛的專業分工，其交流與溝通的有效性也隨之而大大降低。〔註61〕上述狀況在草根傳媒文化中同樣有

〔註57〕奧爾特加・加塞特：《大眾的反叛》，劉訓練等譯，吉林人民出版社 2004 年版，第 9 頁。

〔註58〕*Webster's Third New International Dictionary of the English Language Unabridged*, G & Merriam Company, 1961, p. 1321.

〔註59〕斯蒂芬・阿普康：《影像敘事的力量：在多屏世界重塑『視覺素養』的啟蒙書》，馬瑞雪譯，浙江人民出版社 2017 年版，第 32 頁。

〔註60〕周憲將這種認知能力概括為三類：其一，是「語境化」的能力，即將零散的信息置於其生成的原初語境之中；其二，是「結構化」的能力，即將不同語境下的不同信息關聯起來，形成一個結構化的圖式；其三，是「總體性」的能力，即從總體性的視域出發，對事件加以綜合把握與批判性思考。參見周憲：《時代的碎微化及其反思》，《學術月刊》2014 年第 12 期，第 11～12 頁。

〔註61〕E. D. Hirsch, Jr., *Cultural Literacy: What Every American Needs to Know*, Vintage, 1987, p. 31.

所體現。草根傳播主體基於其有限的興趣和取向，聚集在各自狹小的「圈子」或「社群」中，彼此之間難以達成一致的理解與認同。在這樣的背景下，諸如傳媒、政治、文化、法律、道德等方面的知識普及便顯得尤為必要。〔註 62〕通過對此類知識話語的普遍分有，主體的交流與溝通才可能獲得相對穩固的平臺，一種融洽交流的氛圍也才有機會逐步形成和顯現。惟有在以上兩種媒介素養的充實下，人們才可能對眼前五花八門的視覺資源加以有效的篩選與分辨，並逐步形成一種自覺的批判理性和道德上的「極限意識」，從而對草根傳媒及其具體呈現的形象體系做出更為合理的分析、思考與提煉。

其三，是對於草根傳媒文化自身的合理估價與適當定位。

道格拉斯·凱爾納認為，在傳媒文化不斷滲透、影響並塑造普通人日常生活的大背景下，堅持一種對媒介的批判性態度便顯得至關重要：「它可以提升個人面對媒體文化時的自主權，能給予個人以更多的駕馭自身文化環境的力量以及創造新的文化形式所必需的教養。」〔註 63〕這種批判性態度同樣適用於對草根傳媒文化的觀照。正如前文反覆提及的那樣，草根傳媒所建構的是一種「反主流」的視覺形態，並由此而展現出卓爾不群的力量，「它的『不合常規』與『非專業化』往往帶來意想不到的效果和突破，並時不時對正統的新聞表達規則帶來一定衝擊」〔註 64〕。但同時，必須注意的是，草根傳媒文化並不能保證一個充滿夢想和希望的烏托邦式的未來，相反，裹挾於其中的，往往是一系列令人困擾的倫理缺陷與道德誤區，是濟世精神和社會責任感在一定程度上的喪失。由此看來，對草根傳媒文化加以不切實際的過高評價，期待其完全取代以專業性、規範性、嚴肅性為標誌的主流傳媒文化，無疑是不切實際的。或許，美國批評家胡伊森（Andreas Huyssen）有關「兔子」

〔註 62〕如《美國計算機協會倫理與職業行為規範》曾將以下原則規定為計算機從業者所應當遵守的最基本的道德要求：造福社會與人類；避免損害他人；誠實可信；做到公平而不歧視；尊重包括著作權和專利權在內的各項產權；尊重知識產權；尊重他人的隱私；保密。對於每一位草根傳媒文化的親歷者而言，上述可分有的道德知識話語無疑將帶來一些有益的行動參照。參見湯姆·福雷斯特、佩里·莫里森：《計算機倫理學——計算機學中的警示與倫理困境》，陸成譯，北京大學出版社 2006 年版，第 246～248 頁。

〔註 63〕道格拉斯·凱爾納：《媒體文化——介於現代與後現代之間的文化研究、認同性與政治》，丁寧譯，商務印書館 2004 年版，第 11 頁。

〔註 64〕王建磊：《草根報導與視頻見證——公民視頻新聞研究》，中國書籍出版 2012 年版，第 89 頁。

和「刺蝟」的隱喻更適合描述草根傳媒文化在當代語境下所應有的定位。在討論現代和後現代這兩種文化狀態的關係時，胡伊森曾提到，作為「後現代」的兔子雖無法戰勝作為「現代」的刺蝟，卻總是能跑在後者的前邊。〔註65〕同樣，我們也可以說，作為「兔子」的草根媒體僅僅代表了當代傳媒文化中的一種嘗試與選擇，它不可能撼動作為「刺蝟」的主流視覺媒體所擁有的堅實、穩固的地位。然而，依憑其靈活、多樣、不拘一格的表現形態，草根媒體又可以在某種程度上超越主流媒體所固有的視域、方法和取向，進而為主流傳媒文化帶來一個批判性的參照，一種反躬自省的可能性契機。〔註66〕或許，這才是草根傳媒文化在當前所應當秉持的發展之道。

〔註65〕Andreas Huyssen, "Mapping the Postmodern", in *New German Critique*, No.33 (1984): p. 49.

〔註66〕有學者認為，在當代中國的傳媒場域中，主流媒體與草根媒體形成了微妙的互動關係：當前者的報導因種種「外力」的干預而表現得瞻前顧後、束手束腳時，那些被刻意「屏蔽」的內容往往會通過草根媒體而得到鮮明、集中的演繹；當主流媒體感受到草根媒體的挑戰與壓力時，又時常對後者在視覺表現方面的獨到之處加以有保留的吸收和借鑒，從而不斷調整、完善其既有的方法論體系。毫無疑問，上述看法對兩種傳媒文化的關聯性做出了較準確的描述。參見李立峰：《範式訂定事件與事件常規化——以 YouTube 為例分析香港報章與新媒體的關係》，見邱林川、陳韜文主編：《新媒體事件研究》，中國人民大學出版社 2011 年版，第 161～180 頁。

結　語

　　通過以上幾部分的探討與分析，我們可以大致勾勒出草根傳媒文化在當代中國社會變遷中的基本面貌，並遵循從「視覺形象」到「視覺語言」到「視覺參與」再到「視覺倫理」的總體構架，進一步揭示草根視覺生態所蘊含的複雜、豐厚的多層次意涵。本書的最核心論點集中體現在如下幾個方面：

　　首先，草根傳媒文化已全方位地融入了公民的日常生活，並為處於全方位轉型階段的中國社會注入了一股強大的活力，拋開草根傳媒文化這一視角，我們便無法對當代視覺文化乃至社會文化發展的總體狀況加以全面、深入的理解和把握。

　　其次，在草根傳媒文化中，「視覺」始終是一個不可或缺的維度。然而，草根傳媒文化又絕非各類視覺資源的單純匯聚，而是表現為一系列微妙、複雜、耐人尋味的視覺表意實踐，其中既涉及形象的編碼與傳遞方式，也涉及形象意義的生成、演繹與流變，同時還涵蓋了主體對特定視覺文本的加工、整合與重構。正因為如此，草根傳媒文化將帶來別具一格的視覺經驗和感受，並構造不同於主流傳媒、大眾文化、精英藝術的另類的視覺景觀。

　　再次，在草根傳媒文化的視覺表達和形象體系中，同時包含著正面與負面、肯定與否定、真實與非真實的層面。一方面，草根傳媒文化體現出了即時性、當下性、直觀性、參與性、民間性等獨到的優勢，在推動公共事件報導、促進反腐倡廉、聲援弱勢群體、反映社情民意等方面起到了積極的作用，有益於社會的良性發展，有助於社會主義核心價值的建構與完善；另一方面，在草根傳媒文化中，同樣也潛藏著非理性、碎片化、任意性、煽動性、刻板化等難以掩蓋的缺陷，從而很容易導致歧義和誤讀，導致公民視覺素養的相對

缺失，從而對培養積極、進取、開放的社會心態產生不利影響。當然，上述不足之處恰恰在某種程度上反映了當代社會的某些現實問題，因而也值得做出審慎而細緻的開掘與探究。

最後，在草根傳媒文化與當代社會變遷之間，存在著緊密交織、彼此促發的「互文性」關聯。一方面，社會的變遷帶來了政治、經濟、文化、技術等方面的全方位轉變，不僅造成了草根傳媒文化的應運而生，同時，也促使其形成了諸多與眾不同的品質和特性；另一方面，草根傳媒文化又反過來作用於主體的精神取向和情感態度，並強有力地推動了當代中國的社會轉型和文化變遷。可以想見，這種「視覺」與「社會」的交互建構，還將在中國社會的持續演進中得到更加微妙、更富戲劇性的呈現。

曼紐爾·卡斯特發現，互聯網雖然植根於電子媒介的虛擬場域，卻可以產生異乎尋常的現實指涉性，並實實在在地作用於人們的感受、認知與行動，即「主要通過虛擬，我們處理意義的創建」〔註1〕。同樣，作為與互聯網比肩而行的獨特存在，草根傳媒文化也絕不是一個孤立的、自我指涉的封閉體，而是以「星叢」的方式連綴起了每個普通人的期盼、困惑、迷惘與憧憬，並最終形象化地描繪了廣大民眾最真實的文化想像與表意實踐。當然，在草根傳媒的視覺表現中，無疑也蘊含著多重力量的對峙與衝突：它既昭示了一片想像的「烏托邦」，又飄蕩著不安與焦慮的幽靈；既攜帶著激進的社會文化訴求，又充溢著玩世不恭的「狂歡化」氣息；既帶給接受者耳目一新的震撼與衝擊，又傳達出了某些妥協、折衷的「犬儒主義」意味……正是在這種曲折、繁複的交織與糾纏中，當代社會變遷的圖景將得到更加生動而耐人尋味的演繹。

學者周曉虹曾提出，「中國經驗」和「中國體驗」應當成為我們考察轉型期中國社會現實的雙重視角。其中，前者主要指「在全球化和社會轉型的雙重背景下，中國社會近幾十年來在宏觀的經濟與社會結構方面的發展與教訓」〔註2〕，它是可以通過量化的、實證性的方式，來歸納、概括和評判的經驗性事實；後者主要指「在這個翻天覆地的時代13億中國人民的精神世界所經歷

〔註1〕曼紐爾·卡斯特：《網絡星河：對互聯網、商業和社會的反思》，社會科學文獻出版社2007年版，第219頁。
〔註2〕參見周曉虹：《中國體驗：精神嬗變的觀景之窗》，見周曉虹等：《中國體驗：全球化、社會轉型與中國人社會心態的嬗變》，社會科學文獻出版社2017年版，第3頁。

的巨大震盪，他們在價值觀、生活態度和社會行為模式上的迅疾變化」〔註3〕，它所關涉到的是包括價值理念、社會心態、情感趨向等在內的，更加難以覺察，然而又更值得思考和玩味的文化精神內涵。毫無疑問，通過新穎、生動、耐人尋味的視覺演繹，草根傳媒文化必將為我們把握轉型期「中國體驗」的基本狀況提供難能可貴的機遇與空間。

在那本著名的《社會變遷的社會學》中，波蘭學者彼得・什托姆普卡（Piotr Sztompka）曾強調作為社會變遷之「行動者」的個體所擁有的無與倫比的力量：

> 社會變遷，包括大規模的歷史性轉折，是人類行動者的成就，是他們行動的結果。在社會歷史上，沒有什麼不是人類努力的結果，有的是有意所為，有的是無意之舉。〔註4〕

在什托姆普卡看來，個體是社會變遷的最積極踐履者，也是社會變遷所引發的諸多物質、文化與精神性事實的最直接體驗者和承擔者。所謂個體，並不單單是品格高尚、才華橫溢的英雄人物，也不盡然是有著超凡魅力和無上權威的「卡里斯馬」，而是指向了那些籍籍無名、卻又恰恰能觸動時代脈搏的無以計數的普通民眾。在中國改革開放以來的偉大進程中，草根傳媒文化不僅帶來了獨特的形象體系和視覺景觀，同時也以「潤物細無聲」的方式，深刻塑造了每一位普通人的生活方式、心理狀態與人格結構，使之具備了樸素的公共參與意識和社會責任感，並由此而體現出現代公民的某些特徵。反過來，在波瀾壯闊的當代社會轉型中，決定草根傳媒文化終將何去何從的，其實也並非「技術」或「媒介」本身，而在於那些與之朝夕相伴的男男女女，在於每一個接近它、體會它、感受它、思考它的鮮活躍動的生命。

或許，通過無數個體生命的孜孜不倦的追逐、思索與建構，草根傳媒文化所帶來的，將會是一個令人心潮澎拜的新的開端。

〔註 3〕參見周曉虹：《中國體驗：精神嬗變的觀景之窗》，見周曉虹等：《中國體驗：全球化、社會轉型與中國人社會心態的嬗變》，社會科學文獻出版社 2017 年版，第 2 頁。

〔註 4〕彼得・什托姆普卡：《社會變遷的社會學》，林聚任等譯，北京大學出版社 2011 年版，第 250 頁。

參考文獻

一、英文部分

1. Adams, Hazard and Leroy Searle, eds. *Critical Theory Since 1965*. University of Florida Press, 1986.

2. Barker, Chris, ed. *The Sage Dictionary of Cultural Studies*. Sage Publications, 2004.

3. Belting, Hans. *An Anthropology of Image: Picture, Medium, Body*. Princeton University Press, 2011.

4. Borgmann, Albert. *Technology and the Character of Contemporary Life: A Philosophical Inquiry*. University of Chicago Press, 1987.

5. Brighenti, Andrea M. *Visibility in Social Theory and Social Research*. Palgrave Macmillan, 2010.

6. Coleman, Stephen and Karen Ross. *The Media and the Public: "Them" and "Us" in Media Discourse*. Blackwell, 2010.

7. Davis, Douglas. "The Work of Art in the Age of Digital Reproduction." *Lenardo*, 28.5 (1995): pp.381～386.

8. De Valois, Karen K., ed. *Seeing*. Academic Press, 2000.

9. Dewdney, Andrew and Peter Ride. *The New Media Handbook*. Routledge, 2006.

10. Foster, Hal, ed. *Vision and Visuality*. Bay Press, 1988.

11. Gane, Nicholas and David Beer. *New Media: The Key Concepts*. Berg, 2008.

12. Gross, Larry, John Stuart Katz and Jay Ruby, eds. *Image Ethics in the Digital Age*. University of Minnesota Press, 2003.

13. Hall, Donald E. *Subjectivity*. Routledge, 2004.

14. Hall, Stuart and Paul de Guy, eds. *Questions of Cultural Identity*. Sage Publications Ltd., 1996.

15. Hamelink, Cees Jan. *World Communication: Disempowerment & Self-Empowerment*. Zed Book, 1995.

16. Hirsch, Jr., E. D. *Cultural Literacy: What Every American Needs to Know*. Vintage, 1987.

17. Jasper, James M. "The Emotions of Protest: Affective and Reactive Emotions in and around Social Movement." *Sociological Forum*, 13.3 (1998): pp.397～424.

18. Katz, Elihui and Tamar Liebes. "'No More Peace!': How Disaster, Terror and War Have Upstaged Media Events." *International Journal of Communication*, No. 1 (2007): pp. 157～166.

19. Keenan, Thomas. *New Media, Old Media: A History and Theory Reader*. Routledge, 2006.

20. Landow, George P. ed. *Hyper/Text/Theory*. The John's Hopkins University Press, 1994.

21. Lemert, Charles, ed. *Social Theory: The Multicultural and Classic Readings*. Westview Press, 1993.

22. Longhurst, Brian. *Cultural Change and Ordinary Life*. Open University Press, 2007.

23. Manovich, Lev. *The Language of the New Media*. MIT Press, 2001.

24. McGuigan, Jim. "The Cultural Public Sphere." *European Journal of Cultural Studies*, 8.4 (2005): pp.427～443.

25. Melucci, Alberto. *Challenging Codes: Collective Action in the Information Age*. Cambridge University Press, 1996.

26. Papacharissi, ZiZi. "The Virtual Sphere: The Internet as a Public Sphere." *New

Media and Society, 4.1 (2002): pp.9～27.

27. Rampley, Matthew, ed. *Exploring Visual Culture: Definition, Concepts, Contexts*. Edinburgh University Press, 2005.

28. Perry, Elizabeth J., ed. *Grassroots Political Reform in Contemporary China*. Harvard University Press, 2007.

29. Rose, Gillian. *Visual Methodologies: An Introduction to the Interpretation of Visual Materials*. Sage Publications, 2001.

30. Sampson, Tony D. *Virality: Contagion Theory in the Age of Networks*. University of Minnesota Press, 2012.

31. Smelser, Neil J. *Theory of Collective Behavior*. Routledge and Kegan Paul, 1962.

32. Smith, Ken, Sandra Moriarty, Gretchen Barbatsis and Keith Kenney, eds. *Handbook of Visual Communication: Theory, Methods and Media*. Lawrence Erlbaum Associates, Publishers, 2005.

33. Sturken, Marita and Lisa Cartwright. *Practices of Looking: An Introduction to Visual Culture*. Oxford University Press, 2001.

34. Vieira, Monica Brito and David Runciman. *Representation*. Polity Press, 2008.

二、中文部分

1. 斯蒂芬·阿普康：《影像敘事的力量：在多屏世界重塑『視覺素養』的啟蒙書》，馬瑞雪譯，浙江人民出版社 2017 年版。

2. 詹姆斯·埃爾金斯：《視覺品味：如何用你的眼睛》，丁寧譯，生活·讀書·新知三聯書店 2006 年版。

3. 本尼迪克特·安德森：《想像的共同體——民族主義的起源與散佈》，吳叡人譯，上海人民出版社 2003 年版。

4. 克里斯·巴克：《文化研究：理論與實踐》，孔敏譯，北京大學出版社 2013 年版。

5. 馬爾科姆·巴納德：《理解視覺文化的方法》，常寧生譯，商務印書館 2005 年版。

6. 羅蘭·巴特：《神話——大眾文化詮釋》，許薔薔等譯，上海人民出版社 1999 年版。

7. 戴維・巴特勒：《媒介社會學》，趙伯英等譯，社會科學文獻出版社 1989 年版。

8. 白淑英、肖本立：《新浪微博中網民的情感動員》，《蘭州大學學報》（社會科學版）2011 年第 5 期。

9. 阿雷恩・鮑爾德溫等：《文化研究導論》，陶東風等譯，高等教育出版社 2004 年版。

10. 齊格蒙特・鮑曼：《共同體：在一個不確定的世界中尋找安全》，歐陽景根譯，江蘇人民出版社 2003 年版。

11. 齊格蒙特・鮑曼：《工作、消費、新窮人》，仇子明等譯，吉林出版集團有限責任公司 2010 年版。

12. 丹尼爾・貝爾：《資本主義文化矛盾》，趙一凡等譯，生活・讀書・新知三聯書店 1989 年版。

13. 彼得斯：《交流的無奈：傳播思想史》，何道寬譯，華夏出版社 2003 年版。

14. 畢詩成：《激勵見義勇為不能靠「鍵盤俠」》，《人民日報》2014 年 6 月 4 日，第 5 版。

15. 格雷姆・伯頓：《媒體與社會：批評的視角》，史安斌譯，清華大學出版社 2007 年版。

16. 阿瑟・阿薩・伯傑：《通俗文化、媒介和日常生活中的敘事》，姚媛譯，南京大學出版社 2000 年版。

17. 阿瑟・阿薩・伯傑：《眼見為實——視覺傳播導論》，張蕊等譯，江蘇美術出版社 2008 年版。

18. 彼得・伯克：《圖像證史》，楊豫譯，北京大學出版社 2008 年版。

19. 馬歇爾・伯曼：《一切堅固的東西都煙消雲散了——現代性體驗》，徐大建等譯，商務印書館 2003 年版。

20. 尼爾・波茲曼：《娛樂至死》，章豔譯，廣西師範大學出版社 2004 年版。

21. 尼爾・波斯曼：《技術壟斷：文化向技術投降》，何道寬譯，北京大學出版社 2007 年版。

22. 馬克・波斯特：《第二媒介時代》，范靜嘩譯，南京大學出版社 2001 年版。

23. 馬克‧波斯特：《互聯網怎麼了？》，易容譯，河南大學出版社 2010 年版。

24. 馬丁‧布伯：《我與你》，陳維綱譯，生活‧讀書‧新知三聯書店 1986 年版。

25. 羅貝爾‧布列松：《電影書寫箚記》，張新木譯，南京大學出版社 2012 年版。

26. 陳一：《拍客：炫目與自戀》，蘇州大學出版社 2012 年版。

27. 成伯清：《情感、敘事與修辭——社會理論的探索》，中國社會科學出版社 2012 年版。

28. 戴錦華：《在「苦澀柔情」背後》，《讀書》2000 年第 9 期。

29. 丹尼爾‧戴揚、伊萊休‧卡茨：《媒介事件：歷史的現場直播》，麻爭旗譯，北京廣播學院出版社 2000 年版。

30. 丹尼爾‧戴揚、邱林川、陳韜文：《「媒介事件」概念的演變》，鄭芯妍等譯，《傳播與社會學刊》2009 年（總）第 9 期。

31. 休伯特‧L‧德雷福斯：《論英特網》，喻向午等譯，河南大學出版社 2016 年版。

32. 簡‧梵‧迪克：《網絡社會——新媒體的社會層面》，蔡靜譯，清華大學出版社 2014 年版。

33. 貝拉‧迪克斯：《被展示的文化：當代「可參觀性」的生產》，馮悅譯，北京大學出版社 2012 年版。

34. 約翰‧多克爾：《後現代與大眾文化》，王敬慧等譯，北京大學出版社 2011 年版。

35. 羅傑‧菲德勒：《媒介形態變化：認識新媒介》，明安香譯，華夏出版社 2000 年版。

36. 詹姆斯‧費倫：《作為修辭的敘事：技巧、讀者、倫理、意識形態》，陳永國譯，北京大學出版社 2002 年版。

37. 邁克‧費瑟斯通：《消解文化——全球化、後現代主義與認同》，楊渝東譯，北京大學出版社 2009 年版。

38. 約翰‧費斯克：《理解大眾文化》，王曉珏等譯，中央編譯出版社 2001 年版。

39. 約翰·菲斯克：《解讀大眾文化》，楊全強譯，南京大學出版社 2001 年版。

40. 約翰·費斯克等：《關鍵概念：傳播與文化研究辭典》，李彬譯，新華出版社 2004 年版。

41. 費孝通：《鄉土中國》，生活·讀書·新知三聯書店 2013 年版。

42. 湯姆·福雷斯特、佩里·莫里森：《計算機倫理學——計算機學中的警示與倫理困境》，陸成譯，北京大學出版社 2006 年版。

43. 米歇爾·福柯：《規訓與懲罰：監獄的誕生》，劉北成等譯，生活·讀書·新知三聯書店 2003 年版。

44. 凱斯·福克斯：《公民身份》，黃俊龍譯，巨流圖書有限公司 2006 年版。

45. 弗洛伊德：《一種幻想的未來　文明及其不滿》，嚴志軍等譯，河北教育出版社 2003 年版。

46. 高丕永：《「草根」萌發新義》，《咬文嚼字》2000 年第 8 期。

47. 高小康：《霓虹燈下的草根——非物質遺產與都市民俗》，江蘇人民出版社 2008 年版。

48. 勞倫斯·格羅斯伯格等：《媒介建構：流行文化中的大眾媒介》，祁林譯，南京大學出版社 2014 年版。

49. 道瑞斯·A·戈瑞伯爾：《大眾傳媒與美國政治》，張萍譯，南京大學出版社 2011 年版。

50. 歐文·戈夫曼：《日常生活中的自我呈現》，馮鋼譯，北京大學出版社 2008 年版。

51. 艾爾文·古德納：《知識分子的未來和新階級的興起》，顧曉輝等譯，江蘇人民出版社 2002 年版。

52. E.H. 貢布里希：《藝術與錯覺：圖畫再現的心理學研究》，范景中等譯，浙江攝影出版社 1987 年版。

53. 郭小安：《網絡抗爭中謠言的情感動員：策略與劇目》，《國際新聞界》2013 年第 12 期。

54. 西斯·J·哈姆林克：《賽博空間倫理學》，李世新譯，首都師範大學出版社 2010 年版。

55. 戴維·哈維：《後現代的狀況——對文化變遷之緣起的探究》，閻嘉譯，商務印書館 2003 年版。

56. 凱瑟琳・海爾斯：《過度注意力與深度注意力：認知模式的代溝》，楊建國譯，見周憲、陶東風主編：《文化研究》（第 19 輯），社會科學文獻出版社 2014 年版。

57. 韓叢耀：《圖像：主題與構成》，北京大學出版社 2010 年版。

58. 理查德・豪厄爾斯：《視覺文化》，葛紅兵等譯，廣西師範大學出版社 2007 年版。

59. 戴維・賀莫斯：《媒介、科技與社會：傳播理論的面向》，趙偉妏譯，韋伯文化國際出版有限公司 2009 年版。

60. 胡泳：《眾聲喧嘩：網絡時代的個人表達與公共討論》，廣西師範大學出版社 2008 年版。

61. 胡泳：《網絡政治：當代中國社會與傳媒的行動選擇》，國家行政學院出版社 2014 年版。

62. 斯圖爾特・霍爾編：《表徵——文化表象與意指實踐》，徐亮等譯，商務印書館 2003 年版。

63. 安東尼・吉登斯：《社會學》，李康譯，北京大學出版社 2009 年版。

64. 安德魯・基恩：《網民的狂歡：關於互聯網弊端的反思》，丁德良譯，南海出版公司 2010 年版。

65. 馬修・基蘭編：《媒體倫理》，張培倫等譯，南京大學出版社 2009 年版。

66. 丹・吉摩爾：《草根媒體》，陳建勳譯，南京大學出版社 2010 年版。

67. 尼古拉斯・加漢姆：《解放・傳媒・現代性——關於傳媒和社會理論的討論》，李嵐譯，新華出版社 2005 年版。

68. 奧爾特加・加塞特：《大眾的反叛》，劉訓練等譯，吉林人民出版社 2004 年版。

69. 金耀基：《從傳統到現代》，中國人民大學出版社 1999 年版。

70. 尼古拉斯・卡爾：《淺薄：互聯網如何毒化了我們的大腦》，劉純毅譯，中信出版社 2010 年版。

71. 尼古拉斯・卡爾：《大轉換：重連世界，從愛迪生到 Google》，閆鮮寧等譯，中信出版社 2016 年版。

72. 詹姆斯・卡倫、朴明珍編：《去西方化媒介研究》，盧家銀等譯，清華大學出版社 2011 年版。

73. 埃利亞斯·卡內提：《群眾與權力》，馮文光等譯，中央編譯出版社 2003 年版。

74. 曼紐爾·卡斯特：《網絡社會的崛起》，夏鑄九等譯，社會科學文獻出版社 2006 年版。

75. 曼紐爾·卡斯特：《網絡星河：對互聯網、商業和社會的反思》，社會科學文獻出版社 2007 年版。

76. 曼紐爾·卡斯特、馬汀·殷斯：《對話卡斯特》，徐培喜譯，社會科學文獻出版社 2015 年版。

77. 丹尼·卡瓦拉羅：《文化理論關鍵詞》，張衛東等譯，江蘇人民出版社 2006 年版。

78. 道格拉斯·凱爾納：《媒體文化──介於現代與後現代之間的文化研究、認同性與政治》，丁寧譯，商務印書館 2004 年版。

79. 喬納森·克拉里：《觀察者的技術》，蔡佩君譯，華東師範大學出版社 2017 年版。

80. 戴安娜·克蘭：《文化生產：媒體與都市藝術》，趙國新譯，譯林出版社 2012 年版。

81. 保羅·科布利編：《勞特利奇符號學指南》，周勁松等譯，南京大學出版社 2013 年版。

82. 馬克·柯里：《後現代敘事理論》，寧一中譯，北京大學出版社 2003 年版。

83. 彼得·科斯洛夫斯基：《後現代文化：技術發展的社會文化後果》，毛怡紅譯，中央編譯出版社 2011 年版。

84. 比爾·科瓦奇、湯姆·羅森斯蒂爾：《真相：信息超載時代如何知道該相信什麼》，陸佳怡等譯，中國人民大學出版社 2014 年版。

85. 邁克爾·J·奎因：《互聯網倫理：信息時代的道德重構》，王益民譯，電子工業出版社 2016 年版。

86. 賴土發：《從福特主義到後福特主義──中國工業化進程面臨的機遇和挑戰》，《福建論壇》（人文社會科學版）2004 年第 11 期。

87. 保羅·萊文森：《手機：擋不住的呼喚》，何道寬譯，中國人民大學出版社 2004 年版。

88. 保羅・萊文森：《新新媒介》，何道寬譯，復旦大學出版社 2012 年版。

89. 藍愛國：《網絡惡搞文化》，中國文史出版社 2008 年版。

90. 古斯塔夫・勒龐：《烏合之眾：大眾心理研究》，馮克利譯，中央編譯出版社 2005 年版。

91. 讓—弗朗索瓦・利奧塔：《後現代道德》，莫偉民等譯，學林出版社 2000 年版。

92. 沃爾特・李普曼：《公眾輿論》，閻克文等譯，上海人民出版社 2006 年版。

93. 李紅：《網絡公共事件：符號、對話與社會認同》，中國社會科學出版社 2015 年版。

94. 李強主編：《中國社會變遷 30 年》，社會科學文獻出版社 2008 年版。

95. 李永剛：《我們的防火牆：網絡時代的表達與監督》，廣西師範大學出版社 2009 年版。

96. 林品：《從網絡亞文化到共用能指——「屌絲」文化批判》，《文藝研究》2013 年第 10 期。

97. 劉東：《西方的醜學——感性的多元取向》，北京大學出版社 2007 年版。

98. 劉玉照、張敦福、李友梅：《社會轉型與結構變遷》，上海人民出版社 2007 年版。

99. 簡・羅伯森、克雷格・邁克丹尼爾：《當代藝術的主題：1980 年以後的視覺藝術》，匡驍譯，江蘇美術出版社 2011 年版。

100. 羅鋒：《參與式草根新聞：從想像的共同體到個體化修辭——以重慶「釘子戶」事件為例》，《現代傳播》2007 年第 6 期。

101. 哈特穆特・羅薩：《新異化的誕生——社會加速批判理論大綱》，鄭作彧譯，上海人民出版社 2018 年版。

102. 喬恩・羅森：《千夫所指：社交網絡時代的道德制裁》，王岑卉譯，九州出版社 2016 年版。

103. 華萊士・馬丁：《當代敘事學》，伍曉明譯，北京大學出版社 2005 年版。

104. A・麥金泰爾：《追尋美德：道德理論研究》，宋繼傑譯，譯林出版社 2008 年版。

105. 吉姆・麥克蓋根：《文化民粹主義》，桂萬先譯，南京大學出版社 2001 年版。

106. 丹尼斯・麥奎爾、斯文・溫德爾：《大眾傳播模式論》，祝建華等譯，上海譯文出版社 1987 年版。

107. 薩比娜・梅爾基奧爾─博奈：《鏡象的歷史》，周行譯，廣西師範大學出版社 2005 年版。

108. 保羅・梅薩里：《視覺說服：形象在廣告中的作用》，王波譯，新華出版社 2004 年版。

109. 尼古拉斯・米爾佐夫：《視覺文化導論》，倪偉譯，江蘇人民出版社 2006 年版。

110. 尼古拉斯・米爾佐夫：《如何觀看世界》，徐達艷譯，上海文藝出版社 2017 年版。

111. 威廉・J・米切爾：《伊托邦──數字時代的城市生活》，吳啟迪等譯，上海科技教育出版社 2005 年版。

112. W. J. T. 米歇爾：《圖像理論》，陳永國等譯，北京大學出版社 2006 年版。

113. W. J. T. 米歇爾：《圖像學：形象，文本，意識形態》，陳永國譯，北京大學出版社 2012 年版。

114. W. T. J. 米歇爾：《圖像何求？──形象的生命與愛》，陳永國等譯，北京大學出版社 2018 年版。

115. 閔大洪：《草根媒體：傳播格局中的新力量》，《青年記者》2008 年第 15 期。

116. 安吉拉・默克羅比：《後現代主義與大眾文化》，田曉菲譯，中央編譯出版社 2001 年版。

117. 文森特・莫斯可：《數字化崇拜：迷思、權力與賽博空間》，黃典林譯，北京大學出版社 2010 年版。

118. 塞奇・莫斯科維奇：《群氓的時代》，許列民等譯，江蘇人民出版社 2003 年版。

119. 多米尼克・莫伊西：《情感地緣政治學：恐懼、羞辱與希望的文化如何重塑我們的世界》，姚芸竹譯，新華出版社 2010 年版。

120. 約斯・德・穆爾：《賽博空間的奧德賽：走向虛擬本體論與人類學》，麥永雄譯，廣西師範大學出版社 2007 年版。

121. 南帆：《雙重視域──當代電子文化分析》，江蘇人民出版社 2001 年版。

122. 尼葛洛龐帝：《數字化生存》，胡泳等譯，海南出版社 1997 年版。

123. 伊麗莎白・諾爾─諾依曼：《沉默的螺旋：輿論──我們的皮膚》，董璐譯，北京大學出版社 2013 年版。

124. 龐弘：《當代中國「草根傳媒文化」發展狀況調查報告》，《江海學刊》2014 年第 4 期。

125. 斯拉沃熱・齊澤克：《幻想的瘟疫》，胡雨譚等譯，江蘇人民出版社 2006 年版。

126. 錢中文主編：《巴赫金全集》（第五、六卷），河北教育出版社 1998 年版。

127. 瑪蒂娜・喬麗：《圖像分析》，懷宇譯，天津人民出版社 2012 年版。

128. 邱林川、陳韜文主編：《新媒體事件研究》，中國人民大學出版社 2011 年版。

129. 邱林川：《信息時代的世界工廠：新工人階級的網絡社會》，廣西師範大學出版社 2013 年版。

130. 秦露：《網絡「圍觀」的社會心態》，《人民論壇》2010 年第 13 期。

131. 熱拉爾・熱奈特等：《熱奈特論文選，批評譯文選》，史忠義譯，河南大學出版社 2009 年版。

132. 喬治・瑞澤爾：《漢堡統治世界？！──社會的麥當勞化》，姚偉譯，中國人民大學出版社 2014 年版。

133. 米歇爾・塞爾：《拇指一代》，譚華譯，華東師範大學出版社 2015 年版。

134. 卡斯・R・桑斯坦：《謠言》，張楠迪揚譯，中信出版社 2010 年版。

135. 蘇珊・桑塔格：《重點所在》，陶潔等譯，上海譯文出版社 2004 年版。

136. 蘇珊・桑塔格：《論攝影》，黃燦然譯，上海譯文出版社 2007 年版。

137. 邵燕君主編：《破壁書：網絡文化關鍵詞》，生活・讀書・新知三聯書店 2018 年版。

138.「社會發展綜合研究」課題組：《我國轉型時期社會發展狀況的綜合分析》，《社會學研究》1991 年第 4 期。

139. 馬克思・舍勒：《道德意識中的怨恨與羞感》，羅悌倫等譯，北京師範大學出版社 2017 年版。

140. 尼克・史蒂文森：《文化公民身份：全球一體的問題》，王曉燕等譯，北京大學出版社 2011 年版。

141. 弗蘭克·施爾瑪赫：《網絡至死：如何在喧囂的互聯網時代重獲我們的創造力和思維力》，邱袁煒譯，龍門書局 2011 年版。

142. 彼得·什托姆普卡：《社會變遷的社會學》，林聚任等譯，北京大學出版社 2011 年版。

143. 湯姆·斯丹迪奇：《從莎草紙到互聯網：社交媒體 2000 年》，林華譯，中信出版社 2015 年版。

144. 貝爾納·斯蒂格勒：《技術與時間：1. 愛比米修斯的過失》，裴程譯，譯林出版社 2000 年版。

145. 馬克·斯勞卡：《大衝突：賽博空間和高科技對現實的威脅》，黃錇堅譯，江西教育出版社 1999 年版。

146. 巴特·范·斯廷博根編：《公民身份的條件》，郭臺輝譯，吉林出版集團有限責任公司 2007 年版。

147. 約翰·R·蘇勒爾：《賽博人：數字時代我們如何思考、行動和社交》，劉淑華等譯，中信出版社 2018 年版。

148. 孫周興選編：《海德格爾選集》，上海三聯書店 1996 年版。

149. 利薩·泰勒、安德魯·威利斯：《媒介研究：文本、機構與受眾》，吳靖等譯，北京大學出版社 2005 年版。

150. 約翰·P·湯普森：《意識形態與大眾文化》，高銛等譯，江蘇人民出版社 2005 年版。

151. 湯筠冰：《「史上最牛釘子戶」事件的視覺文化傳播解讀》，《新聞知識》2007 年第 6 期。

152. 格雷姆·特納：《普通人與媒介：民眾化轉向》，許靜譯，北京大學出版社 2011 年版。

153. 喬納森·特納、簡·斯戴茲：《情感社會學》，孫俊才等譯，上海人民出版社 2007 年版。

154. 童強：《視覺思想史：從屏面到屏幕》，見周憲、陶東風主編：《文化研究》（第 13 輯），社會科學文獻出版社 2013 年版。

155. 埃米爾·涂爾幹：《社會分工論》，渠東譯，生活·讀書·新知三聯書店 2013 年版。

156. 阿爾文·托夫勒：《第三次浪潮》，朱志焱等譯，新華出版社 1996 年版。

157. 汪暉等主編：《文化與公共性》，生活·讀書·新知三聯書店 2005 年版。

158. 王建磊：《草根報導與視頻見證——公民視頻新聞研究》，中國書籍出版社 2012 年版。

159. 王俊秀、楊宜音主編：《中國社會心態研究報告》，社會科學文獻出版社 2014 年版。

160. 王珍：《從奧巴馬當選看「草根媒體」的崛起》，《新聞大學》2009 年第 3 期。

161. 保羅·維利里奧：《視覺機器》，張新木等譯，南京大學出版社 2014 年版。

162. 雷蒙·威廉斯：《關鍵詞：文化與社會的詞彙》，劉建基譯，生活·讀書·新知三聯書店 2005 年版。

163. 雷蒙德·威廉斯：《馬克思主義與文學》，王爾勃等譯，河南大學出版社 2008 年版。

164. 安東尼·伍迪維斯：《社會理論中的視覺》，魏典譯，北京大學出版社 2009 年版。

165. 吳冠軍：《後人類紀的共同生活》，上海文藝出版社 2018 年版。

166. 吳瓊主編：《視覺文化的奇觀：視覺文化總論》，中國人民大學出版社 2005 年版。

167. 吳瓊、杜予編：《上帝的眼睛：攝影的哲學》，中國人民大學出版社 2005 年版。

168. 克勞斯·布魯恩·延森：《媒介融合：網絡傳播、大眾傳播和人際傳播的三重維度》，劉君譯，復旦大學出版社 2012 年版。

169. 愛德華·希爾斯：《社會的構建》，楊竹山等譯，南京大學出版社 2017 年版。

170. 習近平：《在網絡安全和信息化工作座談會上的講話》，人民出版社 2016 年版。

171. 德里克·希特：《何謂公民身份》，郭忠華譯，吉林出版集團有限責任公司 2007 年版。

172. 笑蜀：《關注就是力量　圍觀改變中國》，《南方周末》2010 年 1 月 14 日，第 F29 版。

173. 維多利亞·D·亞歷山大：《藝術社會學》，章浩等譯，江蘇美術出版社 2009 年版。

174. 楊國斌：《連線力：中國網民在行動》，鄧燕華譯，廣西師範大學出版社 2013 年版。

175. 葉際琴：《「草根」的壯大》，《語文知識》2006 年第 6 期。

176. 殷陸君編譯：《人的現代化——心理·思想·態度·行為》，四川人民出版社 1985 年版。

177. 喻國明：《媒體變革：從「全景監獄」到「共景監獄」》，《人民論壇》2009 年第 16 期。

178. 於建嶸：《底層立場》，上海三聯書店 2011 年版。

179. 苑秀傑：《凝視「焦點」中的「草根」——探尋「草根」的詞源、詞義》，《美與時代》2007 年第 4 期。

180. 曾軍：《近年來視覺文化研究中存在的幾個問題》，《文藝研究》2008 年第 6 期。

181. 曾一果：《惡搞：反叛與顛覆》，蘇州大學出版社 2012 年。

182. 亨利·詹金斯、伊藤瑞子、丹娜·博伊德：《參與的勝利：網絡時代的參與文化》，高芳芳譯，浙江大學出版社 2017 年版。

183. 蘇珊·詹姆斯：《激情與行動：十七世紀哲學中的情感》，管可穠譯，商務印書館 2017 年版。

184. 張國良主編：《20 世紀傳播學經典文本》，復旦大學出版社 2003 年版。

185. 趙毅衡：《當說者被說的時候：比較敘述學導論》，中國人民大學出版社 1998 年版。

186. 鄭杭生等：《轉型中的中國社會和中國社會的轉型——中國社會主義現代化進程的社會學研究》，首都師範大學出版社 1996 年版。

187. 鄭也夫：《信任論》，中信出版社 2016 年版。

188. 周憲主編：《文化現代性精粹讀本》，中國人民大學出版社 2006 年版。

189. 周憲：《視覺文化的轉向》，北京大學出版社 2008 年版。

190. 周憲：《論作品與（超）文本》，《外國文學評論》2008 年第 4 期。

191. 周憲：《當代中國傳媒文化的景觀變遷》，《文藝研究》2010 年第 7 期。

192. 周憲、劉康主編：《中國當代傳媒文化研究》，北京大學出版社 2011 年版。

193. 周憲：《當代視覺文化與公民的視覺建構》，《文藝研究》2012 年第 10 期。

194. 周憲：《從形象看視覺文化》，《江海學刊》2014 年第 4 期。

195. 周憲：《時代的碎微化及其反思》，《學術月刊》2014 年第 12 期。

196. 周憲：《文學理論的創新問題》，《中國社會科學》2015 年第 4 期。

197. 周憲主編：《當代中國的視覺文化研究》，譯林出版社 2017 年。

198. 周曉虹等：《中國體驗：全球化、社會轉型與中國人社會心態的嬗變》，社會科學文獻出版社 2017 年版。

三、網絡資源部分

1. 國家信息中心「中國數字鴻溝研究」課題組《中國數字鴻溝報告 2013》，http://www.sic.gov.cn/News/287/2782.htm。

2. 中國互聯網絡信息中心《2011 年中國網民網絡視頻應用研究報告》，http://www.cnnic.net.cn/hlwfzyj/hlwxzbg/201205/P020120709345259400487 5.pdf。

3. 中國互聯網絡信息中心《第 35 次中國互聯網絡發展狀況統計報告》，http://www.cnnic.net.cn/hlwfzyj/hlwxzbg/201502/P020150203551802054676.pdf。

4. 中國互聯網絡信息中心《社會大事件與網絡媒體影響力研究》，http://www.cnnic.net.cn/hlwfzyj/hlwxzbg/200912/P020120709345307778361.pdf。

5. 中國互聯網絡信息中心《中國移動互聯網發展狀況調查報告》，http://www.cnnic.net.cn/hlwfzyj/hlwxzbg/201203/P020120709345263447718.pdf。

附錄一：當代中國「草根傳媒文化」發展狀況調查報告[註1]

英國學者邁克·費瑟斯通（Mike Featherstone）曾談到，在全球化波瀾壯闊的總體進程中，傳統意義上統一、穩定、井然有序的文化已不復存在，取而代之的，是不同文化因素持續不斷的交匯、堆積與疊加，「以至於文化變得龐雜繁複而無法處置和組織」[註2]。這樣的情況在轉型期中國社會的媒介景觀中同樣有明顯的表現：主導文化、大眾文化、精英文化、青年亞文化等文化形態既相互抗衡，又彼此滲透，共同形構了一種充滿張力的動態格局。在眾多異質文化成分的「多聲部」對話中，「草根傳媒文化」（grassroots media culture）無疑已異軍突起並成長為一股無法忽視的力量。[註3]所謂草根傳媒文化，不同於社會學研究中的底層與邊緣文化，也不同於人類學視域內的民俗或民間文化，它所指的是廣大民眾基於互聯網絡而構築的別具一格的文化空間。在這一空間中，人們可以借助電腦、手機、數碼相機等新興技術手段打造屬於自己的傳播平臺，並通過主頁、博客、微博、社交網站等渠道製作、上傳、分享並接受相關信息資源。草根傳媒文化伴隨現代化與都市化的演進

〔註1〕本調查報告原刊載於《江海學刊》2014 年第 4 期，後被《人大複印資料·文化研究》2014 年第 10 期全文轉載。本次調查的開展得到了南京大學社會學院閔學勤教授及其團隊的大力幫助，在此表示衷心的感謝。
〔註2〕邁克·費瑟斯通：《消解文化——全球化、後現代主義與認同》，楊渝東譯，北京大學出版社 2009 年版，第 8 頁。
〔註3〕「草根」（grassroots）的起源可追溯至 19 世紀美國的「黃金熱」，當時流行的一種說法是，凡山脈草根茂盛處便一定藏有金礦。按照最通常的理解，草根一詞主要有兩層含義：1. 與統治階級或政府相牴觸的反叛性力量。2. 被主流文化或精英階層所放逐的弱勢群體。不過，當草根與「傳媒」這一範疇相互結合時，它自然也將獲取一種不同於以往的文化取向與價值關懷。

而漸趨成熟，並在當代人的日常生活中扮演了愈發重要的角色。〔註4〕因此，如何對草根傳媒文化的傳播方式、基本特徵、社會效應以及潛在隱患做出大致準確的把握，便成為了當前媒介研究者不得不審慎思考的問題，也正是對上述問題的追問，從理論和實踐的雙重向度推動了本次調查的展開。

一、調查方法與樣本分布

本次調查採用 PPS 抽樣的方法，在南京市內 8 個區共發放 810 份問卷，回收有效問卷 801 份，有效回收率為 98.9%。在 801 名被訪者中，男性占 52.4%，女性占 47.6%。所有被訪者平均年齡為 33.5 歲，其中最小的 11 歲，最長的 92 歲，年齡在 20～40 歲之間的被訪者居多。在所有的有效樣本中，企業普通職員和學生所佔比例最高，分別為 23.7%和 22.5%，其次為事業單位普通職員，占 11.4%。所有有效樣本的教育水平結構呈現出以高等教育為主的特徵，本科、大專、碩士三者的比例之和超過 70%。在收入結構上，年收入在 2～10 萬元之間的被調查者所佔比例最高，在所有樣本中占一半以上。此外，由於被調查者中學生比例較高，所以無收入群體的比例也偏高。

本次問卷調查共包括 18 題，其中單選題 7 道，多選題 2 道，表格題 1 道。本報告匯總調研數據，試圖從「草根傳媒文化的視覺呈現與受眾選擇」「公民對草根傳媒文化的參與狀況」「公民對草根傳媒文化的認同程度」以及「草根傳媒文化中的倫理問題」等四個方面切入，對草根傳媒文化的總體狀況與發展趨勢做出分析、探討與闡發。

二、草根傳媒文化的視覺呈現與受眾選擇

按照學界的一般看法，「多媒體性」（multimediality）是網絡文化區別於其他文化形態的一大特色，「這也是說，它們合併了文字、聲音和（動態）形象」〔註5〕，從而呈現出多種媒介方式交融匯通的狀態。在諸多媒介方式的交錯、雜糅中，無數或明朗、或曖昧、或絢麗、或質樸的視覺形象無疑是引人矚目

〔註 4〕 在 2008 年震撼世界的「5.12」大地震中，高達 87.4%的網民選擇通過網絡來瞭解與災情相關的信息，這便是草根傳媒文化的影響已深入人心的明證。參見中國互聯網絡信息中心發布於 2009 年 7 月的《社會大事件與網絡媒體影響力研究》，http://www.cnnic.net.cn/hlwfzyj/hlwxzbg/200912/P02012070934530 7778361.pdf。

〔註 5〕 約斯·德·穆爾：《賽博空間的奧德賽：走向虛擬本體論與人類學》，麥永雄譯，廣西師範大學出版社 2007 年版，第 89 頁。

的焦點。可以毫不誇張地說，海量的視覺信息是草根傳媒文化的最主要呈現方式，也是促使其在當代語境下不斷引發轟動效應的最直接理由，於是，「視覺性」（visuality）自然也成為了貫穿於本次調查之中的核心命題。所謂視覺性，意指人類的視覺行為並非單純的自然活動或生理反應，而是一個複雜的、層層推進的社會建構過程，它關涉到「我們如何看，我們如何能看、被允許看、或是被推動去看，我們如何看到此物而忽視彼物」等一連串耐人尋味的問題。〔註6〕如此一來，面對草根傳媒文化中琳琅滿目而又令人眼花繚亂的視覺資源，受眾群體的取向與選擇便成為了必須密切關注的對象，這樣的取向與選擇不僅揭示了草根傳媒文化的基本成分與內在構造，更可以說在很大程度上摺射了當下社會生活中最本真的心理需要和情感訴求。

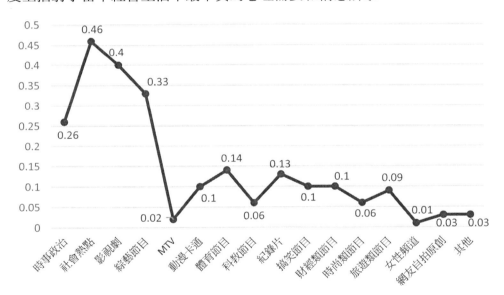

圖 1　通常在網絡上觀看的影像類資源的內容得分均值（分）

據調查顯示（見圖 1），在市民通過網絡觀看的影像類資源中，社會熱點問題佔據了最大比重。〔註7〕這說明在當今的中國社會，在政治、經濟、

〔註6〕Hal Foster, "Preface", in *Vision and Visuality*, edited by Hal Foster, Bay Press, 1988, ix.

〔註7〕草根傳媒文化是一種以「共享」和「分有」為標誌的文化，在這種文化中，傳統意義上的「原創性」（creativity）遭到了較之「機械複製時代」而言更猛烈的削弱。因此，本次調查所列舉的大量影像資源，即使最早出現於電視、電影等傳統媒介，但只要在網絡上經過人們的加工、上傳、轉發乃至評論，就可以被歸入一個廣義的草根傳媒文化的範圍之內。

文化體制面臨調整的大背景下，市民對社會公共問題始終保持著較高的熱情，同時，互聯網超越時空侷限的便捷性與相對開放的話語空間也進一步為這種熱情推波助瀾。緊隨其後的是影視劇和綜藝節目，其平均得分分別位居第二、三名。這不僅反映了在一個高度娛樂化的消費語境下，普通民眾對於快感和享樂的內在需求，同時也暴露出文化工業與網絡「合謀」而擴張其影響力的當下策略。時事政治則位居第四，表明在輿論環境逐步改善的當代社會，一度被認為是難以親近的政治話語也可以通過新興媒介的「轉述」而拉近同受眾的距離。其他選項的得分明顯低於以上四項內容，其中「網友自拍原創」的平均得分僅為 0.03。必須承認，由網民自行拍攝並上傳的影像作品（即最嚴格意義上的草根傳媒文化）由於技術條件所限，且未經過編排、剪輯、加工等專業化處理，因而質量參差不齊，對受眾的吸引力也相對較弱。然而，原創性形象的「非專業」特色也使其在很大程度上避免了意識形態的過濾和商業主義的渲染，不僅提升了報導的時效性，更能夠帶給人一種「身臨其境」的真切感受。例如，在 2009 年央視北配樓發生火災時，一位網友用手機拍攝的災情場面在上傳 12 小時內，便被轉載達 30 萬次以上，上述事實充分證明了自拍原創這種貌似只屬於「小圈子」的視覺表現所擁有的巨大潛力。

　　將「社會熱點」和「教育水平」做交叉分析，不難發現，在選擇社會熱點的比例上，不同教育水平的被調查者有明顯的差異。具體說來，高中及以上學歷者的比例明顯高於「初中」和「小學及以下」，相差 20%左右。在「碩士」學歷的被調查者中，有 57.1%的人選擇了「社會熱點」，居於首位；接下來是「高中」「大專」和「本科」，三者之間的比例相差無幾；「博士」的比例略低，為36.4%（這與被調查者中「博士」人數較少有關）。由此可見，隨著市民教育水平的提升，其對社會熱點的關注度也會相應地提高。原因很簡單，雖然草根傳媒營造了一片看似毫無門檻與限制的天地，「但也不是任何人都可以自由進出」〔註8〕。總體而言，具備較高知識水平的人群更習慣於接近並利用網絡訊息資源，恰恰也正是較高的文化素養激發了他們對相關社會問題的敏感與自覺。

　　前文提到，市民對社會熱點問題的重視程度最高，那麼，在各類熱點問題中，市民的興趣又將如何具體分布呢？在對市民有關 9 類熱點事件的興

〔註 8〕周憲：《當代視覺文化與公民的視覺建構》，《文藝研究》2012 年第 10 期，第33 頁。

趣度進行平均值測算後，可以看到，被調查者對各類網絡熱點的興趣得分折線較為平緩，表明他們對這些熱點問題的興趣度差異不是特別大（見圖2）。得分超過4的是「突發性重大事件」和「關係普通人切身利益的問題」，興趣度介於「感興趣」和「很感興趣」之間。這說明，在災難與危機伴隨現代化進程而不斷蔓延的當下，人們一方面對種種威脅到群體生存的突發性狀況（如地震、洪水、雪災、公交車自燃、橋樑垮塌，等等）保持著警惕；另一方面，也開始越來越主動地關注與個體生活密不可分的各種問題（如住房、就業、醫療改革、子女教育、食品安全，等等）。而「關於弱勢群體的生存困境」「有關國家或民族的時政事件」「關於公民素質問題」「貧富差異和社會不公正現象」以及「日常生活中的趣聞軼事」等5項的得分非常接近，表明自改革開放以來，在社會環境變得愈發開放、包容的情況下，受眾在觀看上的自由度得到了大幅度的提升，因而對上至國家大事、下至生活趣聞在內的種種內容都可能產生興趣。得分位居最後兩位的是「腐敗問題或是桃色新聞」和「暴力或色情題材」。然而，必須注意，在特定誘因的刺激下，上述兩者也可能以令人意想不到的速度佔據公眾的視野，並成為社會範圍內的關注焦點——2012年雷政富「不雅視頻門」所激起的軒然大波，便是一個有說服力的例證。因此，以上兩種題材同樣應得到有針對性的討論與開掘。

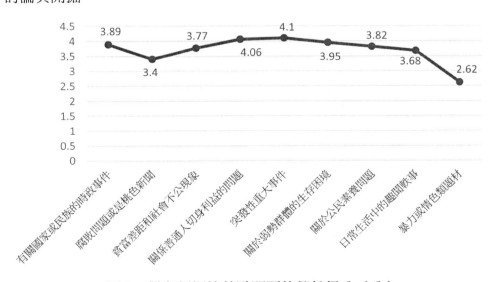

圖2　對各類網絡熱點問題的興趣得分（分）

三、公民對草根傳媒文化的參與狀況

互聯網的一個突出特質在於它的可參與性。如馬諾維奇便意識到，互聯網以超鏈接的方式「將觀看者轉化為了實際的應用者」〔註9〕。格雷姆·特納則觀察到，在網絡空間中，平民大眾不僅獲得了自我演繹的充分可能，更有機會借助便利的技術裝置，對各種媒介文本加以隨心所欲的接管、治理和塑造。故而，網絡文化也便成為了「媒介的一種民主化形式」〔註10〕。

以此類推，植根於網絡的草根傳媒文化也應當是一種具備高度參與性的文化。如果說，在面對傳統媒體時，人們不得不按照事先設定的規劃（如電視節目表）來按部就班地接受；那麼，草根傳媒文化則賦予了主體對各種視聽文本加以自由支配的權利。在這裡，沒有嚴格的准入標準，也沒有各色「把關人」的重重約束與限制，每個人只要擁有相應的技術儲備，便可以採集、傳遞甚至是親手製作包括文字、圖畫、影像在內的各式各樣的訊息。於是，「製作者」—「傳播者」—「接受者」之間一度涇渭分明的界限變得極為模糊，而曾經被專業人士嗤之以鼻的「業餘者」也開始有機會登臺亮相。然而，相較於純粹的理論構想，在公民對草根傳媒文化的實際參與中，情況顯得更加複雜，這一點在本次調查中同樣有令人印象深刻的表現。

（一）公民對製作並上傳影像作品的基本態度

在主體對草根傳媒文化的參與中，「製作並上傳」是最能體現參與者主觀能動性的一種方式。然而，據調查顯示，願意將身邊見聞拍攝下來並放到網上的市民比例較小（見表1）。其中「幾乎不會」和「從來沒有」的比例為63.1%，「偶爾為之」的比例為36.9%，「經常如此」的比例則僅為4.3%。說明多數被調查者對於草根傳媒文化持謹慎的觀望態度，主動參與度相對較低。究其原因，主要在於現今網絡環境的魚龍混雜以及人們自我保護意識的增強。在此基礎上，將此問題與「年齡」做交叉分析，經卡方檢驗，df=15，p=0.000〈0.05，因此可得出結論：市民對草根傳媒文化的主動參與度與他們的年齡密切相關。在選擇「經常如此」的人群中，20歲及以下者所佔比例最高，其次是31～50歲，21～30歲居於其後，51歲及以上者最

〔註 9〕Lev Manovich, *The Language of the New Media*, MIT Press, 2001, p. 183.
〔註10〕格雷姆·特納：《普通人與媒介：民眾化轉向》，許靜譯，北京大學出版社2011年版，第2頁。

少。這樣的年齡分布表明，對新興技術的諳熟以及相對開放的心態，不僅使青年人成為了互聯網的主要用戶〔註 11〕，也使其很容易同脫胎於網絡的草根傳媒文化產生共鳴。上述情況也提醒人們，在針對草根傳媒文化的研究中，應重點關注其與生俱來的「青年亞文化」氣質。相應地，選擇「從來沒有」的比例則隨著年齡層的增大而提高，說明年紀越大，對草根傳媒文化的主動參與度越低。

表 1 在日常生活中，您是否會主動將身邊發生的事情拍攝下來並放到網上？

	頻　率	有效百分比（%）	累積百分比（%）
經常如此	34	4.3	4.3
偶爾為之	261	32.6	36.9
幾乎不會	297	37.1	74.0
從來沒有	208	26.0	100.0
合計	800	100.0	

　　除年齡外，公民對草根傳媒文化的主動參與度還牽涉到一個利益問題。如表 2 所示，當自己或家人遭受不公正待遇或權益受到侵害時，有 30.6% 的人願意將相關照片或視頻發到網上以尋求幫助，而超過半數的人認為要視情況而定，說明在需要捍衛自我權益時，多數公民能夠肯定並主動利用草根傳媒文化所獨具的優勢。在轉型期的時代語境下，「網絡維權」已經成為了一種值得玩味的社會文化現象。在網絡維權中，草根媒體起到了難以估量的作用，正是它的出現使公民告別了「上訪」的舉步維艱，轉而通過若干富有象徵意味的視覺形象來調動公民共同的情緒體驗，實現一呼百應的社會動員效果。例如，在有關重慶「史上最牛釘子戶」的影像中，孤獨聳立於拆遷現場的建築物有力地傳達出了一種「與世界為敵」的悲愴感受，從而撥動了人們關於私有財產權的敏感神經，並最終使拒絕拆遷者得到了幾乎是一邊倒的輿論支持。正因為如此，楊國斌才會強調，在草根傳媒文化中，蘊含著一種激進的

〔註 11〕 例如，截至 2012 年 12 月底，在中國網民的年齡結構中，10～19 歲、20～29 歲、30～39 歲這三個年齡段的比例之和已高達 79.7%。參見中國互聯網絡信息中心發布於 2013 年 1 月的《第 31 次中國互聯網絡發展狀況統計報告》，http://www.cnnic.net.cn/hlwfzyj/hlwxzbg/hlwtjbg/201301/P020130801546406723463.pdf。

「抗爭主義」和「行動主義」邏輯。在當代中國社會，草根傳媒文化的開放性、社區感和創造性，將有助於人們在一定程度上克服時間、地點、制度之侷限，並由此而達成「對抗社會不公」和「爭取身份認同」的現實訴求。〔註12〕不難想見，草根傳媒文化的這種政治—文化功效在很長一段時間內還將被持續擺放在研究者論域的中心。

表2　當您或您的家人遭受不公正待遇或權益受到侵害時，您是否願意將相關照片或視頻發到網上以尋求幫助？

	頻　率	有效百分比（%）	累積百分比（%）
願意	244	30.6	30.6
不願意	123	15.4	46.0
說不清，視情況而定	430	54.0	100
合計	797	100.0	

（二）公民對現成影像材料的處理方式

如果說，被調查者對於拍攝和上傳的態度還偏於保守的話，那麼，對既有影像材料的處理便成為了他們介入草根傳媒文化的最主要途徑。將「當看到自己非常感興趣的網絡視頻或圖像時，你會怎麼做」一題的各選項數據加以匯總並統計，得到其均值分布，結果如圖3所示。得分最高的是「通過微博等方式轉載給同學和朋友」，其次是「繼續關注事件的後續進展」，分別為0.38和0.33分。毋庸諱言，針對特定內容的分享傳播與持續跟進在當前的網絡文化中佔據著重要的位置，兩者共同作用，可以使特定視覺形象的影響力以幾何級數劇增，從而引發較大的社會反響並加速相關問題的解決。如在對南京「裸體乞討女孩」的救助中，網友對小女孩行乞圖片的微博轉發便功不可沒。得分在0.2～0.3之間的也有兩個，「下載並保存」和「只是看看而已，什麼也不做」，表明依然有近1／3的人選擇與網絡進行單線式交流，而很少同其他網絡使用者進行對話與互動。之後是「在網上積極發表評論」和「不知道，視情況而定」。值得一提的，是「通過PS等技術進行修改或『惡搞』」的得分為0。可以說，自2005年《一個饅頭引發的血案》躥紅以來，網絡惡搞便成為了草根傳媒文化中倍受歡迎的表現形式，而這種文化現象在如今走

〔註12〕參見楊國斌：《連線力：中國網民在行動》，鄧燕華譯，廣西師範大學出版社2013年版。

向沈寂，部分原因要歸結為公眾在欣賞水平上的提高，以及對刻意製造笑點的膚淺視覺表現所產生的「審美疲勞」。

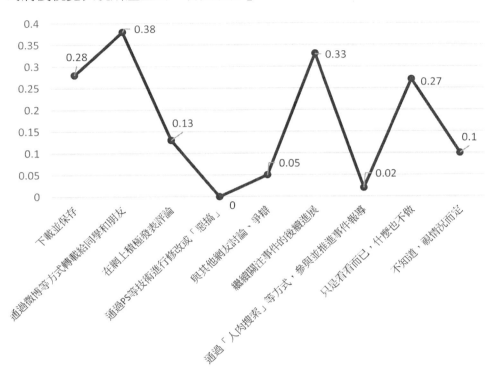

圖3　對自己非常感興趣的網絡視頻或圖像的處理方式的得分均值

四、公民對草根傳媒文化的認同程度

在 20 世紀以來的哲學與文化思潮中，「認同」（identity）已成為了一個極為關鍵的概念。通常認為，認同是「個體將自我身份同至少另外某些身份相融合的過程」〔註 13〕，這種融合不僅僅是為了形構自我與他者之間想像的同一性關係，同時也是為了探索人們在特定社會、文化中的精神狀況，並努力對「我們可能成為什麼，我們怎樣被加以再現，而這種再現又是如何影響到我們的自我呈現」〔註 14〕等令人費解的疑問加以解答。因此，對認同的考察最終還是應落實到「自我」這一層面。

〔註 13〕約翰・費斯克等：《關鍵概念：傳播與文化研究辭典》，李彬譯，新華出版社 2004 年版，第 127 頁。

〔註 14〕Stuart Hall, "Introduction: Who Needs 'Identity'?", in *Questions of Cultural Identity*, edited by Stuart Hall and Paul de Guy, Sage Publications Ltd., 1996, p. 4.

　　具體到草根傳媒文化的演進過程中，如果說，「參與」更多涉及人們與草根媒體之間的相互作用，那麼，「認同」則標誌著一種參與之上的更深入交流，它不僅進一步揭示了草根傳媒文化的某些發人深省的內在屬性，同時也明確表現出特定時代背景下主體對自身的感受、體認與反思。本次調查試圖從兩方面著眼，分析公民對草根傳媒文化的認同情況：1. 草根傳媒文化是否能有效推動反腐揭黑等「公共監督」行為的實施？2. 草根傳媒文化是否能賦予公民以表達的自由，進而營造一個開放、民主、平等的「公共領域」？

（一）草根傳媒文化與「公共監督」

　　中國社會轉型取得了舉世矚目的成就，產生了豐碩的物質和精神成果，但隨之也帶來了一些複雜的現實社會問題。於是，信息的公開和透明也就成為了廣大民眾的迫切要求。在這樣的情況下，草根傳媒文化無疑發揮了非同尋常的作用。如果說，在福柯筆下的「全景敞視監獄」（panopticon）中，少數居高臨下的觀看者擁有絕對的權威，而被觀看的大多數人則只能誠惶誠恐地馴順與屈從，那麼，草根傳媒文化則反轉了這一狀況：它所擁有的無孔不入的影像攝取能力與強大的現場播報功能，可以使某些過去難以接近的人或事輕易地暴露在聚光燈下，並接受無數人目光的包圍與審視。這一點在當前盛行的「網絡反腐」中表現得最為突出。如原陝西安監局局長楊達才，他在一次事故現場面露微笑的照片被傳到網上後，便遭到了眾多義憤填膺者自發的聲討、追查與揭露，最終因巨額財產來源不明而鋃鐺入獄。草根媒體在匯聚公眾力量並形成輿論壓力上的巨大潛能也由此可見一斑。

表 3　網絡已經成為了當前打擊腐敗、揭示社會不公正現象的重要
　　　手段，對此您怎麼看？

	頻　率	有效百分比（％）	累積百分比（％）
非常贊同	145	18.2	18.2
比較贊同	429	53.8	72.0
不太贊同	131	16.4	88.4
極不贊同	20	2.5	89.9
不清楚	72	9.1	100.0
合計	797	100.0	

據調查顯示（見表 3），對於草根媒體在打擊腐敗、揭露社會陰暗面上的有效性，持贊同態度者所佔比例高達 72%，持不贊成態度者僅為 18.9%。由此可得出結論：公民對草根傳媒文化在公共監督方面的重要性基本持認同態度。在此基礎上，把性別因素納入考量範圍，經過檢驗，d=5，p=0.005〈0.05，說明市民的態度與其性別有較為緊密的關聯。其中，對草根媒體的反腐揭黑作用「非常贊同」和「比較贊同」的男性比例為 74.8%，高於女性的 68.7%，而「不太贊同」和「很不贊同」的男性比例為 17.3%，低於女性的 20.8%。顯然，男性的態度更為激進，而女性的態度則偏於溫和。

不過，需要認識到，草根傳媒文化對社會正義的維護在很大程度上還只是一種「小概率」的偶然事件，一種「治標不治本」的權宜之計（如一張披露不軌行為的照片倘若沒有被網友大規模地跟帖與轉載，便絕不可能激起任何波瀾），而無法成為具有普適性的、值得信賴的策略。同時，由於缺乏一種中立、平衡的報導立場，草根傳媒文化往往會過分放大群眾的不滿與怨恨，使其對社會現象的認知產生偏差，並最終導致「刻板印象」的盛行和謠言的滋生。〔註 15〕因此，對於草根傳媒文化在公共監督上的價值，還應當進行更細緻的梳理與辨析。

（二）草根傳媒文化與「表達自由」

在傳統「自上而下」的媒介場域中，普羅大眾往往處於「失聲」狀態，而草根傳媒文化恰恰給予了他們「自下而上」地發出聲音的機會。草根傳媒文化主要借助網絡而得以擴張，網絡空間的虛擬性隱匿了包括姓名、年齡、性別、職業等在內的主體的真實身份，使他們可以不顧現實世界的羈絆而暢所欲言；同時，網絡空間的強大包容性又允諾了多種觀點的並行不悖，從而為人們提供了一個交流、協商的動態平臺。例如，在廈門「PX 事件」、郭美美「炫富門」、河北「我爸是李剛」事件、廣東「小悅悅」事件等代表性案例中，公民正是通過對相關影像或訊息的傳遞、轉發與評論而進入了過去無緣參與的輿論場中，不僅極大地擺脫了主流輿論導向的支配，更能夠以集體話語的

〔註 15〕例如，據調查顯示，在面對關於「腐敗特權」的網絡謠言時，有半數以上的民眾秉持一種「寧可信其有」的態度，甚至在政府明確闢謠後也很難改變。參見人民網研究院：《網絡對謠言的自淨化作用研究》，見尹韻公主編：《中國新媒體發展報告（2012）》，社會科學文獻出版社 2012 年版，第 39～40 頁。

方式圍繞特定議題展開討論，並最終為政府相關決策的制定或調整帶來了第一手的反饋意見。

　　反映在調查中，由表 4 可以看出，對於草根傳媒文化在促進輿論自由上的有效性，持贊同態度者所佔比例為 75.4%，遠遠多於持不贊同態度者所佔的 17.2%。因此，可得出結論：公民對草根傳媒文化在促進輿論自由方面的效用有較充分的認同。由此出發，將調查結果與被調查者的年齡情況做交叉分析，經過檢驗，df=20，p=0.000〈0.05，說明市民的認同度與其年齡有一定的相關性。從總體上看，與網絡接觸相對頻繁的中、青年人更相信草根傳媒文化具有促進自由表達的作用，這一點也是同前文對公民參與度的調查結果互為印證的。具體說來，在選擇「非常贊同」的人群中，41～50 歲和 20 歲及以下的被調查者所佔比例最高，分別為 25.0%和 22.2%。此外，在各年齡段，選擇「比較贊同」的比例均為最高，並且隨年齡段的增大而逐漸降低。而在選擇「極不贊同」的人群中，61 歲及以上者所佔比例為 6 個年齡段中最高，很顯然，這與該年齡段的老人對草根媒體大多不夠熟悉有關。

表 4　在網絡視頻的觀看、轉發和評論中，公民可以更好、更自由地
　　　表達自己內心的想法，對於這一點您是否贊同？

	頻　率	有效百分比（%）	累積百分比（%）
非常贊同	139	17.4	17.4
比較贊同	462	58.0	75.4
不太贊同	118	14.8	90.2
極不贊同	19	2.4	92.6
不清楚	59	7.4	100.0
合計	797	100.0	

　　在當代公民主體性的建構過程中，草根傳媒文化扮演著不言而喻的重要角色。有學者認為，當前中國的傳媒文化已呈現出政治和娛樂「二元分立」的格局：一方面，任何與政治相關的話語都必須嚴加控制；另一方面，只要同政治無關，則可以毫無禁忌地縱情娛樂。這樣的局面實際上導致了公民政治熱情的消退以及對社會公共問題的相對冷漠。〔註 16〕可以說，草

〔註16〕參見周憲：《當代中國傳媒文化的景觀變遷》，《文藝研究》2010 年第 7 期，
　　　　第 7 頁。

根傳媒文化的興起恰恰起到了補偏救弊的作用，它在一定程度上重新喚起了公民對公共事務的關注，進而推動其參與意識與主動精神的大幅度提升。不過，必須承認，草根傳媒文化所帶來的表達自由更多還參雜著一種民間話語所特有的「情緒化」傾向，而缺乏明確的理性思辨與人文關懷。因此，每當主體置身草根傳媒文化之中，便往往會沉醉於一種宣洩的快感，沉醉於一連串看似轟轟烈烈、實則雜亂無章的爭執與吵鬧，從而喪失了理性批判的力度。從根本上說，草根傳媒文化依舊同哈貝馬斯理想中的，以對話、協商和思辨為旨歸的「公共領域」（public sphere）相去甚遠，它的發展也依舊是一項充滿挑戰性的、尚未完成的規劃。〔註 17〕

五、草根傳媒文化中的倫理問題

應當看到，無論就個體還是群體，就一種直觀經驗還是一項研究規劃而言，「倫理」（ethics）都是貫穿於當代社會生活之中的一條不可或缺的主線，它所聚焦的對象，在於「我們作為充分理性化的人類存在，應當選擇並追求怎樣的目標，與此同時，又是怎樣的道德原則在操控著我們的這種選擇與追求」〔註 18〕。在當前草根傳媒文化的總體進程中，一個無法遮掩的事實是，倫理的「越界」或「離軌」現象已然呈泛濫之勢。例如，以色情、暴力、丑怪等方式吸引受眾的眼球，培養畸形、病態的審美趣味；為引爆點擊率，強行將某些私人事件演化為公共性的景觀，從而對他人隱私構成侵害；利用具有誤導性質的訊息或是影像，顛倒是非曲直，使公眾的情緒脫離應有的軌道而流於歇斯底里式的誹謗、詆毀與中傷……概而言之，草根傳媒文化就如同一把雙刃劍，在帶給主體空前自由的同時，也很可能導致這種自由的過度膨脹，從而使主體沉陷於恣意妄為的快感之中，將本應奉為圭臬的道德律令拋諸腦後。在相關法令制度尚不完善甚至暫時「缺席」的背景下，這樣的倫理越軌更是能帶來令人始料未及的負面效應。

〔註 17〕有鑑於此，希臘學者帕帕查維茨（ZiZi Papacharissi）提出，草根媒體所提供的其實是一個可以隨意進出的「公共空間」（public space），它無法與哈貝馬斯意義上以理性和批判為旨歸的公共領域相提並論。參見 ZiZi Papacharissi。"The Virtual Sphere: The Internet as a Public Sphere." *New Media and Society*, 4.1 (2002): 9～27.

〔註 18〕*The Cambridge Dictionary of Philosophy*, edited by Robert Audi, Cambridge University Press, 1999, p. 285.

表5　您覺得對於網絡視頻等相關資源是否有必要加以整治和規範？

	頻　率	有效百分比（%）	累積百分比（%）
相當有必要	236	29.5	29.5
較為必要	316	39.5	69.1
不太有必要	106	13.3	82.4
不必要	41	5.1	87.5
無所謂	60	7.5	95.0
不知道	40	5.0	100.0
合計	799	100.0	

　　對於草根傳媒文化中存在的道德缺失，大部分被調查者其實都感同身受。根據表5所示，多達69.1%的被調查者感到有必要對網絡視頻等相關資源加以整治和規範，其中選擇「相當有必要」和「較為必要」的比例分別為29.5%和39.5%；認為不必要者所佔比例僅為18.4%，其中選擇「不太有必要」和「不必要」的比例分別為13.3%和5.1%。由此可見，多數市民已明確意識到草根傳媒文化可能對道德底線所造成的挑戰，同時也表現出清除「不安定」因素並捍衛倫理秩序的強烈渴望。對每個致力於淨化傳媒生態環境的當代人而言，這樣的覺悟其實傳達了某種積極的訊號。在此基礎上，將統計數據與「性別」做交叉分析，經過檢驗，df=5，p=0.000＜0.05，說明被調查者的態度與其性別有較大關聯。在選擇「相當有必要」和「較為必要」的被調查者中，女性所佔比例為75.3%，而男性則為63.4%，比女性低11.9%；在選擇「不太有必要」和「不必要」的人群中，女性所佔比例為11.6%，而男性則為24.7%，比女性高13.1%。這說明，相較於男性，女性對草根傳媒文化中的倫理越軌現象更加敏感，並提出了更迫切的治理要求。個中因由，除去兩性在容忍度上的差異外，恐怕還要歸因於當前草根傳媒熱衷並擅長塑造故意賣弄肉體（如木子美、干露露）或一味譁眾取寵（如芙蓉姐姐、鳳姐）的女性形象，以滿足人們（尤其是男性）的窺淫慾望或是調侃、嘲弄的宣洩心理，從而引發了女性更強烈的厭惡與拒斥。

表 6　當發現令您反感的暴力、色情、虛假的網絡圖片或視頻時，您會怎樣處理？（%）

	頻　率	有效百分比	累積百分比
不予理會	393	49.2	49.2
跟帖或發表評論加以批駁	63	7.9	57.1
建議版主將其刪除	141	17.6	74.7
向相關部門舉報	50	6.3	81.0
不清楚，視情況而定	152	19.0	100.0
合計	799	100.0	

　　前文提到，公民對草根傳媒文化中「藏污納垢」的一面大多已深有體會，並產生了某種防範與抵制的自覺。那麼，當他們的目光遊走於網絡空間，並真正接觸到一些扭曲、盲目、膚淺、墮落的草根傳媒形象時，他們又將有怎樣的表現呢？根據表 6 所示，當發現令自己反感的暴力、色情、虛假的網絡圖片或視頻時，最多的被調查者選擇了「不予理會」，其次是「不清楚，視情況而定」，第三是「建議版主將其刪除」。而比例較低的則是「跟帖發表評論加以批駁」和「向相關部門舉報」。結合數據統計，不難得出結論：由於缺乏成熟的媒介素養與妥善的應對方式，當市民與草根傳媒所引發的「道德失範」狹路相逢時，他們的反應多半還停留於「迴避」「無視」等相對被動的狀態。由是觀之，在公民對種種道德誤區的具體處置上，無疑還存在著充實、改進與提升的巨大空間。英國媒介批評家馬修·基蘭（Matthew Kieran）曾指出，媒介的最重要意義莫過於，它「時常以間接的方式參與且影響了我們的信念、價值以及基本信仰」〔註 19〕。可想而知，在整合併塑造個體精神世界的層面上，日益為普通人所接受的草根傳媒勢必會起到愈發明顯的作用。因此，如何從倫理向度對草根傳媒文化加以適當的引導與調控，以防止其淪落為話語暴力的幫兇或是商業消費主義的傀儡，應當是每一位草根傳媒文化的親歷者反覆思索的問題。

〔註 19〕馬修·基蘭編：《媒體倫理》，張培倫等譯，南京大學出版社 2009 年版，「緒論」第 1 頁。

六、結語

綜上所述，通過以南京市民為基礎的問卷調查，可以略微窺見中國草根傳媒文化發展的基本狀況：在當代中國傳媒文化的總體格局中，依託互聯網絡而發展壯大的草根傳媒文化已經成為了一股不容忽視的力量。在草根傳媒文化所包含的視覺資源中，社會熱點問題始終是備受矚目的對象，其關注度與被調查者的教育背景密切相關。市民對草根傳媒文化的參與方式主要為轉發和分享，多數人不會主動創制並上傳相關圖像或視頻。多數被調查者相信，草根傳媒文化能有效推動社會監督行為的實施，並有助於保證公眾意見的自由表達。與此同時，絕大多數被調查者對草根傳媒文化所引發的倫理越軌現象有較清醒的認識，並認為存在著對其加以整治與約束的必要。

根據調查所示，草根傳媒文化已全方位地融入了市民的社會文化生活，其優越性也得到了一定程度的體認與較為自覺的發揮。雖然草根傳媒文化還包含著許多亟待解決的問題，其潛能也遠未能得到充分的開發與運用，但誰都無法否認，它已經為當代中國的傳媒文化注入了一股新鮮的血液。卡斯特曾將網絡文化命名為一種「真實的虛擬文化」（culture of real virtuality），在他看來，網絡空間作為由電子媒介打造的虛擬存在，卻可以產生強烈的現實指涉性，並實實在在地作用於人們的認知與行動，即「主要通過虛擬，我們處理意義的創建」〔註20〕。同樣，作為與互聯網比肩而行的獨特存在，草根傳媒文化也絕不是一個孤立的、自我指涉的封閉體，而是以「星叢」的方式連綴起了每一個普通人的期盼、困惑、迷惘與憧憬，並最終形象化地描繪了廣大民眾最真實的文化想像與表意實踐。當然，在草根傳媒文化中，同樣存在著多重力量的對峙與衝突：它既勾勒了一片想像的「烏托邦」，又飄蕩著不安與恐懼的幽靈；既攜帶著激進的政治文化訴求，又充溢著玩世不恭的「狂歡化」氣息；既帶給接受者耳目一新的震撼與衝擊，又傳達出了某種妥協、折衷的意味……說一千道一萬，決定草根傳媒文化終將何去何從的，其實並非「技術」或「媒介」本身，而在於每一個生活在其中的男男女女，在於每一個接近它、體會它、感受它、思考它的鮮活躍動的生命。

〔註20〕曼紐爾·卡斯特：《網絡星河：對互聯網、商業和社會的反思》，社會科學文獻出版社 2007 年版，第 219 頁。

附錄二:「弱者勝」──論草根傳媒文化的一種權力邏輯

　　在當代中國的社會變遷中,「草根傳媒文化」(grassroots media culture)無疑已迅速崛起並成長為令人耳目一新的媒介景觀。所謂草根傳媒文化,並非社會學研究中的底層與邊緣文化,也不同於人類學視域內的民俗或民間文化,它所指的是廣大民眾基於互聯網絡而形成的「一人一傳媒」,乃至「所有人向所有人傳播」的新興文化景觀。〔註1〕在傳統語境下,信息發布的權利由書籍、報刊、廣播、電視等「正式」機構所專有,而草根傳媒則強勢逆轉了上述局面。按照草根傳媒文化的運行邏輯,人們可以借助個人電腦、數碼相機、可攝像手機等俯拾即是的技術設備,自由採集、製作並上傳、分享諸如文字、圖畫、影像、音頻等在內的相關信息和資訊。於是,一種「人人都能生產新聞」〔註2〕的革命性圖景也將由此而浮現。

　　依憑其開放、多元、自成一格的視覺話語實踐,草根傳媒文化「在交互作用的參與者之間促發了一種連貫性」〔註3〕,不僅構築了一個規模巨大的草

〔註1〕在草根傳媒文化的話語體系中,「草根」(grassroots)自然是一個不可忽視的範疇。這一語詞濫觴於美國19世紀的淘金熱潮,當時的冒險家們大多相信,凡山脈草根生長茂盛處便一定富含金礦。依據現今最普遍的語用規範,草根一詞主要有兩重內涵:其一,是一種被社會主流所拒斥、放逐的邊緣或弱勢群體;其二,是一種不登大雅之堂的、「下里巴人」的民間或平民文化。不過,當「草根」被置入「傳媒」這一更具針對性的構架之中時,它也便指向了一種以高度開放、廣泛共享為標誌的新的信息交流方式,依靠這一方式,曾經沉默失語的公眾才有機會真正表達出自己的意願和訴求。

〔註2〕丹・吉摩爾:《草根媒體》,陳建勳譯,南京大學出版社2010年版,第34頁。

〔註3〕Glyn Davis, "From Mass Media to Cyberculture", in *Exploring Visual Culture: Definition, Concepts, Contexts*, edited by Matthew Rampley, Edinburgh University Press, 2005, p. 647.

根用戶群體，同時，也促使來自天南海北的人們在針對特定形象的處理中產生了情感上的深度契合，進而形成了強烈的精神共鳴與明確的身份認同。在這種「草根式認同」得以建構的過程中，一種「弱者勝」（the weaker, the winner）的權力邏輯發揮了意味深長的作用。

一、何為「弱者勝」？

所謂「弱者勝」，意即在草根傳媒文化的權力格局和話語秩序中，那些佔有資源較少、社會地位較低、難以維護自身權益的「弱者」往往將獲得最大限度的理解、包容和支持；相較之下，那些佔有資源較多、社會地位較高、享有一定特權的相對意義上的「強者」，則常常遭到一邊倒的唾罵、指責和抨擊。在某些情況下，草根傳媒文化的參與者甚至在相關事件還未進入正式討論之際，便已經先入為主地將「弱者」設定為勝利方，而將「強者」指認為一個必須被打倒在地的，專斷、刻毒、蠻橫無理的對象。從上述對「弱者勝」的界定中，可提煉出三個至關重要的因素：首先，判明「孰強孰弱」的標準無關乎肉體力量，而是取決於社會階層和利益分配，這些恰恰是在當前較為敏感的問題；其次，「弱者」之勝出絕非確鑿無疑的事實，而更多來自廣大網民的吶喊與聲援。因此，在「現實境況」和「輿論導向」之間，勢必會出現一些錯位或偏差。再次，「弱者勝」並非發生於現實的社會場域，而是以虛擬的網絡空間為棲居之所。網絡空間一方面迥異於真實空間，另一方面，又常常以隱微曲折的方式暴露社會的深度真實，進而對公眾的情感態度和價值判斷產生真切影響。正是以上諸因素的交互作用，共同塑造了「弱者勝」所獨有的精神取向和表現形態。

對網絡空間中「弱者勝」的權力邏輯，不少學者早已有所體察（儘管尚未從學理層面予以詳述）。如有研究者坦言，在賽博空間這一「意見公開的自由市場」中，「由公眾製造的網絡輿論極其明顯地倒向每一新聞事件的『弱勢』一方，網絡輿論為弱者吶喊的功能近年有愈演愈烈之勢」。〔註4〕但倘若稍加細究，不難從「弱者勝」的種種表象中發掘出一些更值得玩味的思想脈絡。必須注意，「弱者勝」在一定程度上契合了米歇爾·福柯的權力觀。福柯認為，權力絕非無法抗拒的支配行為，而是一個具有能動性、生產性和交互性的網

〔註4〕劉霞、劉暉：《網絡「憫弱」輿論之對話和對峙》，《學術界》2010 年第 4 期，第 118 頁。

狀組織。故而，「哪裏有權力，哪裏就有抵制」〔註5〕。循此思路，傳統意義上的「弱者」也並非權力的被動承受者，而總是以「自下而上」的方式建構其主體位置（subject-positions），並逐步對權力關係加以應對或引導。「弱者勝」還與巴赫金的「狂歡化」（carnivalization）命題產生了某些交集。巴赫金指出，在狂歡節上，人們常常將公選出的小丑加冕為國王，不久之後，又脫下小丑的冠冕，對其加以肆無忌憚的嘲諷、污蔑和羞辱。在這種「加冕」與「脫冕」不斷交替的儀式化活動中，現實生活中一切高貴的、值得欽慕和敬仰的東西統統被踩在腳下，而那些被忽略的、處於底層和邊緣的人物或事件，則無一例外地被奉為上賓。〔註6〕這種顛倒一切等級與秩序的「加冕─脫冕」恰恰折射出「弱者勝」的精神內涵。

在草根傳媒文化這一獨特場域，「弱者勝」的權力邏輯得到了極富戲劇性的演繹。放眼現今各大社交平臺，在一大批網民的眼中，一旦醫生和患者出現糾紛，則前者必然是玩忽職守、草菅人命，而後者必然是雪上加霜、苦不堪言；一旦城市管理者和個體商販爆發衝突，則前者必然是濫用暴力、蠻橫無理，而後者必然是忍辱負重、備受欺凌；一旦交通事故涉及豪車車主和平民百姓，則前者必然是仗勢欺人、罪無可赦，而後者必然是無端遭難的「不幸者」和「犧牲品」，即便確有過失，也一定有「不得已而為之」的苦衷……「弱者勝」的一個更極端例證，是曾經轟動全國的「梁麗撿金案」。2008年12月，深圳機場女清潔工梁麗在機場候機大廳「撿」到了價值人民幣約300萬元的黃金首飾，隨後，因涉嫌財產盜竊罪被當地公安機構逮捕。值得注意的是，草根媒體在報導該事件時，往往格外強調梁麗「女清潔工」的職業，以及與之關聯的，貧寒、辛勞、卑微、怯懦的身份特徵。由此出發，網民紛紛將梁麗定性為一個遭受飛來橫禍的不折不扣的「弱者」，將其「拾金而昧」這一明顯觸犯法律的行為解讀為「生活所迫，情有可原」。〔註7〕正是網絡輿論山呼

〔註5〕米歇爾·福柯：《性經驗史》，佘碧平譯，上海人民出版社2002年版，第71頁。

〔註6〕參見巴赫金：《弗朗索瓦·拉伯雷的創作與中世紀和文藝復興時期的民間文化》，李兆林等譯，見錢中文主編：《巴赫金全集》（第六卷），河北教育出版社1998年版。

〔註7〕在天涯、貓撲、西祠胡同等當時最火爆的網絡論壇上，諸如《深圳機場金飾案：撿來的災禍》《「盜竊」疑案六大追問》《如果梁麗判無期，貪污受賄百萬要槍斃》《「撿」來的重罪拷問法律公正》一類頗具傾向性的報導可謂屢見不鮮。

海嘯的聲援，對當地司法機構造成了一定的壓力，並最終推動了犯罪嫌疑人的無罪獲釋。縱觀該事件由醞釀到發酵的整個過程，不難感受到公眾對「弱者」的近乎非理性的同情，以及蘊含在這種同情之中的，對既有法則、規範和秩序的強有力顛覆。

二、「弱者」何以取勝？

在草根傳媒文化中，「弱者」所得到的輿論支持，自然同人類與生俱來的善良品性（即所謂「惻隱之心，人皆有之」）緊密相關。但同時，還必須關注「話語」（discourse）在「弱者勝」的形成中所扮演的重要角色。卡斯特斷言，網絡權力的最集中表現，在於一種傳播的權力（communication power），而傳播權力的核心，又在於「產生、擴散和影響構成人類活動的話語能力」〔註8〕。所謂話語，並非抽象、自足的語言體系，而是包括符號、圖像、身體、行動在內的一系列社會化、語境化的意義傳遞方式。話語一方面受到外在社會因素的塑造，另一方面，又作為一套表意實踐（signifying practices）訴諸個體的精神與情感維度，進而對現實生活產生持續、深入的影響。〔註9〕正是草根傳媒文化所蘊含的複雜、微妙的表述方式和話語策略，在相當程度上喚醒並促發了公眾對「弱者」的毫無保留的關切，並最終使「弱者」佔據了無可爭議的合法性地位。

「弱者」得以勝出的一個重要策略，在於草根傳媒對所謂「強者」的標籤化和模式化處理。有學者觀察到，在突發性公共事件的報導中，無論是草根傳媒文化的製作者、傳播者還是接收者，往往在一種「民粹主義」範式的支配下，按照「富人原罪」「官員原罪」「政府原罪」的反向思維方式對特定對象加以理解，從而造成了媒介表徵與現實經驗的偏差。〔註10〕誠然，草根傳媒文化的獨特之處在於，一方面其素材異常豐富，令人應接不暇，另一方面，這些紛紜多樣的素材又往往被納入某些同質化的話語構架。縱觀形形色色的草根傳媒形象，不難發現，公眾眼中的「強者」通常呈現出醜陋、卑瑣、令人

〔註8〕曼紐爾・卡斯特：《傳播力》，湯景泰等譯，社會科學文獻出版社 2018 年版，第 42 頁。

〔註9〕關於「語言」和「話語」的更細緻辨析，可參見周憲：《文學理論：從語言到話語》，《文藝研究》2008 年第 11 期，第 5～15 頁。

〔註10〕參見陳龍：《民粹主義與新媒體事件的表述偏差》，《新聞與傳播研究》2012 年第 6 期，第 4～9 頁。

望而生厭的「刻板化」樣貌。如官僚必定貪贓枉法、魚肉百姓，商人必定姦猾
狡詐、唯利是圖，「富二代」必定囂張跋扈、目無法紀，城市管理者必定橫征
暴斂、為虎作倀，而「女官員」則必定胸無點墨，僅靠迎逢、取悅男性上位，
等等。這些頗具「故事性」的腳本，在草根傳媒文化中已成為了一種定式，無
論具體情況如何各有所異，也總是不分青紅皂白地加以套用。當然，在文化
傳播領域，關於特定人或事的「刻板印象」（stereotypes）已然是司空見慣的現
象。但在一般意義上，刻板印象多用於界定遊走於社會邊緣的「亞文化」群
體，如罪犯、妓女、精神病人、少數族裔、肥胖者、殘障人士等；而在草根傳
媒文化這一特殊場域，刻板印象則成為了對「主流人群」加以描摹或渲染的
慣常手段。一旦公眾對這些刻板印象習以為常，便很容易在「強者」與罪孽、
腐敗、墮落之間建構起一種條件反射式的內在關聯，進而將「強者」指認為
帶有「原罪」的，需要被鞭笞與唾棄的邪惡化身。在 2010 年沸沸揚揚的「河
北大學車禍案」中，刻板化策略便得到了淋漓盡致的體現。在轉述該事件時，
草根媒體大多聚焦於幾個碎片化的場景，將肇事者在情急下的一句「我爸是
李剛」渲染為一個紈絝子弟在「拼爹」時的狂妄之語，在吸引公眾目光的同
時，無疑也造成了對事件之真實狀況的遮蔽和歪曲。

　　「弱者」得以勝出的另一個重要策略，在於草根傳媒文化中「二元對立」
（binary opposition）的戲劇效應。在戲劇中，二元對立無疑是至關重要的表
現技法。一般而言，戲劇衝突是戲劇之所以引人矚目的關鍵所在，而戲劇衝
突的實質，則在於「情節中兩種對立力量之間的交互作用」〔註 11〕。福柯同
樣發現，言說者在實際的陳述行為中，常常先驗地將對象世界劃分為真理與
謬誤、理性與瘋癲、善與惡、光明與黑暗、正常與非正常等涇渭分明的兩極，
將其中一方指認為「放之四海而皆準」的自然法則，將另一方貶斥為「邊緣
化」的他者，並不斷予以矯正、壓抑和放逐。〔註 12〕在草根傳媒文化中，二
元對立的構造同樣引人深思。縱觀近年來備受矚目的網絡熱點事件，大多可
提煉出某種「二元化」的表意模式，如政府官員／平民百姓（林嘉祥「猥褻幼
女案」）、土地開發商／原住民（江西宜黃「拆遷自焚」事件）、「富二代」／大

〔註 11〕 Stanley Hochman, *McGraw-Hill Encyclopedia of World Drama*. McGraw-Hill,
1984, p. 229.

〔註 12〕 參見 Michel Foucault, "The Discourse on Language", in *Critical Theory Since
1965*. edited by Hazard Adams and Leroy Searle, University of Florida Press, 1986,
pp. 148～162。

學生（杭州「70碼」事件）、無良企業／底層打工者（張海超「開胸驗肺」事件）、「星二代」／無辜受害者（「李雙江之子涉嫌輪姦案」），等等。二元對立的一方通常是資本和權力配置中佔據優勢的人物，另一方則大多是當前社會格局中相對弱勢的群體，他們直接或間接地受到了前者的剝奪、欺凌與傷害。在這種極端懸殊的對立中，公眾很容易將「強者」建構為一個惡貫滿盈、劣跡斑斑的形象，並不自覺地對「弱者」投以同情和關切的目光。如在2016年的「於歡刺死辱母者」事件中，當事人的行為雖構成了法律意義上的故意傷害，但一旦被置於「暴力逼債者—受辱母親之子」的二元框架中，便得到了大多數網民的體諒與聲援。在前文提及的「梁麗撿金案」中，草根媒體更是將司法機構塑造為一部僵化、苛刻、不近人情的官僚機器，而對女清潔工老實本分、含辛茹苦的特質大加渲染，最終潛移默化地引導了輿論走向。上述頗具戲劇性的二元對立，無疑為「弱者」的自我彰顯提供了相對充足的空間。

在草根傳媒文化中，「弱者」的勝出還有賴於一系列極具感染力的視覺符碼。當前，形象已愈發壓倒文字而成為了新的文化「主因」（the dominant）。如凱爾納便強調，當代文化可以被界定為「一種圖像文化」〔註13〕。米歇爾更是篤信，形象實乃21世紀人文學術的肯綮所在。〔註14〕形象的主導性在草根傳媒文化中亦有充分體現。越來越多的網民習慣於運用富於煽動性和暗示意味的形象片段，以製造震驚效應，進而凸顯出「強者」的難以理喻和「弱者」的不容褻瀆。一個比較典型的例證，是2009年的張海超「開胸驗肺」事件。在報導該事件時，草根媒體大多聚焦於當事人悽楚的眼神，愁雲慘淡的面龐，以及開胸手術後重重包裹的創口，在帶來視覺衝擊的同時，也加深了人們對「強者」（即存在著漏洞的制度機器）的憎惡，對「弱者」（即艱辛維權的農民工）的深切同情。另一個有代表性的例證，是2007年舉國轟動的重慶「史上最牛釘子戶」事件。有學者曾結合格式塔心理學的基本原理，指出該照片之所以能廣泛流傳並製造轟動效應，關鍵在於拍攝者對一種「矛盾空間」的微妙構造，其表現有三：一是「對稱式構圖」，拍攝者並未將小樓置於「黃金分割點」，而是使其處在令人感到突兀的中心位置，以破壞整幅畫面的完整

〔註13〕道格拉斯·凱爾納：《媒體文化——介於現代與後現代之間的文化研究、認同性與政治》，丁寧譯，商務印書館2004年版，第9頁。

〔註14〕W. J. T. 米歇爾：《圖像理論》，陳永國等譯，北京大學出版社2006年版，「序言」第2頁。

性，並帶來一定的心理暗示；二是「鏡頭角度選取」，拍攝者並未將樓盤的整個地基納入鏡頭，而是集中表現了小樓與地基之間深達十餘米的落差空間，從而強調了釘子戶所面臨的艱難境遇；三是「景深構圖」，拍攝者並未依慣例加大景深以凸顯主體，而是盡可能將「背景」與「前景」平行並置，以製造身臨其境的現場感。〔註15〕上述視覺語法共同作用，集中表現了「釘子戶」憤然抗爭的不屈與韌性，從而誘發了集體性的情緒體驗。

在草根傳媒對「弱者勝」的演繹中，形象與文字的關聯同樣耐人尋味。一方面，形象將增強語言文字的吸引力，為後者帶來「眼見為實」的確證性；另一方面，網民在「讀圖」的基礎上，又常常調用來自民間的想像力，以「流行語」的方式對形象加以戲謔式解讀，使相關事件產生更持久、深入的影響。如在前文提及的「我爸是李剛」事件中，伴隨事件的持續升溫，諸如「天蒼蒼，野茫茫，風吹草低見豺狼／野茫茫，天蒼蒼，有只豺狼叫李剛」一類辛辣嘲諷的「段子文學」風行一時；又如2009年的杭州「70碼」事件，在當地交管部門得出「肇事車輛最高時速為70碼」這一難以服眾的結論後，網民大失所望，旋即依據「70碼」的諧音虛構了一頭善於偽裝、嗜食金錢，在封印千年後再度興風作浪的妖獸「欺實馬」，藉此傳達出對可能存在的「權錢交易」和「暗箱操作」的強烈質疑。足見，形象與文字的「互文性」關聯，不僅為「弱者」的勝出推波助瀾，亦為人們對當下「語圖之爭」的考察提供了一個饒有趣味的參照系。

綜上可知，「弱者勝」在話語層面體現出如下特徵：一是非理性，即一味強調對公眾情緒（尤其是負面情緒）的催化，缺乏深入的思索與審慎的辨析；二是偏執化，即揪住一個「敏感點」大做文章，鮮有對事件之前因後果和完整脈絡的把握；三是極端化，即秉持一種激進的、非黑即白的價值判斷，將「弱者」的一切言行認定為天經地義，對「強者」則予以不留餘地的詆毀與抨擊。以上話語姿態很容易引發熱烈回應，但同時，又可能在一定程度上造成社會心態的失衡，以及真相的缺失、是非的混淆和「負能量」的積蓄。故而，如何對「弱者勝」背後的深層次動因加以開掘，便成為了一個無法被遺漏的問題。

〔註15〕參見湯筠冰：《「史上最牛釘子戶」事件的視覺文化傳播解讀》，《新聞知識》2007年第6期，第48頁。

三、「弱者」因何而勝？

　　「弱者勝」並非對現實狀況的指認，而更類似於一種「觀念先行」的闡釋構架。在面對草根傳媒文化時，作為「闡釋者」的公眾往往從先在的意願或訴求出發，對「強者」／「弱者」的身份特徵做出傾向性極強的解讀。關於闡釋的主觀預設性，不少學者已有過深入思考。姚斯（Hans Robert Jauss）坦言，「期待視野」（the horizon of expectations）是理解之所以發生的前提條件，它使人們在實際閱讀前便獲得了固定的、程式化的效果預期。伽達默爾（Hans-Georg Gadamer）相信，主體總是為既有的經驗、遭際、知識和價值觀所圍，並總是透過各自的「視域」（horizon），以有限的方式來觀照周遭世界。貢布里希則談到，倘若將觀看類比為一種「目光的闡釋」，那麼，這種闡釋便絕非純然無暇，而是在諸種業已存在的「圖式」（schema）的支配下進行。故而，藝術家大多習慣於「看到他要畫的東西，而不是畫他所看到的東西」〔註16〕。無論是姚斯、伽達默爾還是貢布里希，都強調了闡釋的差異性和變動性，以及形形色色的「情境化」因素對具體闡釋行為的影響。在草根傳媒文化中，「弱者勝」同樣與主體置身其間的具體情境休戚相關。總體上看，這種情境涵蓋了如下兩個層面：

　　首先，是草根傳媒文化自身的技術情境。草根傳媒文化以網絡為基點或母體，必然也受到網絡的深刻影響和塑造。草根傳媒文化的傳播主體是所謂「網眾」（networked public），即「網絡化用戶」集結而成的群體，他們雖然活躍於虛擬的網絡空間，卻能夠跨越地域、年齡、職業、血緣、組織等固有的社會關係紐帶，實現對社會公共議題的普遍關注。〔註17〕在此過程中，主體不僅獲得了參與的快感，亦將在彼此的遙相呼應中形成強烈的精神共鳴，進而表現出對「弱者」的高度一致的認同。草根傳媒文化在為主體賦權的同時，又不免使「弱者勝」暴露出盲目而偏狹的面向。網絡空間所構築的，是一座複雜難解的數字迷宮，即是說，「一切事物都可以隨意地被與其他事物無目的或無意義地鏈接起來」〔註18〕。在這個千頭萬緒、撲朔迷離的空間中，人們

〔註16〕E. H. 貢布里希：《藝術與錯覺：圖畫再現的心理學研究》，范景中等譯，浙江攝影出版社 1987 年版，第 101 頁。

〔註17〕參見何威：《網眾傳播：一種關於數字媒體、網絡化用戶和中國社會的新範式》，清華大學出版 2011 年版。

〔註18〕休伯特‧L‧德雷福斯：《論英特網》，喻向午等譯，河南大學出版社 2016 年版，第 14 頁。

常常陷入不知所措的迷茫狀態，而失去判定「強者」和「弱者」孰是孰非的明確座標。在網絡空間中，還充斥著紛亂、蕪雜、未經分辨的各色信息。這種信息呈現的混雜性和無規則性，決定了一種信息若要彰顯其存在，就必須以激進、尖銳、鋒芒畢露的姿態，在最短時間內訴諸人們的感官體驗。依憑對「弱者」的高度肯定，對「強者」的無條件貶斥，「弱者勝」將催生一種極具挑逗性和感染力的情緒導向，自然很容易從信息的叢林中異軍突起，並獲得異常熱烈的響應與跟從。此外，應關注網絡對主體認知與感受方式的深刻影響，互聯網是一個信息更新極度頻繁的場域，無數信息在其中以令人瞠目的速度更迭與流變。按照凱瑟琳·海爾斯的說法，這種迅疾變幻的光影體驗，所培養的是一種病態的「過度注意力」（hype-attention）：相較於紙質閱讀時代的沉潛體悟，它將使主體在多個對象之間搖擺不定，並逐漸習慣於追求強烈的、稍縱即逝的視聽快感。〔註 19〕故而，面對互聯網所衍生的信息之流，人們通常只會在倉促間投以匆匆一瞥，難以穿透紛亂駁雜的現象表層，揭示出隱含在「強弱之爭」背後的深度真實。上述因素的共同作用，使「弱者勝」成為了草根傳媒文化中不容置疑的法則和律令。在這種頗具戲劇性的強弱判斷中，彌漫著「歇斯底里」式的鼓譟與喧囂，縱然有稍顯不同的聲音，也很快被淹沒在大多數人的口水之中。

其次，促使「弱者」勝出的更重要原因，還在於無數普通人切身經歷的現實情境。美國學者蘇勒爾坦言，互聯網並非與現實無涉的飛地，相反，「在更深層次的心理學層面上，我們把電腦屏幕另一端的網絡空間領域看作是我們心理的延伸，即反映我們的個性、信仰和生活方式的空間……各種個人的期待、幻想和欲望都被投射到這個敞開的網絡空間內」〔註 20〕。換言之，網絡空間中發生的一切，實質上是特定社會—文化語境下個體精神體驗和情感態度的折射。如果說，草根傳媒文化脫胎於網絡空間，那麼，作為草根傳媒文化中獨特的權力邏輯，「弱者勝」同樣與當下中國的社會現實息息相關。近幾十年來，中國正處於政治、經濟、制度、文化的轉型階段。社會變遷帶給了我們無數新的機會和可能性，同時也造成了一些現實社會問

〔註 19〕參見凱瑟琳·海爾斯：《過度注意力與深度注意力：認知模式的代溝》，楊建國譯，見周憲、陶東風主編：《文化研究》（第 19 輯），社會科學文獻出版社 2014 年版，第 4～5 頁。

〔註 20〕約翰·R·蘇勒爾：《賽博人：數字時代我們如何思考、行動和社交》，北京：中信出版社 2018 年版，第 30～31 頁。

題。尤其是少數政府官員的專橫跋扈、以權謀私，部分暴富者的窮奢極欲、任性妄為，不僅將自身置於平民百姓的對立面，更帶給了廣大民眾一些困擾。與此同時，在相關政策法規尚未健全的情況下，普通人常常又無法得到充分的制度保障。〔註 21〕由於一些社會矛盾未能得到妥善解決，個體的不滿情緒無從宣洩，潛藏於記憶深處，並一次次被新的社會熱點事件激活與喚醒。故而，人們時常形成對「強者」／「弱者」的定型化理解，他們競相以「弱者」自居，對「強者」則懷有揮之不去的敵意。〔註 22〕值得一提的是，草根傳媒文化的最積極參與者，多半是 20～29 歲之間、大專及以上學歷的年輕人。〔註 23〕轉型期最現實的困境（如貧富分化、司法不公、醫療事故、就業困難、房價猛漲等）往往在他們的生活中投下陰霾；而草根傳媒對「強弱之爭」的激進演繹，又恰如其分地呼應了他們的創傷性體驗。正因為如此，在面對草根媒體所轉述的熱點事件時，他們時常產生強烈的「同病相憐」之感，進而將「弱者」的不幸置換為包括自己在內的「群體」的不幸，並通過對「弱者」的竭力聲援、對「強者」的無情鞭撻而獲取極大的精神慰藉。足見，在草根傳媒文化中，「弱者勝」並非基於法律或倫理的合法性，而是處於弱勢地位、亦無法從制度層面獲得安全感的草根民眾在「自我保護欲」的驅使下，對他們想像中的「既得利益者」加以反抗與聲討的符號化嘗試。換言之，所謂「弱者」，其實是每一個普通人在社會變遷中的鏡象和寫照。

〔註21〕社會學家鄭也夫對此頗有感觸。他談到，在傳統社會，基於親疏遠近的「人際信任」一直是社會關係的主導，而高度「流動性」的現代生活則使個體越來越多地從習以為常的人際關係中跳脫出來，轉而將追尋信任的目光投向了一個無跡可尋、卻又無所不在的制度體系。同時，鄭也夫指出，由於一些制度或規範在目前不夠完善，因此，傳統「熟人社會」中的關係、人情、特權依然存在於社會的機體之中，這就在一定程度上造成了低水平的「制度信任」。參見鄭也夫：《信任論》，中信出版社 2016 年版。

〔註22〕在一次針對中國市民的人際信任結構的問卷調查中，「有權的人」「政府官員」以及「有錢的人」成為了最不容易被信任的群體。這樣的統計數據較真實地呈現了當前普通民眾的心態。參見楊青、胡志偉：《移民城市人際信任現狀及影響因素——一項基於深圳的實證研究》，見王俊秀、楊宜音主編：《中國社會心態研究報告》，社會科學文獻出版社 2014 年版，第 51 頁。

〔註23〕參見「中國互聯網絡信息中心」於 2012 年 3 月發布的《2011 年中國網民網絡視頻應用研究報告》，http://www.cnnic.net.cn/hlwfzyj/hlwxzbg/201205/P020120709345259404875.pdf。

四、「弱者勝」何為？

有研究發現，草根傳媒文化所孕育的，是一種「真實的虛擬文化」（culture of real virtuality）。這種文化雖植根於虛擬的電子符碼，卻往往能象徵性地作用於個體的精神世界，進而具體、真切地改造了人們居於其中的現實生活。〔註24〕作為草根傳媒文化的一種重要表徵，「弱者勝」具有不言而喻的積極意義。正是通過對「弱者」的旗幟鮮明的捍衛，人們才有機會以堅定而果決的姿態，盡情表達自己對「強者」的不滿，對一些醜惡和不公正現象的鄙夷、嘲諷和唾棄。在某些情況下，對「弱者」的無條件力挺，更有助於製造強大輿論壓力，以實現揭露醜惡、維護權益、匡扶正義等積極功效。在 2009 年備受矚目的「鄧玉嬌事件」中，「弱者勝」的正面價值便表現得分外明顯。〔註25〕對此，不少學者已展開過深入討論。周憲認為，草根傳媒為公眾意願的表達提供了多樣化的渠道，「通過這種表達，使各級政府更多地關注民生和民眾呼聲，並出臺或修改相關的政策」〔註26〕。哈梅林克宣稱，草根傳媒文化具有「自我賦權」（self-empowerment）的屬性，即激勵千百萬「無聲者」（the voiceless）主動發聲，為謀求個人或集體利益，為改變不公正境遇而有所行動。〔註27〕師曾志等人則斷言，草根傳媒文化的最鮮明特質，在於「自下而上的利益表達和自上而下的權力轉移」〔註28〕。

「弱者勝」在彰顯強大潛能的同時，又勢必帶來一些悖謬或症候。必須注意，在草根傳媒文化中，「弱者」的真實性並非無可爭議。卡斯特承認，網

〔註24〕參見曼紐爾·卡斯特：《網絡星河：對互聯網、商業和社會的反思》，社會科學文獻出版社 2007 年版，第 219 頁。

〔註25〕2009 年 5 月，湖北某賓館服務員鄧玉嬌因不堪忍受幾名政府官員的騷擾，拔刀刺死一人，刺傷兩人。事發後，廣大網民對鄧玉嬌深表同情，對地方官員的糜爛、墮落、色膽包天，則予以毫不留情的斥責。同時，《烈女鄧玉嬌》《俠女鄧玉嬌》《鄧玉嬌列傳》等一大批原創之作也開始在網絡瘋傳，從而使鄧玉嬌不畏強暴、勇於反抗的行為被更多人知曉。正是公眾對弱勢一方的不遺餘力的支持，促使當地司法機構就案情做出了更深入的調查和討論。最終，鄧玉嬌被依法免於刑事責任，而地方政府通過對這一社會熱點事件的妥善處理，也贏得了較好的聲譽和口碑。

〔註26〕周憲：《當代中國傳媒文化的景觀變遷》，《文藝研究》2010 年第 7 期，第 11 頁。

〔註27〕參見 Cees J. Hamelink, *World Communication: Disempowerment & Self-Empowerment*, Zed Book, 1995。

〔註28〕師曾志、金錦萍：《新媒介賦權：國家與社會的協同演進》，社會科學文獻出版社 2013 年版，第 13 頁。

絡空間具有高度的開放性，亦存在著由經濟收入、知識素養、技術儲備、文化身份等因素所造成的「准入權」差異。〔註29〕作為植根於網絡空間的媒介形態，草根傳媒文化為「弱者」的表達與發聲提供了重要平臺。但這些所謂的「弱者」，至少是擁有一定經濟─文化資本、懂得如何利用互聯網的社會中下階層。當他們借草根傳媒文化而贏取廣泛支持時，其內在的「邊緣性」便已在一種「公共化」的過程中喪失殆盡。相較之下，那些連電腦都無力購置、更遑論在網絡空間中漫遊的真正的弱勢群體，則依舊隱藏在陰暗的角落，成為了被大多數人遺忘的、喑啞無聲的存在。進而言之，在「弱者勝」的權力邏輯中，還潛藏著大量非真實的、極易引發歧義和誤讀的因素。當人們在「弱者」同「正義」「美德」「合理性」之間建立起先在、必然的關聯，並堅信「弱者」的所作所為均係天經地義、不容置疑時，「弱者勝」便極有可能畸變為盲目的、不分青紅皂白的話語暴力，並在一定程度上造成輿論導向的錯位與偏差。在 2008 年影響惡劣的「楊佳襲警案」中，「弱者勝」的破壞效應便表現得比較明顯。〔註30〕至此，不難得出結論，在草根傳媒文化這一特殊場域，「弱者」其實從未真正勝出，他們非但未能以恰當、合法的渠道維護自身權益，反而時常造成對公共輿論的干擾，並逐步成為了社會治理中無法迴避的隱患。故而，這種「我弱我有理，你強你活該」的病態思維方式，恰恰暴露出草根傳媒文化在理性思考與批判意識方面所固有的缺失。

作為草根傳媒文化的一種獨特權力邏輯，「弱者勝」為當代中國的網絡空間理論帶來了難能可貴的啟示。眾所周知，理論並非純粹的抽象思辨，而總是與微妙、生動的經驗維度相伴相隨。然而，在現階段中國的網絡空間研究中，「理論」與「經驗」卻時常處於脫節或斷裂狀態。研究者往往步西學之後塵，借用業已模式化的概念、術語或範疇來闡釋具體問題，很容易造成對本土經驗的附會與曲解。現今，部分理論家對「公共領域」（public sphere）命題

〔註29〕參見曼紐爾·卡斯特：《網絡社會的崛起》，夏鑄九等譯，社會科學文獻出版社 2006 年版，第 328～329 頁。

〔註30〕2008 年，上海市發生了一起重大襲警事件。犯罪嫌疑人楊佳因租用無證自行車遭警方盤查，遂心生怨恨。2008 年 7 月 1 日，楊佳攜帶管制刀具，潛入上海市公安局閘北分局，製造了 6 名警察死亡、4 名警察受傷的慘劇。然而，出乎意料的是，在草根媒體對這一惡性事件的報導中，楊佳「平民百姓」「單親家庭」「出身寒微」的身份，使他瞬間由殺人兇手升格為一位不堪受辱、為民除害的「孤膽英雄」。有網友甚至還為其樹碑立傳，尊稱其「大俠千古，流芳百世」。由此，「弱者勝」對當前社會心態所造成的負面影響也可見一斑。

的無節制徵用,便是一個亟需反思的現象。〔註31〕在此背景下,對「弱者勝」的深度追問與細緻解析,便體現出補偏救弊的意義,它將有助於研究者從「在地化」的視野出發,以血肉鮮活的本土經驗彌合網絡空間理論在當下所存在的缺失,進而建構起更具現實針對性的知識話語和方法論路徑。當然,正如本文標題所暗示的那樣,「弱者勝」只是草根傳媒文化在特定情境下的「某一種」趨向,而遠未涵蓋隱含其中的令人眼花繚亂的豐富可能。〔註32〕關於草根傳媒文化中權力邏輯的更複雜表現,還有待在後續研究中做出更深入思考。

〔註31〕如胡泳在《眾聲喧嘩:網絡時代的個人表達與公共討論》一書中,便重點關注網絡空間對公私界限的重構,對既有權力關係的重新配置,以及為公眾參與所提供的可能性契機。他指出,網絡空間可以被界定為一個蘊含著解放潛能的「網絡公共領域」:在嚴格意義上的「公共領域」相對匱乏的情況下,網絡空間有助於人們擺脫「沉默失語」的困境,以更積極的姿態參與到民主政治生活之中。但令人遺憾的是,上述論斷基本因襲西方「公共領域」理論的最核心見解,顯然無法回應網絡空間在當代中國的土壤中所生成的一系列獨特問題。參見胡泳:《眾聲喧嘩:網絡時代的個人表達與公共討論》,廣西師範大學出版社 2008 年版。

〔註32〕僅舉一例,在草根傳媒文化中同樣蔚然成風的「仇弱」現象,便顯然無法用「弱者勝」的權力邏輯來加以透徹說明。

附錄三：論當代語境下視覺形象的權力邏輯

　　在《規訓與懲罰》中，福柯曾借助對「公開行刑」與「全景敞視監獄」的描述，展現了視覺形象與權力之間長期存在的兩種關聯——「形象作為權力的中介」和「形象作為權力的對象」。在兩種模式的基礎之上，在充溢著後現代氣質的時代背景下，一種全新的「形象—權力」模式正愈發彰顯：視覺形象在某種程度上成為了佔據主導地位、統攝主體的權力核心。然而，「明星的打造」「身體的張揚」「『個性化』的羅列」等視覺策略，卻掩蓋不了視覺形象在「解構與建構」「斷裂性與連續性」「去深度與尋求深度」等方面所根深蒂固的悖論。這些悖論所暗示的，是形象同語言文字之間難以消解的巨大張力，從而提醒我們去關注二者之間錯綜複雜的內在關聯。

一、形象與權力關係的三種模式

　　在《規訓與懲罰》的開篇，米歇爾·福柯描述了這樣一次公開處決的慘烈場景：謀刺國王的犯人被燒紅的鐵鉗撕開了皮肉，被硫磺燒焦了持有弒君兇器的手，還必須忍受滾燙的鉛汁、松香、蠟、硫磺等澆入傷口的痛苦，最終免不了被四馬分屍、焚屍揚灰的結局。

　　在這裡，借助對行刑全過程細緻入微的展現，福柯所暗示的其實是視覺形象與權力之間隱蔽而密切的關聯：鮮血淋漓的軀體，被撕裂的筋骨，以及因痛苦而扭曲到極致的受刑者的表情，通過露天戲劇一般的公然呈現，在帶給圍觀者巨大感官刺激的同時，更能夠引發一種心靈的極度震撼，一種對隱匿於酷刑背後的國家威權的畏懼與屈從。於是，伴隨著赤裸裸的極端化視覺

體驗的延伸，權力也達成了對觀看者最為直接而深刻的內在規訓。其實，不單單限於刑罰，視覺形象為權力充當「中介」的情況可謂屢見不鮮，無論是古希臘巴格農神廟的塑像，抑或中世紀基督的聖像，皆因其身上所負載的神權意味而在人們的反覆膜拜中煥發出熠熠光輝；而在東方世界，視覺形象服務於權力的例子更是數不勝數，它不但成為了彰顯無上皇權的鮮明典範（如莊重恢宏的天安門、紫禁城，綿延不絕的萬里長城），更在很大程度上充當了區隔階級身份、明確自我地位的最好途徑（如「黃色」在古代往往是一種威嚴而不可觸犯的帝王的象徵）。

福柯所展現的另一種權力與形象的關係出現在他對邊沁「全景敞視監獄」（panoption）的分析中，在他看來，在這座圍繞著高高豎起的瞭望塔來安置無數孤立牢房的巨大環形建築中，居高臨下的監視者被賦予了無上的權威，而囚犯們所獲得的只不過是一種遭受約束的虛弱的姿態：「他能被觀看，但他不能觀看。他是被探查的對象，而絕不是一個進行交流的主體。……被囚禁者應該被一種權力局勢（power situation）所制約，而他們本身就是這種權力局勢的載體。」〔註1〕在這裡，擁有「看」的權力意味著客體事無鉅細的一切盡在掌控之中，相較之下，作為「被看者」的形象則成為了一種通過「自我奴化」而確證主導者的合法性的重要途徑。上述形象與權力的結合方式同樣不可謂罕見，從遠古時期接受萬民朝拜的帝王所擁有的目光的優先權，到現代社會包括攝相鏡頭、電子眼、紅外線監控器在內的一整套視覺機制，都毫無例外地將主體轉化為被監控、被凝視的被動的形象，從而極好地踐履了與之相似的視覺邏輯。

可以說，形象和權力的以上兩種關係代表了前現代乃至現代社會最主導的模式。在這兩種模式的支配下，視覺形象時而作為傳遞權力關係的中介，時而又充當了權力凌駕其上所必不可少的對象性存在。在這兩種狀況下，形象絕非某種律令或是主宰，它僅僅服從於權力關係的游移與變遷。

然而，在當代語境下，一種視覺形象與權力的新的結合方式似乎正愈演愈烈。自上世紀 30 年代伊始，海德格爾便做出了「世界被把握為圖像」〔註2〕

〔註1〕米歇爾・福柯：《規訓與懲罰：監獄的誕生》，劉北成等譯，生活・讀書・新知三聯書店 2007 年版，第 225～226 頁。
〔註2〕海德格爾：《世界圖像的時代》，見孫周興選編：《海德格爾選集》（下），上海三聯書店 1996 年版，第 899 頁。

的預言，而在當今社會，電視、電影、相片、廣告乃至服飾、裝扮、身形、容貌等視覺元素對人類世界的包圍也的確印證了他的判斷。對於這種狀況，丹尼爾·貝爾做出了更為明確的表述：「目前居『統治』地位的是視覺觀念。聲音和景象，尤其是後者，組織了美學，統率了觀眾。……我相信，當代文化正變成一種視覺文化，而不是一種印刷文化，這是千真萬確的事實。」〔註3〕可以說，較之福柯筆下被權力承載與馴服的視覺形象，在當代社會，形象正愈加明顯地擺脫工具與手段的從屬地位，它在一定程度上獲得了主宰者的姿態，凸顯出了某種彷彿發自其本體的、對個體精神乃至整個社會文化的征服衝動。當然，這種視覺形象所帶來的權力與支配又與前兩者存在著顯著的區別：相較於至高權威憑藉形象所傳達的神秘恐怖氣息，它更偏重於一種世俗的規劃，一種以引導人們接近、參與為特徵的召喚策略；而較之無所不在的窺視眼光所帶來的喪失私人空間的焦慮，它又時常訴諸一種強調感官的快適與欣悅的「狂歡化」氛圍，令人們往往深陷其中而習以為常、見慣不驚。〔註4〕

具體而言，這種形象對觀看者的征服主要體現在兩個方面。首先，是不斷膨脹的視覺形象對個體人的連綿不斷的包圍與逼促。鮑德里亞認為，圖像的發展經歷了這樣四個階段：「1. 它是某個深度真實的反映；2. 它遮蓋深度真實，並使其去本質化；3. 它遮蓋著某個深度真實的缺席；4. 它與無論什麼樣的真實都毫無關聯，它是自身的純粹擬像（simulacra）。」〔註5〕擬像背棄了傳統的原作統攝摹本的視覺藝術邏輯，拒絕對現實加以復刻，在五花八門的視覺技法的運作之下，打造出了一片全新的、獨立於現實世界之外的另類景觀。而在這種鋪天蓋地、又富含充沛現實「症狀」的擬像的包圍中，人們漸

〔註3〕丹尼爾·貝爾：《資本主義文化矛盾》，趙一凡等譯，生活·讀書·新知三聯書店，1989年，第154～156頁。

〔註4〕其實，福柯在自己的作品中也曾暗示過這種形象與權力的當下狀況。有學者認為，福柯在《知識考古學》中所歸納的三種「認知型」（episteme）實際上恰恰可以指涉視覺文化發展的歷史分期，其中他所說的「現代話語」即語言凸顯出自身重要性、成為獨立自足的存在的階段，正對應著現今視覺形象擺脫依附性地位而竄升為社會話語主導的具體現實：「從傳統型的視覺文化到現代型的視覺文化，再到後現代型的視覺文化，視覺符號越來越遠離現實世界，它們逐漸成為一個自在自為的獨立世界，視覺圖像的再現或表徵功能逐漸衰落，虛擬性變得越來越具有重要作用。」參見周憲：《視覺文化的轉向》，北京大學出版社2008年版，第40頁。

〔註5〕讓·鮑德里亞：《擬像的進程》，夏小燕譯，見吳瓊主編：《視覺文化的奇觀：視覺文化總論》，中國人民大學出版社2005年版，第85頁。

漸模糊了虛擬與真實的界限。於是，正如地圖先於版圖而產生一般，擬象也在某種程度上消解了生活的真實而擴充為恒定的在場。其次，是個體人自身對充斥於生活之中的視覺形象的主動屈從與依賴。尼爾・波茲曼曾大肆抨擊以電視為代表的視覺媒體所製造的負面效應，認為它們讓本應純粹高尚的文化墮落為了一場滑稽的鬧劇，讓成人在對於形象的陶醉中不再認真思考，讓兒童走向了畸形的「早熟」而喪失了天真無邪的本性。當然，波茲曼在此做出的批判可能言之過甚，但他在行文中所透露的、大眾甘願迷失於形象包圍之中的傾向卻也是顯而易見的。

二、視覺形象崛起的後現代背景

尼古拉・米爾佐夫認為，「當文化成為視覺性之時，該文化最具有後現代特徵」〔註6〕。這句話道出了視覺文化與「後現代主義」（postmodernism）之間相互牽絆、彼此促發的曖昧關聯。誠然，所謂「後現代」階段究竟該怎樣定義還是一個頗具爭議的話題，但誰也無法否認，後現代作為一個極具包容力的強大「能指」，它所預示的種種具體生動的社會、文化轉折已經在我們的現實生活中打下了鮮明的烙印。而事實上，這個被賦予了諸多後現代特質的時代語境也的確有力地推動了視覺形象的難以阻遏的崛起。

首先，當代文化所獨有的「平面化」模式導致了深度的填平與意義的闕如。對於遊走在高頻率、快節奏的後工業都市中，精神極度焦慮、內心支離破碎的人們來說，完全依靠逐字逐句的閱讀來品味意趣的時代早已成為了過眼雲煙，相反，直截了當的視覺快感成為了他們的首選，也內化為了他們心靈深處的迫切需求。傑姆遜（Fredric Jameson）曾經將「形象」與「平面感」作為後現代社會的兩個最重要因素並置，並暗示了二者的內在關聯。在他眼中，所謂「平面感」包含著空間深度，弗洛伊德「明顯」和「隱含」的區別，存在主義的本真性和非本真性，符號學的所指和能指這四種深度模式的消失。〔註7〕而這一連串消失所導致的便必然是漂浮在能指與能指之間、失卻回憶和憧憬的人們對每一個「現在」的全情投入，以及對表徵著現在的視覺形象的無限青睞：「形象意味著過去和未來僅僅是為了現時而存在，我現在感知的

〔註 6〕尼古拉・米爾佐夫：《什麼是視覺文化？》，王有亮譯，見陶東風、金元浦主編：《文化研究》（第3輯），天津社會科學出版社2002年版，第3頁。
〔註 7〕傑姆遜：《後現代主義與文化理論》，唐小兵譯，北京大學出版社2005年版，第179～183頁。

這一時刻，就是這些對象存在的理由……客觀世界的一切都是為了感知本能而存在。」〔註8〕

其次，是當代社會中彌合差異、消解距離的趨勢。可以說，距離感的消失和邊界的瓦解造成了上層與底層、精英與民眾、高雅與粗陋、神聖與世俗、主流與非主流等一系列從前涇渭分明的界限的崩潰。在這種交錯、雜糅、混沌的文化狀況下，藝術與生活、美與凡庸之間同樣呈現出了別具一格的融匯與交織：一方面，美和藝術摘下了從前不食人間煙火的神聖面紗，在零碎繁瑣的庸常生活中滲透、彌散；另一方面，公眾在很大程度上逾越了身份的限定，他們以藝術欣賞的姿態來面對生活，產生了從平凡中體味、欣賞美的共同期冀。不難想見，在這種具備雙重普世效應的「日常生活審美化」傾向中，最受推崇的必將是能被最大多數的人類群體所理解、接受、欣賞的，最為淺表、直觀、鮮明的視覺感性。關於這一點，費瑟斯通和韋爾施（Wolfgang Welsch）都有所闡述。對費瑟斯通來說，日常生活的美學化包含了三層含義，其中最後一層直接指涉「充斥於當代社會日常生活之經緯的迅捷的符號與影像之流」〔註9〕。正是這第三層含義，一方面展示了視覺形象充斥於日常生活的實際狀況，另一方面也凸顯出這些「符號與影像」的遊走流散、變幻無端。韋爾施則區分了日常生活審美化的兩個方面：「淺表審美化」與「深層審美化」。其中，前者意味著「用審美的因素來裝扮現實，用審美的眼光來給現實裹上一層糖衣」〔註10〕，亦即一種直接訴諸日常生活中的視覺感性的膚淺的審美態度；而後者則指涉一種深入到「內核」的審美取向，它「不再是淺顯的經濟策略，而是同樣發端於最基本的技術變革，發端於生產諸過程的確鑿事實」〔註11〕，它導致了主體對包括視覺圖景在內的當代媒介文化的最深刻依賴。

再次，當下語境所營造的消費潮流為視覺圖景的升騰提供了強大的助推力。不同於以生產作為宗旨的前現代乃至現代社會，在飄蕩著一片片破碎的能指、幾乎把握不住任何實存的後現代視域中，消費成為了實現個體價值與

〔註8〕傑姆遜：《後現代主義與文化理論》，唐小兵譯，北京大學出版社2005年版，第194頁。

〔註9〕邁克·費瑟斯通：《消費文化與後現代主義》，劉精明譯，譯林出版社2000年版，第99頁。

〔註10〕沃爾夫岡·韋爾施：《重構美學》，陸揚等譯，上海譯文出版社2006年版，第5頁。

〔註11〕沃爾夫岡·韋爾施：《重構美學》，陸揚等譯，上海譯文出版社2006年版，第8頁。

感受存在意義的最有效途徑，而拼貼畫一般炫目的視覺展出也成為了吸引消費者投入的最關鍵環節。對於這一點，鮑德里亞自然有充分的論述，他相信，商品贏得消費者青睞的關鍵在於其自身隱含的、能夠喚醒消費者深層欲望的虛擬符號價值，而刺激消費者去感受這種附加價值的，則莫過於某件商品或某種消費方式所彰顯的鮮活而富有挑逗性的視覺形象。不過，早在鮑德里亞之前，法國情境主義者居伊‧德波（Guy Debord）就已經提出了類似的主張，他將所謂「景觀」（spectacle）視作籠罩整個資本主義社會的最重要因素：「景觀不是附加於現實世界的無關緊要的裝飾或補充，它是現實社會非現實的核心。在其全部特有的形式——新聞、宣傳、廣告、娛樂表演中，景觀成為主導性的生活模式。」〔註 12〕在景觀社會中，人們對商品的消費也就是對景觀的消費，而當人們對無處不在，且依舊不斷增殖的景觀投注欲望的目光時，他們也同時被掩藏在視覺圖景之下的資本運作所俘虜。

最後，同樣不能忽視以新興媒介為代表的技術力量對形象的催化效應。在始作於 1936 年的《機械複製時代的藝術作品》中，本雅明提出，由攝影、電影等傳媒工具所帶來的「無限複製」雖然消解了藝術作品曾經獨有的「靈韻」（aura），但同時也推動了藝術由貴族階層向普羅大眾，由所謂「膜拜價值」向「展示價值」的轉化：「複製技術把所複製的東西從傳統領域中解脫了出來。……由於它使複製品能為接受者在各自的環境中去加以欣賞，因而它就賦予了所複製的對象以現實的活力。」〔註 13〕在這裡，本雅明暗示的其實是一種形象消費的普泛化趨勢，面對迅疾閃過的五花八門的視覺圖景，人們不願意、也不可能進行深度的思索，他們寧可採取一種消遣的觀看方式，沉浸於一串串視覺符號隨意組合、任性遊走的遊戲之中。在此基礎上，波德里亞的擬像概念進一步強調了媒介技術所打造的、令人們遺忘現實的「超真實」視覺幻境。

就這樣，在充溢著後現代氣質的當代語境下，視覺形象已無可爭議地佔據了權力關係的「制高點」。當然，這種局面也僅僅是就主導傾向而言，前面提到的兩種狀況，即形象作為權力的中介和形象作為權力的對象，依然能通過不同方式產生各自的影響。

〔註 12〕居伊‧德波：《景觀社會》，王昭風譯，南京大學出版社 2007 年版，第 3～4 頁。

〔註 13〕瓦爾特‧本雅明：《機械複製時代的藝術作品》，王才勇譯，江蘇人民出版社 2006 年版，第 115 頁。

三、消費文化與視覺形象的征服策略

在視覺形象與消費文化相交織的狀況下，觀看不單單彰顯著主體的優越地位，相反，由商業傳媒所精心打造、隆重推出的聲色光影，已經在越來越多目光的簇擁下昭示著屬於自身的神韻。前文已述，形象征服觀看者的表現有二，一形象對個體的包圍與逼促，二是個體對形象的主動趨近。其實，這兩個方面又可以被視為緊密關聯、彼此促發的「互文性」存在，它們共同指向的，是一種對個體精神世界的「潤物細無聲」的馴服與塑造，是一種從視覺向度對主體加以征服的美學策略。於是，具體到當代語境下，琳琅滿目的美學元素與文化符碼紛紛挑逗著觀者，它們混合著光影的話語，融化為一處快感與幻想交錯雜糅的場域，從而導致主體對視覺形象熾熱而瘋狂的追捧。

概要而言，這樣的視覺策略在當下又往往具象化為以下幾個方面。

首先是對於明星的打造。鮑德里亞說過：「在消費的特定模式中，再沒有先驗性、甚至沒有商品崇拜的先驗性，有的只是對符號秩序的內在。」〔註 14〕而明星正充當著消費語境下有血有肉的符號對象。按照拉康（Jacques Lacan）的理解，成年人在失落幼兒時「想像界」（imagination）的自我滿足後，便會陷入持續的空虛、焦慮與欲求不滿狀態。從某種意義上說，明星所附帶的廣闊能指空間則成為了對這種失落的虛擬性填補。人們欣賞明星，並非真正沉湎於對方的一顰一笑無法自拔，其根本指向是一種自我陶醉，他們依憑鎂光燈下偶像的表演，或達成內心深處的斑斕夢幻，或告慰受挫後的低迷苦悶，獲得在支離破碎的世界中繼續前行的勇氣。

「消費社會中個體的自戀並不是對獨特性的享受，而是集體特徵的折射。」〔註 15〕萬眾矚目的明星所承載的，往往是社會中大多數人的期許，而這種期許又往往成為以打造明星為核心的電影、電視劇、廣告等「形象工業」所努力迎合的目標。如在當下，一種「都市＋東方」的明星模式便牢牢佔據著大眾文化產業的主導。可以說，青春、靚麗、活潑、健美的都市青年形象成為了造星工業的最重要視覺模板：公眾面前的他們，往往扮相入時，笑容陽光，他們往往以開朗明媚、瀟脫自如的視覺形象拋頭露面，往往引領著一波

〔註 14〕讓‧波德里亞：《消費社會》，劉成富等譯，南京大學出版社 2006 年版，第 162 頁。

〔註 15〕讓‧波德里亞：《消費社會》，劉成富等譯，南京大學出版社 2006 年版，第 65 頁。

接一波的流行風尚。不過，這些都市明星在展現其樂觀、浪漫的都市精神的同時，也增添了一分專屬於東方的優雅、含蓄、矜持……毫無疑問，這樣的形象在迎合現今都市化進程中絕大多數普通民眾的心理預期的同時，也呼喚著東方文化傳統中揮之不去的溫柔、敦厚與風情。於是，在這種「都市＋東方」模式的驅使下，在絕大多數觀眾的潛意識中，作為真實存在的明星與他（她）展現在公眾面前的視覺形象之間的界限出現了崩潰。明星在某種程度上喪失了作為血肉鮮活個體的豐富內涵，而是同自己所呈現的形象融合為一個定型化的符號，以直觀的視覺感性去投合受眾的角色定位與審美期許。更進一步，明星成為了一個個摻合著誘惑與追隨、權力與馴服的活生生的美學範本，他們以炫目的光影形象在銀幕間，在人們精神深處穿行。明星形象所帶來的，不只是如癡如醉的迷戀與消費，更是對一種生活方式乃至「自我摹本」的指引與形塑。

其次，是對身體的張揚。在當代語境下，解構（Deconstruction）已然成為了一種慣常的思維方式與文化傾向。可以說，在游牧式、零散化、「去中心」的解構遊戲中，被結構主義者奉為神諭的「二元模式」已經被縮減到了極致，留下的只是從能指到能指的虛空遊戲。在這種漫無邊際的遊戲中，身體，作為每個人生而有之的本然實存，成為了為數不多的可以感受、把握之物，自然也成為了當代社會中人們關注的焦點與思索的核心。而這樣的關注、思索同樣也沾染了後現代語境所具有的多元駁雜的氣質：對於基因技術專家來說，身體意味著拓展生命可能性的實驗基地；在後殖民主義與女性主義者眼中，身體是反抗種族或性別霸權的先鋒陣地；青年亞文化的崇尚者則把身體當作肆意改裝、修飾，以嘲諷上層威權的最關鍵突破口……不過，最能將身體與視覺形象融為一爐的，還要數鮑德里亞的論說：「今天似乎取得了勝利的身體並沒有繼續構成一種生動矛盾的要求、一種『非神秘化』的要求，而只是很簡單地接過了時代的接力棒，成了神話要求、教條和救贖模式。……身體崇拜不再與靈魂崇拜相矛盾，它繼承了後者及其意識形態功能。」〔註16〕誠然，在佔據重要分量的消費話語中，身體早已失卻文藝復興時期羞煞宗教僧侶的凌厲，也不再是尼采（Friedrich Nietzsche）、福柯等人心中的「大理智」或抵禦規訓的基點，它不再是什麼意味深長的所

〔註16〕讓·波德里亞：《消費社會》，劉成富等譯，南京大學出版社 2006 年版，第 105 頁。

在，而僅僅是一種商品形式而已。

在充溢著身體美學的消費氛圍中，為置換最大份額的經濟回報而圍繞身體所進行的視覺包裝與編碼無疑是一條重要法則——Ｔ型臺上時裝模特精確到毫米的腰肢，賽場上運動員勁健的肌肉與絢麗的紋身，無不是這一法則的鮮明體現。而在當代電影所構築的虛擬世界中，「奇觀化」的軀體成為了現今消費邏輯最好的視覺注腳。所謂「奇觀」（spectacle）來源於德波的「景觀」概念與女性主義電影批評家勞拉‧穆爾維的相關學說，它著力於展現具備極大震撼效應與視覺衝擊力的場景和畫面。奇觀在令觀看者目瞪口呆的同時，訴諸其最深層次的欲望與情感，從而呈現出一種強調空間、平面、靜止、快感的視覺圖景對傳統「蒙太奇敘事」的超越，流溢著後現代的風神氣韻。在當代聲光技術所著力打造的視覺幻境中，人類身體的種種可能性得到了最大限度的奇觀化演繹。例如上世紀 90 年代橫掃票房榜的《終結者 2》，硬漢型人造人 T-800 刀槍不入的戰神軀體與液態怪物 T-1000 詭譎流變的不死之軀交相輝映，讓人們在工業光魔的神奇面前大開眼界。本雅明認為，電影的一大特性在於它對「官能的驚顫效果」（Schockwirkung）的解放，它將使感官猶如被子彈擊中一般而顫抖，使人們在突如其來的巨大震撼面前暫時脫離僵硬麻木的現實，在強烈的快感中釋放本能的衝動。伴隨著後工業社會的全球推進，零亂、破碎、機械化、高頻率、高風險的生存方式成為了常態，人與人之間「原子化」的孤立也早已不再是什麼聳人聽聞的預言。於是，人們需要一種解脫，需要一種從焦慮狀態下抽身而出的感官化體驗。在此背景下，奇觀已經抽空了身體在傳統或現代社會中的深刻內涵，使之成為了消費文化中的一個誘人符碼。身體在迎合受眾最深層次、最隱秘，甚至是最不可告人的欲想的同時，也將他們引向了對形象體系的毫無保留的依戀。

再次，是視像的「個性化」羅列。大衛‧理斯曼（David Riesman）曾把美國社會的精神歷程歸納為三個階段。在他看來，前現代社會屬於「傳統導向」階段，人們遵循傳統慣例行事；現代市場資本主義社會屬於「內在導向」階段，新興實業家為了資本的積累而拼殺，一任內心欲望奔湧；而他自己所生存的 20 世紀中葉的美國大都市，則愈發呈現出一種「他人導向」態勢：「所有他人導向性格的人的共同點是，他們均把同齡人視為個人導向的來源，這些同齡人無論是自己直接認識的或通過朋友和大眾傳媒間接認識的。……他人導向性格的人所追求的目標隨著導向的不同而改變，只有追求過程本身和

密切關注他人舉止的過程終其一生不變。」〔註17〕實際上，理斯曼所強調的這種「他人導向」趨向已經成為了當代社會最為重要的特質之一。的確，伴隨後工業語境在全球範圍內的不斷延伸，大眾傳媒的膨脹、集團運行體制的完善以及社會管理網絡的加固，使大多數人處於無處不在的「被操控」狀態之下：他們猶如馬爾庫塞（Herbert Marcuse）所說的「單向度的人」，或是安東尼·伯吉斯筆下上了發條的橙子，在龐大的社會機器上機械地、日復一日地扮演著自己的僵硬角色，在緊張、煩躁、焦慮的包圍中如鐘擺般來回運行。在這種無盡重複的狀況下，尋求一種個體性、風格化的觀感體驗（即使它只是碎片式、淺表化、稍縱即逝的）成為了人們安置孤寂心靈的據點和宣洩苦悶情緒的渠道，而當下極速擴張的消費文化（尤其是視覺形象的消費潮流）恰恰為這種個性化訴求提供了適當載體：「個性是社會事物、語言、性別經驗、家庭、教育等等的建構；商品被用來承載已被建構的個人差異感。」〔註18〕無可否認，正是在這種個性化的視像消費中，消費主體再一次不可避免地顯現出對視覺形象的歸順和依從。

值得注意的是，在當代消費語境下，所謂「個性」並不意味著全然與世界為敵的真正的特立獨行，它所詮釋的其實是一種有別於主流消費趨勢的、小圈子內的視覺品味與美感風尚——眾口一詞當然無法被稱作個性，徹底的另類也只能被視為卑賤的怪癖。在這一點上，近些年來在中國乃至整個東亞地區走紅的「男色」形象成為了一個極為貼切的例證。縱觀各大綜藝節目，各色「小鮮肉」在公眾面前閃亮登場，其俊俏、白皙、明眸皓齒的外形，激起了一大批「媽媽粉」的愛憐之心。然而，這種「另類」男性形象的出爐，在體現更加包容多元的社會價值取向的同時，依然體現出符合消費機制的美學策略：亦即對那些出生於20世紀90年代，泡在綜藝節目或純情漫畫中長大，拒斥施瓦辛格式硬漢而癡迷於「花樣美男」的都市女性的逢迎與誘導。正是這種狹義上的「差異」與廣義上的「趨同」的對接，為消費文化中的「個性」增添了濃厚的象徵意義。

笛卡爾（René Descartes）的那句「我思，故我在」曾道出了數個世紀以

〔註17〕大衛·理斯曼：《孤獨的人群》，王崑等譯，南京大學出版社2002年版，第20頁。

〔註18〕約翰·菲斯克：《解讀大眾文化》，楊全強譯，南京大學出版社2006年版，第30頁。

來作為主體的人對自身的確信，對自身所擁有的反思、批判與懷疑精神的無比驕傲。然而，在蓬勃生長的消費文化中，在由此而來的各種視覺形象的誘導下，這種對主體性、對自我的反思意識與懷疑精神的張揚已遭到壓抑。明星的打造，身體的張揚，「個性化」視像的羅列，以及尚未提及的更多視覺形象的征服策略，它們如同鑲嵌在一起的馬賽克拼板，貌似互不關聯，實則協同作用，將消費者的感官體驗內化為對當代視覺形象的全身心的傾慕與追隨。

四、視覺形象的深層困境與自我逆反

如果說《規訓與懲罰》給人留下的最深刻印象是權力所帶來的壓抑性後果，那麼，在這一基點上，福柯還大大拓展了自己的理論空間。可以說，他破壞了傳統「經濟主義」與「壓抑性」權力觀所形成的「話語霸權」的理論根基，在他看來，所謂權力無外乎是一種複雜交織的關係網絡，個體人在這個網絡中游移、流動，他們「總是既處於服從的地位又同時運用權力」〔註19〕。在權力面前，傳統意義上的「主體」和「中心」早已煙消雲散，每一個體都處於駁雜權力關係的作用之下，同時又都以自己的方式進行著複雜的抵制與反作用。正因如此，權力始終處於一種無遮蔽的開放狀態，它從未確定位置，從不像財產或物品那樣固定在某些人手中，而總是不斷地轉移、流動、改變形態，永無止境地從一種不確定性向下一種不確定性位移，找不到起點，也找不到結尾。

在這種極具辯證意義的思考中，福柯強調了權力的自下而上：「哪裏有權力，哪裏就有抵制。」〔註20〕的確，在遭受權力抑制、阻遏的同時，處於「底層」的主體同樣可以有自己的作為，他們並非喑啞無聲、逆來順受，而總是能發出自己的聲音，形成自己獨有的抵制與反叛，而這樣的抵制、反叛也必將對施加作用的權力本身帶來改變。〔註21〕這樣的理念同樣可以用來對當代

〔註19〕米歇爾・福柯：《必須保衛社會》，錢翰譯，上海人民出版社 1999 年版，第 26 頁。

〔註20〕米歇爾・福柯：《性經驗史》，佘碧平譯，上海人民出版社 2000 年版，第 69 頁。

〔註21〕在現實的文化行為中，福柯的觀點幾乎隨處都可以找到例證。比如，在對待文化工業的態度上，無論是利維斯、阿諾德等人對精英立場的捍衛，還是法蘭克福學派對大眾文化的批判，抑或伯明翰學派對大眾力量的樂觀，甚至是晚近文化民粹主義者對大眾借文化工業來生成意義與快感的能力的異乎尋常的自信，其實都強調了受到權力壓制的主體所發起的抵制與反抗。唯一不

語境下視覺形象的權力邏輯加以分析。的確，形象已經在相當程度上統攝了現今社會的精神文化生活，至少，它可以誘導無數主體爭先恐後地投入其中。但無可否認的是，形象之權力的實際承載者——無數活生生的個體人（以及在他們背後默默產生影響的整個文化思維方式），同樣能夠以自己的種種期待、要求、理解、反映作用於形象的生成與塑造，同樣可以通過一種「下對上」的方式來深刻影響視覺形象的演繹與延伸。於是，當代視覺形象的具體演繹便蘊含著一系列難以克服的矛盾和悖論。

首先，是所謂「宏大敘事」（grandnarrative）或「元敘事」（metanarrative）的解構與建構問題。利奧塔認為，「後現代」的要旨便在於對宏大敘事—即具備總體性、核心性、基礎性的形而上觀念體系——的懷疑與否定，他強調，「在後工業社會和後現代文化中……宏大敘事已經失去了它的可靠性，無論它採取什麼樣的統一方式，無論它是思辨的敘述還是解放的敘述」〔註22〕。與之相對的斯特里納蒂（Dominic Strinati）則指出，後現代在標舉消解一切宏大敘事的同時，自身也面臨著成為一種宏大敘事的可能：「……很難看出為什麼不應當把後現代主義看成是一種元敘事。如果它確實是另一種元敘事的話，那元敘事怎麼可能處在衰落之中？」〔註23〕在他看來，解構絕不意味著一種灰飛煙滅的徹底的空無，在消解的姿態背後，同樣隱藏著一種新的樹立與建構。因此，所謂的解構根本沒有觸動傳統的根基，相反，在消解之後，宏大敘事往往能夠以一種更加隱晦而堅韌的姿態再度降臨。依照這樣的思路，儘管可以說，當代社會中佔據主位的視覺形象在很大程度上體現了具象化、淺表化、快感至上、祛除中心的解構特色，但超越任何框架和中心的一味的形象鋪陳都絕非可靠的歸宿。形象要真正對主體發揮作用，必須首先獲取他們的接納，而任何僅僅停留在虛幻層面上的視覺遊戲，無論怎樣繽紛炫目，怎樣花樣百出，都無法同主體達成深層次的呼應與共鳴。因此，要想獲得主體的真正認同，形象必須在單純視覺刺激的表象下植入更為深刻、宏大的總體性話語。由此可見，視覺形象試圖對主體加以征服，又因為主體的需求而不得不自我調整。

同的是，在他們眼中，擁有這種「下對上」權力的主體在數量上存在著多寡的區別。

〔註22〕利奧塔：《後現代狀況——關於知識的報告》，島子譯，湖南美術出版社 1996 年版，第 122 頁。

〔註23〕多米尼克·斯特里納蒂：《通俗文化理論導論》，閻嘉譯，商務印書館 2001 年版，第 264 頁。

其次，是形象展示所造就的斷裂性特質與傳統連續性情節結構的糾纏。在琳琅滿目的視覺演繹中，視像同場景的主動性與吸引力無疑極大地掩蓋了傳統意義上對於情節連貫性的要求。如在將種種視覺化特質不斷推進的商業電影中，對形象精細而醒目的展現便已經達到了淋漓盡致的地步，人們在觀看時往往沉溺於影像所營造的巨大感官刺激中，而將具體的情節推演置之度外。然而，「認為大眾媒介接收了『現實』的觀點，明顯誇大了它們的重要性。大眾媒介很重要，但沒有那麼重要」〔註 24〕。媒介技術的表演不可能徹底消弭來源於傳統「故事」講述的情節模式對於人們的巨大魅力。因此，即使是最注重視覺效果的影片，也必須在華麗斑斕的視像展覽中植入哪怕是最老套、最基本的情節序列。

第三，是一種驅逐深度與刻意尋求深度的衝突。可以說，在視覺形象鮮明、豐厚的不斷堆積中，意義的損耗與深度的削減成為了一種常態。然而，在淺表化、平面化，且一味訴諸直觀感性的視像包圍中，人們同樣可能產生一種饜足的匱乏感，一種在人工形象的膨脹中追求深度、摸索思維空間的渴望。可想而知，在絢麗豐富而又充滿誘惑力的視覺形象被一一羅列的同時，一種「深度」或「意義」往往也通過視覺手段的運作而得以呈現。當然，這種深度與意義的凸顯常常依託於某種迎合公眾需要而刻意為之的視覺姿態，它往往與感官化的展示相分離而暴露出不合時宜的機械與僵硬——毋庸置疑，這暗示的自然也是當下消費邏輯的必然形態。

五、結語

如果說，在傳統視域內，形象更多充當著承載並彰顯權力關係的中介或是被權力所牽制、所壓抑的對象，那麼，在當代語境下，視覺形象已經極大地擺脫了傳統的思維定式：它在相當程度上轉化為了一種強勁的力量，以種種獨特方式對視覺主體進行著環環相扣的誘導乃至征服。

不過，必須注意，在泛濫的形象似乎已經將種種傳統慣例壓制、湮沒的表象下，傳統卻依然能產生持久而有力的影響，並深刻地改寫當下視覺文化的總體格局。毫無疑問，「解構與建構」「斷裂性與連續性」「去深度與尋求深度」這些難以忽略的深刻悖論來源於人類在鋪天蓋地的形象的包圍中所發揮

〔註 24〕多米尼克·斯特里納蒂：《通俗文化理論導論》，閻嘉譯，商務印書館 2001 年版，第 263 頁。

的主體作用，所進行的主動選擇。然而，倘若要進一步追問的話，便不難發現，支配著人們的這一系列取向、選擇、行為的，仍然是千百年來延續至今，以抽象性、符碼化、線性演進為特徵，強調內涵的豐富性與包容性的語言文字（尤其是文學）的敘述方式，以及與這樣的敘述方式相匹配的、更加難以撼動的思維方式。海德格爾曾經把語言視作存在之家，利科爾（Paul Ricoeur）更是強調指出，人就是敘事的動物。的確，敘述，尤其是講求語言文字技巧的文學敘述在無休止的代代相傳中已經在人類的精神深處打下了極其鮮明的烙印，甚至可以說，它已經內化為了一種最刻骨銘心的思維與感受方式。誠然，視覺形象在當下的勃興已經帶來了無數難以估量的改變，但沉澱著豐厚歷史文化內涵的語言、文字、敘述卻依舊發揮著堅韌而強大的作用，依舊必須被嚴肅地對待。此外，傳統文學敘述與當代形象演繹之間的鴻溝也許並非通常設想的那般難以彌合。如有學者便認為，文字對於形象而言實乃不可或缺。首先，文字敘述始終「以書寫的或口語的評述形式、以題目、題名、報刊文章、印章、劇本中的解說辭、標語、閒談直至無限的形式」與形象相伴相隨；其次，文字有助於「確定我們從一個視覺訊息所得到的感覺是『真實』還是『虛假』」，即是說，形象的真假並非取決於題材或內容，而是關乎形象與界定形象之文字的關聯是否為接受者所認可；再次，在文字與圖像之間，還存在著微妙的互動作用，形象引發了跌宕起伏的文字敘述，文字則常常為物質性或精神性形象的傳播提供不竭力量。〔註25〕正是語言同圖像之間的這種微妙對應，使視覺形象在當代語境下呈現出一種更加深刻的辯證特色，也使對形象與傳統文字（文學）敘述之間關係的探討成為了可能。

面對當下形象權力的延伸、演繹，過度的高調與一味的悲觀都不是恰當的態度，冷靜審視視覺形象在現實生活中的具體呈現，同時不要忽略文字敘述所應當佔有的地位與空間，並且進一步探尋二者之間可能存在的平衡，也許才是理論操作中應當堅持的立足根基。

〔註25〕參見瑪蒂娜·喬麗：《圖像分析》，懷宇譯，天津人民出版社 2012 年版。第 127 ～133 頁。